ステリ文庫
㊵-1〉

ローラ・フェイとの最後の会話

トマス・H・クック
村松 潔訳

早川書房
7235

日本語版翻訳権独占
早　川　書　房

THE LAST TALK WITH LOLA FAYE

by

Thomas H. Cook

Translated by

Kiyoshi Muramatsu

Published 2013 in Japan by

HAYAKAWA PUBLISHING, INC.

This book is published in Japan by

arrangement with

HOUGHTON MIFFLIN HARCOURT PUBLISHING COMPANY

through TUTTLE-MORI AGENCY, INC., TOKYO.

わが母、ミッキー・クックへ
愛と尊敬の気持ちをこめて

希望が無に帰したとき、わたしたちは生き返った。

――マリアンヌ・ムーア

ローラ・フェイとの最後の会話

おもな登場人物

マーティン・ルーカス
(ルーク)・ペイジ………歴史学者。本書の語り手

ジュリア・ベイツ……………………………ルークの前妻

ヴァーノン・ダグラス
(ダグ)・ペイジ………ルークの父

ジョーン・ヘレン
(エリー)・ペイジ………ルークの母

ローラ・フェイ・ギルロイ…………………ダグの店の従業員

三ヵ月前

それじゃ、ルーク、人生の最後で最大の希望は何なの？

その記憶は、よくあるように、はっきりとした理由もなく、いきなりどこからともなく浮かんできた。わたしの失われた妻、ジュリアは読んでいたものから顔を上げて、眼鏡を外した。その問いかけに答えないかぎり、わたしの内側ではなにひとつひらかないことを知っていたので、彼女はずばりと質問したのである。

その記憶が最後によみがえったとき、わたしは西部開拓時代の毛布が収められているガラス製陳列ケースの前に立っていた。毛布は分厚く、ごわごわしており、初期の開拓者たちがその下でまるくなり、家族全員が体を寄せ合って夜を明かす様子が目に浮かんだ。大草原の風がどんなに激しく幌馬車を鞭打ち、そのか細い骨組みを震わせて、幌の帆布を波打たせたことだろう。のちには、彼らはこのおなじ毛布を使って、大草原に容赦なく吹きつける寒風から身を守ったにちがいない。外で風がヒュウヒュウ吹きすさぶなか、半地下の土間にそれを敷いたり、犬たちと抱き合いながら震える体に掛けたりしたのだろう。この毛布がどれほどの温かさを与えてくれたことだろう、とわたしは思った。それだけが唯一の温かさだと思えたことが何度あっただろう。

肉体的な苦しみが大いなる希望を支えるというこの感覚。かつてはそれがわたしのあらゆる人間的共感の土台であり、ほんとうに自分のものだと言えるただひとつの深い感情だった。それが自分も偉大な本を書きたいという夢――こどもじみた夢だったかもしれないが、それだけにかえって強烈だった――を掻き立てたのだった。

わたしが書きたいと思ったのはアメリカの歴史の肉体的な感触、その感覚的な核を描き出す本だった。ミニエ式銃弾が食いこむ焼けつくような痛み、鞭の刺すような痛み、重労働の筋肉痛、ありふれたさまざまな仕事の辛さ――綿花を摘んだり、木を切り倒したり、機関車に石炭をくべたり、鯨の骨の針に糸を通したり、ロウソクの明かりのなかでロウソクを作ったりするのは、実際にはどんな感じだったのか。わたしが書きたかったのは心臓の鼓動が感じられる歴史――本物の感情が脈打つ、手でさわれる、生きた歴史だった。

しかし、わたしは一度としてそういう本を書いたことはなかった。そのガラス製陳列棚から、きちんとたたまれた開拓者時代の毛布から離れたとき、わたしは知っていた。わたしはこれまでに何冊かの本を書き、いちばん最近の本は三カ月後に出版される予定だったが、若いころ書きたいという野心に燃えていた作品に近づいたと言えるようなものはひとつもなかった。

しかしながら、死んでしまった古い夢を埋葬するのと、死なせられない夢を、何度も何度も、生き返らせようとするのはまったく別のことであり、わたしがやったのはこの後者だった。いつも情熱的な構想からはじめるのだが、やがてそれが血の気の失せた小論文に萎《しぼ》んでいくのを見守るしかなかった。わたしは何度となくそれを繰り返していたが、あの日の午後も、開拓者の毛布を見た数分後には、またもやむかしながらのわが最大の希望をかなえる試みに向けて、自分の机を整理していた。ところが、いつのまにかその手を止めて、そういうすべてがそもそもどこからはじまったのかを考えだしていたのである。

そのときだった。やや唐突な感じではあったが、母の結婚指輪のことが頭に浮かんだのは。グレンヴィルを出る直前、わたしはそれを拾い上げ、宝石商みたいにじっくりと観察しながら、皿洗いをする前にいつもかならず、排水溝に流されるのを心配して、そっとそれを外していた母の姿を思い浮かべた。そういう記憶の核心に、わたしは母の人生のリアルな手ざわりを感じてもおかしくなかった。シャツの上を滑らせるアイロンの重さ、皿を洗った水のぬるぬるする感触、パンケーキの生地のねっとりとした湿り気。そうでなくても、母が大切にしていたその指輪には、少なくとも、わたしたちが感傷的だとしてばかにする、あの時間と記憶の力を吹きこむことができたはずだった。

そういう瞬間にはなにかしら感じるのが当然だったが、じつは、わたしはなにも感じなかった。無感覚もひとつの感情だと言うのでないかぎり。というのも、それがわたしが実際に感じたただひとつの感覚だったからである。心の芯まで麻痺している感覚。すべてが乾き、冷えきり、死んでいる感覚。それを考えれば、たとえ何度試みようと、わたしがずっと夢見てきたあの感性豊かな本はけっして書けないだろうと悟るべきだった。ジュリアがかつて言ったように、これまでも、これから先も永遠に、わたしは妙に干からびた人間でしかありえないだろうと。

机の前に立ち尽くし、母の指輪を眺めてなにも感じなかったことを思い出していたとき、彼女の質問がふたたび聞こえた。**それじゃ、ルーク、人生の最後で最大の希望は何なの？**

窓の外の冷たい九月の雨を眺めながら、人生のもっとも暗い行為は、淀みにたまってグルグルまわりつづけ、けっして橋の下を流れていくことがないのだろう、とわたしはあらためて思った。

それじゃ、ルーク、人生の最後で最大の希望は何なの？

あのころ、わたしはそれには答えられなかった。

だが、いまならそれに答えられる。

第一部

1

　彼女の名前はローラ・フェイ・ギルロイ、いかにも典型的な田舎娘の名前である。あの夜、コーンブレッドにバターミルクという最後の食事をしている父か、ベッドで『アンナ・カレーニナ』を読んでいる母の幽霊が出たというのならまだしも、まさかローラ・フェイ本人が現れるとは思ってもみなかった。とりわけ、あの暗い、なにかを探るような光をたたえた目をしたままで。父の葬式のときとすこしも変わらないあの目つき。いまだに頭のなかで事態をなんとか整理して、あんなにも多くの血が流されたのがほんとうに自分ひとりのせいだったのかどうか、はっきりさせようとしているかのような……。

　あの葬式の日でさえ、まだひらいている墓穴の黒い穴越しに彼女を見ながら、この女が父の人生における〝もうひとりの女〟だったとはとても信じられない、とわたしは思ったものだった。なにも知らず疑おうともしない母にはその恐ろしい事実を知らせていなかったけれど、父があの最後の、味も素っ気もない食事の席に着いたころには、わたしはすでに数カ月前から彼らの関係を知っていた。

ふたたび彼女の姿を見かけたのはそれから数カ月後、わたしを乗せたバスが町を出ていくときだった。母とわたしがよくいっしょに坐ったあのコンクリートの階段に、彼女はひとりで坐っていた。そして、わたしのバスが通ると、顔を上げたが、そのときにも、父の葬儀のときに見かけたあのぼんやりとした、訝しげで、どこか不満そうな顔をしていた。あたかももう一度初めからすべてを、父の殺人の赤裸々な事実を掘り起こし、彼女独特のあのネズミみたいなやり方でそれにかじりつこうとしているかのように。それを見るとわたしは、ますます逃げだしたくなった。ローラ・フェイ・ギルロイから、わたしの父から、母から、グレンヴィルから。そして、わたしの心臓の鼓動を止め、わたしの心を凍りつかせ、のちにローラ・フェイと話をしたとき、終わりちかくに彼女が口にしたあの恐ろしい質問をみずからに投げかけるように仕向けるすべてから。ああ、ルーク、人生がほんとうにこんなものでありうるのかしら？

わたしは自費でセントルイスへ飛んだ。自分の新著『致命的な選択』の宣伝をするためである。この本のなかで、わたしは歴史上惨憺たる結果になったいくつかの戦術的決定——第一次マナッサスの戦いのあと、ワシントンを襲撃しようとしなかった南軍の最高司令部の失策、パール・ハーバーにおけるわが艦隊の射的場みたいな配置――を取り上げて、それを克明に論じることによって、ほかのときには聡明な人間がとてつもない誤りを犯すことがあるという、ごく一般論的な、めずらしくもないポイントを解説していた。

西部博物館が講演会場を提供してくれ、博物館のギフトショップはわたしの著書を何部か注文して、講演の最後にわたしがサインをするためのテーブルを用意してくれた。しかし、博物館の催し物担当者はワインとチーズを提供することまではしたがらなかった。

その夜、わたしは早めに博物館に到着し、自分の著書が実際にギフトショップにあることを確かめてから、まだ時間があったので、ごく小規模なチャールズ・リンドバーグ展を見物した。この偉大な飛行家の空っぽの飛行服がガラス製の陳列ケースのなかに――彼の名声みたいに――妙にしぼんだかたちで吊されていた。彼は長年のあいだ、戦前にヒトラーと親しげにしたせいで鼻つまみになり、歴史上の人物というよりは、その容赦ない審判によって貶《おとし》められた晩年を過ごした。その飛行服を、幽霊みたいに萎《しお》れた服を見ているうちに、もうひとつ別の本のアイディアが浮かんだ。〝歴史から追放された人々〟

わたしはそういう目的のために持ち歩いている小さなノートを取り出して、そのアイディアをメモしてから、講演をすることになっている講義室へ歩いていった。部屋のなかに入ると、折りたたみ式の椅子を並べている若者がいた。黒い紐でぶら下げた長方形の透明なプラスチックのパウチに、博物館員の身分証が入っている。身分証のおもてには偉大な探検家、メリウェザー・ルイスとウィリアム・クラークの肖像が付いていた。ふたりともはるかなる西部を地図に書きこみ、未知の荒野に分け入ろうとする熱い思いのみなぎる顔をしていた。けっして屈することのなかった彼らの勇気、そのわくわくするような冒険、あまりにも圧倒的な業績。こういう傑出した人物のかたわらでは、わたしたちは田舎町の試合でベンチを温めているプレイヤーでしかないという気がした。

「さらに前進した」とわたしはそっとつぶやいた。

「何ですって?」

「いや」いつのまにか取り留めのない夢想にふけっていた自分にかすかに困惑しながら、わたしは言った。「メリウェザー・ルイスがよく日誌に書いた文句ですよ。〝さらに前進した〟おそらく、あきらめることなく、さらに……偉大ななにかに向かって前進した、という意味でしょう」

若者は宇宙人を見るような目つきでわたしの顔をしげしげと見た。「椅子を並べなきゃならないんで」と彼は言った。

わたしは若者が並べようとしている列の邪魔をしていたことに気づいた。

「ああ、これは失礼」とわたしは言って、即座にわきに寄った。「わたしはペイジ博士、今夜ここで講演をすることになっている者です」

一瞬、わたしたちはたがいに顔を見合わせた。若者は次にどうすべきか考えており、わたしは彼がなにか言うのを待っていた。

やがて、彼は言った。「小さい庭があるんですが」そこへ行って、講演会がはじまる時間まで待っているように、と言いたかったにちがいない。

「ああ、もちろん」とわたしは言った。「そこで待つことにします」

庭には、アルミの脚付きの白い丸テーブルが数卓とおそろいの椅子が置かれていた。四匹の魚が跳びはねながら、口からアーチ形に水を噴き出している小さな噴水があり、薄物をまとった、流れるような髪の娘が、広口の水差しからもっと太い流れを注いでいる。魚たちはそれを喜んでいるように見えるが、娘の表情は妙に険しく、その水に毒が含まれていることを魚たちは知らないが、彼女は知っているかのようだった。

テーブルはほとんどが空いていたが、ひとつだけ若い男が坐っているテーブルがあり、男はなにか期待するようにあたりを見まわしていた。そういえば、とわたしは思った、自分もかつてはそんなふうに心のなかで足踏みをしていたものだった。とりわけ、グレンヴィルからの脱出が不可能に思われ、生涯そこで暮らすことになるかもしれないと考えざるをえなかった時期には。グレンヴィル。アラバマの死にかけた田舎町。わたしが生まれ育った町だが、わが大いなる野心のためには出ていかなければならなかった町。グレンヴィルを思い出すと、母と父のこと、ミス・マクダウェルの居たたまれない欲求、デビーの恐怖心が次々と脳裏に浮かんだ。トムリンソン保安官の緻密さ、ミスター・ウォードがもたらした人を狼狽させる知らせ、ミスター・クラインの不快な打ち明け話。あの過去の世界のすべてがよみがえり、遠い過去のさまざまな顔が思い浮かんだ。にもかかわらず、わたしはローラ・フェイのことは考えてもみなかった。

ところが、彼女はすぐそばにいた。

実際、ちょうどその瞬間、彼女はリンデル・アヴェニューをぶらついていたはずだった。しかし、その庭の涼しい日陰に腰をおろし、なんとなく悪意がありそうな娘がなにも知らずに喜んでいる泉水の魚に不吉な感じのする水を注いでいるのを眺めながら、仮にわたしが彼女のことを考えたとしても、わたしが思い浮かべたのは自分の使命に取り憑かれているいまの彼女ではなく、かつて比較的短い期間だったが、わたしが知っていた彼女の姿だったろう。二十七歳で、無地の、たいていはパステルカラーのスカートを穿き、しばしば小さなモチーフ——ふつうは花柄だったが、ときには雪片や幼いこどもの部屋の壁紙みたいな毛皮の小動物のこともあった——をプリントしたブラウスを着ていた。彼女の服装のスタイルには、むりに明るさを装っているようなところがあり、とっくに卒業しているはずのお伽噺《とぎばなし》をいまだに信じているような幼稚ささえ感じられた。「あの娘は現実に逆らう恰好をしているんだ」と、わたしが一度そのことにふれたとき、父は説明した。おそらく、ウディ・ウェイン・ギルロイという耐えがたい現実に対抗しているという意味だったのだろう。ひどく動揺したこの夫が泣きながら電話に伝言を残していっても、彼女は一度も返事をしたことがなかったという。あるいは、天井には水漏れの染みがあり、床は軋む木造の借家や、もしかすると、バラエティ・ストアではじめた夢も希望もない仕事にも対抗しているつもりだったのかもしれない。永遠に苦しい経営から抜け出せない父の安物雑貨店《ファイブ・アンド・テン》。その裏手の倉庫で、ふたりは安っぽい恋愛の果実を楽しんでいたのだが。

それとも、それは単なる肉欲にすぎなかったのだろうか？　父が母を裏切る気になったのは？

わたしには結局わからなかった。というのも、欲望と愛情はしばしばどうしようもなく絡み合っており、どこから一方がはじまり、どこで他方が終わるのかは、わたしたちにはなんとも言えないからだ。

ただ、少なくともこれだけははっきりしていた。ローラ・フェイ・ギルロイは、父と知り合ったとき、母より二十歳ちかく若く、ヴィクトリア時代なら魅力的とされただろう体をしていたということだ。とはいえ、彼女はすこしも美人ではなく、はっとするような美しさからはほど遠かった。宮廷の婦人たちのなかに交じれば、国王の目にはもちろん、身分の低い家臣の目にさえ留まらなかっただろう。

個人的な習癖についていえば、彼女の煙草の吸い方はスタイルや優雅さではけっして人を感心させられない若い女のそれだったし、彼女の机は――わたしは何度となく気づいたが――コーヒーカップの輪の跡だらけで、灰皿にはマッチの燃えかすと煙草の吸い殻があふれていた。

教育については、ローラ・フェイは高校は卒業していたが、大学には行っておらず、本を持っているところを見たことはなかった。彼女はこの地方のアクセントでしゃべり、あらゆる意味でグレンヴィルで生まれ育つとまさにこうなるという典型で、如才のなさや都会的な洗練とは縁もゆかりもなかった。笑顔は温かく、あけっぴろげだったが、色っぽく唇を突き出すような真似をしても、道化師みたいに見えるだけだったろう。顔をそむけて、ちらりと意味ありげに振り返ったり、なまめかしく髪を跳ね上げたり、けだるそうに目を閉じたりすることは、たとえやり方を教わっても、できなかったにちがいない。色っぽく見せる手管《てくだ》などというものは、フランス語の単語みたいに、彼女の理解を超えるものでしかなかったろう。

彼女は神経が細やかだったのか？　勘が鋭かったのだろうか？

わたしはそうは思わなかったが、人によっては、こういう性質は親密な瞬間にしか現れないこともある。明かりを消した部屋の穏やかな静けさのなかで、それまでまったく見たことのない深い理解力を示したり、袖口から傷痕を見せるみたいに、苦渋に満ちた鋭い英知のかけらを覗かせたりする。しかも、そこには秘密の共有という、それ自体強烈な感覚が含まれていることが多いのだ。**これはあなたにしか見せないのよ。**

ふたりのことを考えると、ローラと父のあいだにそういう瞬間があったとは想像もできない。だが、それはわたしがこの苦々しい時期を思い出し、そういう瞬間のことを考えるたびに、あたかも暗鬱な考えから逃げだそうとするかのように、とても愛おしい母の記憶に引き戻されずにはいられなかったからかもしれない。

母は午後のあいだずっと庭仕事をしていた。三十代後半の女。わたしは十歳の少年で、母を見つめる以外にはなにもすることがなかった。しばらくすると、母は腰を伸ばして、ピンで留めていた髪をほどき、ウェーブのかかった豊かな黒髪がほとんど剝きだしの肩に垂れさがった。日射しのなかで、母はふいにとても美しく見えた。

その瞬間、ミスター・クラインもこのおなじ美しさを見たにちがいなかった。というのも、彼が柵の向こう側に立っていることに気づいたとき、彼の顔にもやはり畏怖にちかい表情が浮かんでいたからである。

「こんにちは、ミス・エリー」と彼は言った。

母は声のしたほうに顔を向け、ミスター・クラインがいることに気づいた。わたしが生まれるまで、母は彼の宝石店に勤めていたのだが、ミスター・クラインはまったくの余所《よそ》者で、この町に住むただひとりのユダヤ人だった。

「こんにちは、ミスター・クライン」と母は言った。

ミスター・クラインは母に一冊の本を差し出した。「あなたなら気にいるかもしれないと思ったんです」

母はその本を受け取った。「『ミドルマーチ』ね。ありがとう、ミスター・クライン。かならずお返しします」

「すこしも急ぐ必要はありませんよ、もちろん」とミスター・クラインは言った。

彼は五十代なかばで、話し方にはかすかな訛りがあった。わたしの目には、彼のすべてが優雅で洗練されているように見え、いつもどこか旧世界の美しい広場を散歩しているかのようだった。母によれば、彼は戦争ですべてを、両親とふたりの兄弟を失ったのだという。それは人を「豊かにする」こともある喪失だった、と母は言った。なぜなら「奪われることによって、より大きな人間になる人もいる」からだというのだった。

「先週、『サイラス・マーナー』をまた読んだばかりなの」と母はミスター・クラインに言って、笑みを浮かべた。「お返しをさせていただくわ」母は地面からバスケットを引っ張り上げた。バスケットにはみずみずしい真っ赤なトマトが詰まっていた。そのなかからいちばん大きく、よく熟しているのを選んで、彼に差し出した。「どうぞ」

ミスター・クラインは手を伸ばして、それを受け取った。彼は底のほうから受け取ろうとしたので、ほんの一瞬だが、彼の手の甲が母の手のひらに重ねられるかたちになった。その瞬間、ふたりはじっと目を見交わし、かすかな、しかしそれとわかる電流が双方に流れた。

「エリー!」

父の声だった。わたしが振り向いても、父の姿は見えなかったが、それはべつにめずらしいことではなかった。遠くから自分が帰ってきたことを告げるのが、むかしから父の癖だったからである。あたかも妻と息子は自分の接近に対して警戒態勢をとるべきだと思っているかのように。

数秒後、父が家の角から現れて、ずんずん歩いてきた。いつものように、だぶだぶのズボンに、襟が擦りきれているフランネルのシャツというでたちだった。大きな茶色の袋を抱えて、古い木柵のそばに立っている母とミスター・クラインとわたしに近づきながら、一瞬、それを盾にして隠れようとしているみたいに見えた。

「こんばんは」とミスター・クラインが父に言った。

父はうなずいて、あたりを見まわした。「気持ちのいい夕暮れだ」と彼は言った。

ミスター・クラインは母の顔に視線を戻した。「ええ、とてもすてきですね」と彼は言った。

「ミスター・クラインがこの本を持ってきてくださったの」と母が言って、それをさっと宙にかかげて見せた。「『ミドル マーチ』よ」

父は蛇を見るような、とぐろを巻いてシューシューいっているものを見るような目つきで、その本をにらんだ。

「それはよかった」と彼は言って、ミスター・クラインの顔を見た。「で、最近、商売は繁盛しているのかね？」

ミスター・クラインは肩をすくめた。「まあ、ほぼいつもどおりですね」

父は会話をどう継いでいいかわからなかったらしく、話をする代わりに、茶色い袋を乱暴に揺すった。「豚の腿肉《もも》だ」と言って、彼は母の顔を見た。「リンゴといっしょに焼いてもらおうと思ってね」彼はミスター・クラインのほうを振り向いた。「腿肉は好きかね？」

ミスター・クラインはそっと首を横に振った。

「ユダヤ教の信者の方たちは豚は食べないのよ、ダグ」と、母が穏やかに父に教えた。

それはわたしには初耳だったが、ミスター・クラインに対する尊敬の念が高まっただけだった。わたしは自分から縁遠いものにならなんにでも惹かれるようになっていて、わたしの幼い頭のなかには絶えず城や川や古戦場のイメージがちらついていた。

「そうかね？」と父は言った。心から驚いているようだった。「あんたは自分がどんなものを味わいそこねているか知らないんだよ、エイブ」

「わたしはそうは思いませんけどね」とミスター・クラインは言った。彼はふたたび、今度は唇にかすかな笑みを浮かべて、母の顔を見た。母はそっと共謀するかのように、頬笑み返した。

「さて、そろそろお暇《いとま》しなくては」と彼が母に言った。「読みおわったらお返しします」

「本をほんとうにありがとう」と母が言った。

ミスター・クラインは帽子のつばに手をやった。「では、さようなら」

「さようなら」と母は答えた。

ミスター・クラインは後ろを向いて、車のほうへ歩きだした。黄昏《たそがれ》のなかを滑るように遠ざかっていく人影。

「感じのいい男だな」と父が言った。「頭もいいし、商売もうまい」

母は父から袋を受け取って、空いているほうの手を父の腕に差しこんだ。「行きましょう、ダグ」と、こどもをやさしくなだめるような口調で、母は言った。

わたしはふたりから目を離して、ミスター・クラインの後ろ姿を見送った。群れからはぐれた鹿みたいに、寂しそうな、孤立した気配をまとっていた。緑の芝生の上をゆっくりと遠ざかっていく姿はいかにも異邦人らしかった。ほかの人々の目には、彼はいつになっても〝余所者〟でしかありえないのだろう。

数秒もすると、彼は家の角を曲がって姿を消した。わたしはキッチンに通じる裏手のドアを振り返った。家のなかでは明かりがつき、芝生の上のわたしの場所からでも、母が忙しそうに茶色の袋から腿肉を取り出し、鉄製の平鍋に入れて、リンゴの皮を剝きはじめるのが見えた。そのすべてがなんだかこの世のものではない優雅さをたたえているようだった。父はキッチンテーブルの前に陣取って、母が忙しく立ち働いていることなど気にも留めずに、椅子にふんぞり返り、ブーツをテーブルの横に押しつけて、埃だらけの古い……。

あなたはエディプス・コンプレックスの塊ね。

その瞬間、頭のなかにジュリアの声があまりにも鮮明に響いたので、わたしは思わずあたりを見まわして彼女の姿を探したい衝動に駆られたが、それをぐっと抑えつけた。すると、おなじくらい突然、現実の世界が、そのさまざまなディテールが戻ってきた。数脚の椅子、噴水、いまやじつに巧みに悪意を隠して、何も知らない魚たちに最期の水を注ぎかけているように見える石造の乙女。

腕時計を見ると、あの若者がもうとっくに最後の椅子をきちんと並べおえている時刻だった。おそらく何人かの人たちがすでに席について、わたしの到着を待っているだろう。椅子から立ち上がって、講演会の会場に向かったとき、わたしが知らなかったのは、ほかの聴衆とはまったく別の理由から、ローラ・フェイ・ギルロイもわたしを待っていたことだった。

2

わたしが講義室に入っていくと、何人かが振り向いたが、ほかの人たちは持参した本を読んだり、近くの人とおしゃべりするのをやめなかった。ひとりを除いて、全員が女性だった。たいていはひとりで坐り、濡れたレインコートをきちんとたたんで、空いている隣の椅子の上に置いていた。聴衆のなかでただひとりの男性は六十代なかばに見えた。つばに部隊名の紋章付きのヴェトナム戦争退役軍人の帽子をかぶっている。軍事史マニアにちがいなかった。

全員がこの博物館の常連らしく、少なくともわたしにはそう見えた。おそらくあしたの晩もこのおなじ部屋に集まって、おなじ金属製の椅子に坐り、ウィンチェスター銃の開発史や先住アメリカ人の唄の儀式上の重要性に関する話に恭《うやうや》しく耳を傾けるのにちがいない。

わたしは演台の背後に歩み寄って、温かい笑みをもらした。「まず初めに、この講演のあと、わたしの本が売店で入手できることをお知らせしておかなくてはなりません」笑いが自虐的になった。「わたしはいつもこれを言うのを忘れるので、出版社がおかんむりなんです」

クスクス笑いが起こったが、どちらかというと失敗したジョークに同情する笑い声みたいだった。

このすでに心許《こころもと》ないオープニングから入って、わたしは話をはじめた。きょうはいくつかの軍事的な選択についてお話しするつもりだが、とわたしは聴衆に言った。それはこういう選択がきわめて劇的な結果をもたらしたからである。こういう講演の常道どおり、わたしは定番になっているアメリカ史上のいくつかの例を引き合いに出した。アラモの戦いにおけるサンタ・アナ将軍の破滅的な小心さ、コールド・ハーバーにおけるグラント将軍の流血の攻撃——冷静なことで有名なこの指揮官が後悔した唯一の選択——などである。

ここで手が挙がった。もちろん、あの退役軍人だった。

「グラントはなぜあの攻撃を後悔したのかね？」

「あまりにも多くの北軍兵士が犠牲になり」とわたしは答えた。「しかも、攻撃の成果が上がらなかったからです」

「多くの大量殺戮が結果的には無駄だったということになる」と退役軍人は言った。「命令を出すときには、それはわからないんだが」

「そうですね」とわたしは同意した。「そのときはわからないんです。しかし、あとから振り返ってみると――」

「イラクはどうなんだ？」と退役軍人がさえぎった。「われわれはあのすべてを後悔することになると思うかね？」

「わかりません」とわたしは言った。「なぜなら、イラク戦争はまだ歴史になっていないからです。少なくとも、コールド・ハーバーでの攻撃がいまや歴史になっているという意味では」

イラク戦争の最終的な結果はまだ確定することができない、とわたしは聴衆に向かってつづけた。なぜなら、何と何が影響を与えているかがまだはっきりしていないからだ。「影響力としては、それはいまでもまだ生きており、わたしたち全員が死んでもまだ生きているかもしれないのです」とわたしは結論した。「一方、コールド・ハーバーの攻撃が無駄だったことはごく早い時期にあきらかになったので、グラント本人がそれはほとんど人殺しのようなものだったと考えたほどでした」

人殺し。

そんな暗鬱な言葉を発したとたんに彼女が現れたのは、あとから考えてみると、奇妙な気がしたものだった。

たとえもっとよく見たとしても、それがローラ・フェイ・ギルロイだとは、わたしにはわからなかっただろう。なんといっても、すでに二十年という歳月が経っており、講義室のあいたままのドアからするりと入ってきた人影は、バラエティ・ストアの広い中央通路をふわふわ歩いてきた、金髪で、スタイルのいい、淡いブルーのブラウスの半袖からほっそりした白い腕を剝きだしにした、若々しい女ではなかったからだ。それはでっぷりしているとまでは言えなかったが、かなり肉付きのいい女で、服は以前より黒っぽく、露出している部分も少なく、その地味な色合いや露出の少なさが、もはや現実と矛盾しているようには見えないような女だった。

彼女は入口で立ち止まろうとはしなかったので、その瞬間、わたしがたまたまノートに目を落としていたら、まったく気づかなかったにちがいない。実際には気づいたことは気づいたのだが、通路を動いている人影という印象しかなかったので、わたしはすぐに聴衆に注意を戻した。

そのころには、すでに話をはじめて数分が経過しており、聴衆の反応がある程度はつかめていたが、あまりかんばしいとは言えず、あきらかにだれ気味の雰囲気になっていた。そういう場合にはよくそうするのだが、それを軽く受け流すため、いつも決まって使う手を使った。

「じつは」とわたしは笑いながら言った。「話をはじめるとき、わたしはいつもみなさんを圧倒するような話をしたいと思っているんです。ギボンとか、マコーレーとか、カーライルとか、わたしの大学院時代のアイドルだった歴史家たちがしたはずの講演みたいに」わたしはふたたび、今度はさらにもっと自分を卑下する笑いを浮かべた。「しかし、ラシュモア山の偉大な彫像を刻むつもりになっても、結局は小さなカメオを彫るだけで終わってしまうようです」

会場には面白がっているような気配が漂ったが、ただの気配にすぎなかった。

そのあとは、わたしはただひたすら話を前に進めるしかなかった。失った陣地を取り戻そうとしているかのように、ほかのさまざまな軍事的大失敗についてふれ、一通りの話を終えた。

「質問はありませんか?」とわたしは訊いた。

ひとつもなかった。

「わかりました。きょうは来ていただいてありがとうございました」

聴衆は苦労して椅子から立ち上がり、自分の持ち物をまとめはじめた。

「繰り返しになりますが、わたしの本は博物館のギフトショップで購入できます」とわたしはもう一度念を押した。「サイン入りの本がご希望の方があれば、わたしは向こうでお待ちしています」

わたしはそれ以上なにも付け加えずに、演台から何枚かのメモを掻き集め、礼儀正しく聴衆の最後尾から廊下に出ると、彼らを追い越さないようにゆっくりとした足取りで、博物館のギフトショップへ向かった。

わたしの本は博物館が用意した小さなカードテーブルの上に積まれていたが、本の山は先に見たときとまったくおなじで、その場で立ち読みをするくらいの注意さえ惹かなかったのはあきらかだった。なにげなく本を手にとって、すぐにもとに戻す人たちは、あたかも急いで厄介払いしようとするかのように、かならずちょっとずれた位置に戻すのがふつうなのだから。

それでも、少なくとも自分の本を売ろうとしてもかまわないと言われていたので、そのかすかな希望をよすがに、小さなテーブルの後ろに坐って待つことにした。威嚇的に見えないように両手を前で組み合わせ、愛想のいい笑みを顔に貼りつけて。

時間が過ぎていった。

だれも来なかった。

そうやって十字架に架けられている時間をやり過ごすために、わたしはブリーフケースから本を、ジョージ・ワシントンのいちばん新しい伝記を取り出して、読みはじめた。ワシントンといっしょに、独立戦争時の冬の野営地、ヴァリー・フォージを歩きまわっているとき、だれかの声がわたしを現実に引き戻した。

「『致命的な選択』」

顔を上げると、ひとりの女性がわたしの本を、まるで手に負えない赤ん坊であるかのように、ひどくきびしい顔をして抱きかかえていた。黒いオーバーコートを着て、ぴっちりした毛糸のキャップをかぶり、艶のない金髪の房がすこしだけはみ出していた。太い縁の眼鏡が、若干ずれ落ちたかのように、鼻梁のまんなかよりちょっと上に掛かっている。ダークグリーンのスカーフを首に巻き、その端を襟巻きみたいに肩に掛けていた。どことなくみすぼらしく、場違いなところがあったので、ひょっとすると、ほかに行くところがなくて、ときどき図書館や博物館をうろついていることがある、頭のおかしい人かホームレスのひとりなのかもしれないと思った。

「こんばんは」とわたしは礼儀正しく言った。

女はすぐにはそれに答えずに、黙ってわたしの顔を見ているだけだった。片手を上げて眼鏡を押し上げたが、眼鏡はそれでもすこし傾いたままだった。それから、その女が言った。「わたしがだれかわからないのかしら、ルーク？」

女の顔立ちが変化し、再形成されて、焦点が合い、それからどっと飛びだして、一瞬のうちにぞっとする面影がひらめいた。

「ローラ・フェイ？」わたしは信じられないという顔で聞き返した。

すると、突然、これまでの長い年月が崩れ去ったかのように、彼女はふたたびあの南軍戦没者記念碑の階段に坐っていた。バスの窓から日が射しこみ、彼女はわたしのほうに目を上げた。暗い問いかけるような光をたたえた目を。

「ローラ・フェイ」とわたしはそのまま繰り返した。「ギルロイ」

彼女が脅すようなそぶりを見せたわけではないが、わたしは毒蛇の入った籠を渡されたような気がした。蛇が這いまわり、籠の破れ目を探している音が聞こえるかのようだった。

「わたしを見て驚いているようね」と彼女は言った。

〝驚愕した〟とわたしは思った。〝呆然とするほどに〟

にもかかわらず、彼女はそこに、現にわたしの目の前に立っていた。あの女。あのころはとても若かった女。はるかむかしに、わたしの父が恋に落ちた、あるいは欲情に身を焦がした女。擦りきれたコート、毛糸のキャップで髪を覆い、ダークグリーンのスカーフを首に巻いている。かつてほっそりしていた腕は太くなり、肌は乾燥して、目は眼鏡の分厚いレンズで拡大されていた。まだ老女とは言えないが、確実にそこに近づいている女。

「ローラ・フェイ・ギルロイ」とわたしはもう一度繰り返した。「たしかに……驚いた」

わたしは彼女を食い入るように見つめた。わたしの目に映ったなにひとつ、あのローラ・フェイが冴えない中年女に、生活が豊かとは言えない中年女になったことを否定してはいなかった。彼女の服装は贅沢からはほど遠く、若いとき同様にその後も、お金と縁がないのはあきらかだった。顔色はむかしより青白く、そのせいか、目の下の隈が濃くなったように見える。唇の端には小じわがあり、目元にも中年特有の網目状のしわがある。顎にはかすかな傷があって、額にも別の傷痕があり、公共施設の収容者や、刑務所や精神科病院の常連みたいに、どこか痛めつけられたような印象があった。あるいはむしろ、放り出されたり蹴られたり、乱暴な扱いでへこんだり疵《きず》ついたりした、使い古されたスーツケースを思わせた。かつてはキラキラしていた青い目もかなりどろんとして、落ちくぼみ、小さなふたつの洞窟の入口から外を覗いているみたいに見えた。

「ルークと呼んでもいいかしら?」神経が張りつめているのがはっきりとわかる声で、彼女は訊いた。そして、本をわたしのほうに押してよこした。書名の下に〈マーティン・ルーカス・ペイジ〉と著者の名前が記されている。「いまはルーカスで通しているのかもしれないと思ったから」

あざけりの気持ちがあるのだろうか、とわたしは思った。わたしが慢心し、うぬぼれていると暗に仄めかしているのだろうか? わたしにはわからなかった。しかし、それでも、彼女を目の前にしていることとの生理的なぎこちなさが、なにかにきつく巻きつかれているような感覚がいちだんと強くなった。

「ルーカスを使っているのは本のときだけなんだ」とわたしは言った。

彼女は次に何を言うべきかわからないようだったが、それでも面通しのために並んだ列のなかの容疑者を見つめるみたいに、ひるまずにじっとわたしを見つめていた。それから、驚くほどすばやい動作で、キャンバス地のバッグの底に手を入れると、しわくちゃになった二十ドル札を二枚取り出して、わたしに突き出した。

わたしは手を伸ばさなかった。

「支払いはレジですることになっている」とわたしは教えた。

彼女は目を細めた。まるでわたしが間違ったことを教えているとでも思っているかのように。「レジ？」

「あそこだ」とわたしは言った。

彼女はわたしが指したほうを見てから、ふたたびわたしを振り返った。「わかったわ」と彼女は言って、通路を歩きだしたが、二メートルも行かないうちに、いきなり命令されたかのように立ち止まり、さっと振り向いて、「すぐ戻ってくるわ」とわたしに言った。

〝すぐ戻ってくる〟とわたしは考えた。〝なぜ？〟

通路を歩いていく彼女を見送りながら、いったい何が、よりによって、ローラ・フェイ・ギルロイをここに、こんな小さな博物館に来させ、読むはずもない本を買うように仕向けたのだろう、とわたしは考えていた。少年のときにしか知らなかった男の本などを。その少年が彼女にひどく腹を立て、大人になったいまもまだ殺してやりたいほど腹を立てているかもしれないことを想像できないはずはないのに。

そのあいだにも、ローラ・フェイはレジに歩み寄って、代金を支払い、本をバッグのなかに入れた。それから、うなずいて、店員に〝ありがとう〟と唇の動きだけで言うと、通路を引き返して、わたしが――訳もわからずに宙吊りになって――小テーブルの背後でじっとしている場所へ戻ってきた。

「さあ、これでこれはわたしのものね」ちょっぴり苛立たしげな笑みをもらしながら、彼女は言った。そして、バッグからわたしの本を取り出すと、テーブルのわたしの前に置いて、書名の印刷されたページをひらいた。「かまわないかしら？」

かまわないか？

一瞬、わたしはひどい非現実感にとらわれた。この女から、父のかつての愛人から、現実にそんなことを頼まれるとは思ってもみなかった。著者のサインなどつまらないものだし、わたしのサインが大半のそれよりさらにつまらないのはわかっているが。それにしても、どうして本にサインしてくれなどと頼めるのだろう？　あんなに多くの人生を破壊した忌まわしいスキャンダルで、自分が恐ろしい役割を果たしたことを知っているくせに。どんな献辞を書いてほしいというのか？　すべての過去をなかったことにして、〝ご多幸をお祈りします〟とか〝セントルイスでお会いできてよかった〟とか〝ご支援を感謝します〟とか書いてほしいのだろうか？　もしもわたしがそう書いたら、そんなことを書く気になったわたしを、彼女はどう解釈するのだろう？

そういう疑問に対してわたしがとれる行動はただひとつしかなかった。そう思ったので、さっと本を引き寄せ、タイトル・ページに〝ローラ・フェイ・ギルロイへ〟とだけ書いて、サインをしてから、それをテーブル越しに押し戻した。

「ありがとう」とローラ・フェイは言った。彼女は本を手に取ると、それを両腕で抱きかかえるように持った。「あなたは自分がしたことを誇りに思っているの？」と彼女は訊いた。

まるで突然証言台に呼ばれたかのように、不安な震えが背筋を走った。「誇りに思っている……自分がしたことを？」とわたしはおずおずと聞き返した。

「立派な教育を受けて」とローラ・フェイは言った。「本を書いていることを」ただ事実を述べている口調だったが、なんだかあらかじめ練習しておいた台詞みたいに聞こえた。別の本を抱きかかえて、鏡の前に立ち、B級映画の女優が台詞を練習するみたいに。「自分の夢を実現したことを」

彼女がすぐそばにいることが――長年のあいだ、ときおりちらりと脳裏をかすめるだけで、それ以上の実質はもたなかったのに――彼女のあまりにも肉体的な存在感が、強烈に侵略してくるような気がした。見知らぬ男が、大きな、黒々とした、不吉な人影がよろよろ庭に入ってくるのを見て、思わずドアを閉め、ピシャリとボルトを下ろしたくなるような気分だった。

「そういうすべてをやっていることを誇りに思っているにちがいないという意味よ。そうじゃない、ルーク？」とローラ・フェイは訊いた。いまや、そっと探りを入れるような口調になっていた。すでに言ったことを確認しているようでもあり、なんだか自信がなくなったようにも聞こえ、そのどちらかはわからなかった。

わたしはただそっと肩をすくめただけだった。それでローラ・フェイとの会話を打ち切るつもりだったが、実際には逆効果だったらしく、彼女はもうすこしぐずぐずしている気になったようだった。

「それで、ときには、あなたもグレンヴィルを思い出すことがあるのかしら？」と彼女は訊いた。

その町を出て以来、ずっと封じこめておいた地下室から、どろどろした記憶がふいに噴き出した。

「むかしのことを、という意味だけど？」と彼女は付け加えた。

わたしは自分の耳が信じられなかった。むかしのこと？　わたしのグレンヴィルでの最後の日々を暗澹たる色に染めた恐ろしい出来事を、ローラ・フェイ・ギルロイはセピア色をした思い出みたいに、かすかに金色がかった懐かしいむかしの写真みたいに考えているのだろうか？

「そのむかしのことはかなり苦痛な経験だったからね。もちろん、あなたもよく覚えているだろうけど」とわたしはそっけなく答えた。

「そう、そうね」とローラ・フェイは同意したが、彼女の声には依然として非常識にも懐かしげなものが絡みついていた。それとも、ただ後悔して問いかけなおし、乾いた心で灰を掘り起こそうとしているだけなのだろうか？

「わたしはよく考えるわ」とローラ・フェイは言った。そして、ふいに想像もしなかった考えがひらめいたかのように目を輝かせた。「わたしたち、話すことがたくさんあるんじゃないかしら？」彼女は肩をすくめた。「だって、残っているのはわたしたちだけなんだから」

それはたしかにそのとおりだった。ほかの人たちはみんな死んでしまったのだから。父は血だまりのなかに倒れ、ローラ・フェイの夫のウディももうひとつの血だまりのなかで倒れ、母はベッドのなかで息絶えた。そういうすべてのせいで、哀れな、つまらないグレンヴィルの町が、一瞬、貧しい南部の白人版シェイクスピア劇の舞台と化したのだ。

ローラ・フェイは、荒天の空から射す薄日のような笑いをもらした。「わたしは四十七になるのよ、ルーク。橋の下をたくさんの水が流れていくのを見てきたわ」

「四十七」わたしはぼんやりと繰り返した。「ほんとうに？」

彼女はすぐには答えなかった。その沈黙のあいだに、彼女が妙に切迫した気持ちになっていくのがわかった。引き金にかかった暗殺者の指が、標的が近づくにつれて緊張するみたいに、どんどん緊張が高まっていくようだった。

「ルーク、ひとつだけ、むかしからずっと言いたいことがあったの」と、やがて彼女は言いだした。「ウディが遺書に書いたこと……わたしが彼にやらせたという。あれはそういう意味ではなかったのよ。わたしがやらせたと彼は言いたかったわけじゃなかったの」

わたしはほっと胸を撫で下ろした。そうだったのか。そのために、ローラ・フェイ・ギルロイは、どこから来たのかは知らないが、湿っぽい十二月の夜に、わざわざ西部博物館までやってきたのか。わたしに対して自分の言い分を立証し、自殺したウディ・ギルロイの遺書が引き起こした問題をあきらかにして、彼のせいで背負いこまされた罪悪感を振り払い、すべてをわたしともう一度検証して、結局は自分の〈無罪〉を主張するつもりだったのか。

「ウディはあなたのお父さんとわたしのことにふれたことは一度もなかった」と、ローラ・フェイは宣誓をした証人の断固たる口調で断言した。「彼はわたしたちがなにかしていると考えたことはなかったのよ」

〝なにかしている〟？　あまりにも多くの死をもたらす結果になった裏通りでの情事について、ローラ・フェイがこんな遠まわしな言い方をするのを聞いて、わたしのなかを痛みが走り抜けた。

「まあ、いろんなことが起こるものだからね」と、血塗られた犯罪現場から目をそむける人みたいに、わたしはとっさに言った。そして、彼女が腕のなかに抱えている本を頭で示した。「わたしたちはだれでも『致命的な選択』をしなければならないんだから」ローラ・フェイは安心したように息を吸いこみ、心に決めていた任務を終えたような顔をした。わたしに言いにきたことを言い、多少は理解してもらえたと思っているかのように。

それにもかかわらず、彼女は立ち去ろうとしなかった。

「今夜はこの町に泊まるの？」と、敵対的な国境の検問を通過して、もっと安全な場所へ行こうとしているかのように、彼女はいまやごく気楽な口調で訊いた。

わたしはうなずいた。「シェイディ・クリークに泊まるつもりだ」

「すてきなホテルなんでしょうね、きっと」とローラ・フェイが言った。「バスで一度前を通ったことがあるけど、とても高級そうだったわ」

わたしは肩をすくめた。「大切に扱われることはあまりないんだけどね」

「お母さんが亡くなってからは、でしょう？　たぶん」

急に母のことを持ち出すのは奇妙な気がした。けれども、そのころには、ローラ・フェイの心があきらかにジグザグな動きをすることに、わたしは気づいていた。彼女の考えは、野原のウサギみたいに跳ねまわるようだった。声の調子や態度も同様で、初めは緊張していたのに、いまやくだけたおしゃべりをしているような口調だったし、気分が急に昂揚したり落ちこんだり、強烈で予測不可能な気流に運ばれる風船みたいに、あちこちに流されていくようだった。

「実際には、妻と離婚してからだけど」と言って、わたしはちらりと笑みを浮かべた。

「もっとも、彼女からはあまり大切に扱われたとは言えないが」笑みはしばらく消えずに残っていたが、温かい笑みにはならなかった。「彼女は現代的な女性だったから。どういう意味かわかるかい？　男を甘やかすタイプじゃなかったということだが」

「わたしもそうだって、オリーから言われたわ」いまやあきらかに打ち解けた会話の口調で、ローラ・フェイが言った。「やさしくかわいがりたくなるタイプじゃないって」

「オリーというのは……？」

「わたしの夫よ」とローラ・フェイは言った。「遅くなってから再婚したの。たぶん、男というものがちょっと嫌になっていたからだと思うけど」

しばらく間があいた。そのあいだに、ローラ・フェイの目のなかのなにかが変わり、そのとき初めて、彼女はむかしの、素朴な、なんの野心もたくらみもない娘、木の板みたいにごまかしのない、わたしの父にうってつけの田舎娘に似ているような気がした。

「どこか話のできる場所がないかしら？」と彼女は言った。「大勢の人たちが聞いている前で大変な講演をしたあとだから、あなたは疲れているにちがいないけど」

「実際のところ、エネルギーをもらえるものなんだよ」とわたしは言った。「注目の的になるということは」

彼女はかすかに表情をやわらげたが、それがちらりと目を伏せた仕草とみごとに調和していた。「わたしにはわからないけれど」と彼女は静かに言った。

わたしがまんまと引きこまれ、彼女と話をする気になったのはその瞬間だったのだろうか？　彼女のせいでわたしは自分が実際より大物に、かつてなりたいと思っていた、もっと重要で偉大な人物に、母の王冠の宝石になったような気分になり、ただそれだけの理由で、彼女への警戒心がいくらか薄れたのかもしれない。父が惹かれたのも彼女のこの慎ましさだったのだろうか、とわたしは思った。それが彼女の隠された魅力だったのか？　彼女のせいで、哀れで、月並みなヴァーノン・ダグラス・ペイジは自分が大物で、強く、重要だと感じたのだろうか？　すこし話をしてみれば、少なくとも謎のその部分を掘り起こし、毒のある植物を発芽させた小さい無害な種子を見つけられるかもしれない。

「わたしのホテルにラウンジがある」とわたしは言った。「かなり静かなようだったから、そこに行ってもいいだろう」わたしは店内を見まわした。レジ係はレシートをかぞえており、客はひとりもいなかった。「よかったら、すぐに行ってもいい」

ローラは後ろを向きかけたが、途中で動きを止めた。「でも、無理強いはしたくないわ」と彼女は言った。「あなたはこの町にお友だちがいるのかもしれないし、だれかと会う必要があるのかもしれないから」

「すこしもそんなことはない」とわたしは言った。

「ここにいるあいだ、だれとも会う予定がないの？」とローラ・フェイが訊いた。

「ないよ」とわたしは答えた。

「ほんとうに？　だれとも？」

「だれひとりそんな相手はいない」とわたしは請け合った。わたしのなかでなにか引っかかるものがあった。心に引っかかった小さな鉤《かぎ》。「わたしは完全にひとりきりだ」

ローラ・フェイの目がかすかに輝きを増した。ひとつ障害物を跳び越えて、ゴールめざして走りつづけられることになったランナーみたいに。「それなら、いいわ」と言って、彼女はごく小さな笑みを浮かべた。

3

とても小さい笑みだったけれど、どこか気になるところのある笑みだった。あたかもその薄いひび割れた唇の背後に、小さな白い牙が隠されているかのように。

だから、ローラ・フェイといっしょにホテルに向かっているとき、ひょっとすると、わたしは巧みにこの会話に誘いこまれたのではないかと思った。ローラ・フェイがそっと言った「わたしにはわからないけれど」という台詞、そう言いながらちょっぴり悲しげに目を伏せた様子、そういうすべてが巧みに仕掛けられた罠で、わたしはまんまとそれに引っかかったのではないかと。

しかし、たとえそうだったとしても、いまからでは逆戻りするには遅すぎた。とりわけ、歩いているあいだに、ローラ・フェイの気分がずいぶん明るくなったあとでは。彼女はいろんなクリスマスの飾りを楽しそうに指さして見せさえした。雪だるまやトナカイ、サンタクロースや〝赤子のイエス〟。彼女にとって、セントルイスは驚くべき町、パリのように魔術的で、ヴェネツィアみたいに夢のような町らしかった。

そのあいだじゅう、わたしはただ彼女の横を歩き、うわの空で聞きながら、少なくともこのあと数分の会話を逃れる術《すべ》はないとあきらめていたが、できるだけ早く逃げだそうとも決心していた。どうせ退屈な会話になるに決まっていると思ったからだけでない。彼女が突然現れたことが、やはりどうしても引っかかったからである。軽い気持ちで出かけてきたとは、わたしにはどうしても思えなかった。それだけに、こんなふうにまたむかしに逆戻りして、セントルイスの華麗さをいかにも満足そうに楽しんでいるのが、彼女の本心だとは思えなかった。

ラウンジに入ってからしばらくのあいだ、ローラ・フェイは彼女にとっては言葉で言い表せないほど贅沢に見えるらしい内装を眺めていた。「あなたはほんとうに遠くまで来たのね、ルーク」と、わたしたちがラウンジの小テーブルのひとつに陣取ると、彼女は言った。そして、コートを脱いだが、ダークグリーンのスカーフを取ろうとはしなかった。あたりを見まわして、生け花やグランドファーザー時計、優雅なカーテンや絨毯に目を留めた。「ほんとうに遠くまで」

それは完璧に月並みな会話の糸口だった。わたしを過去に連れ戻したければ、ふたりがグレンヴィルで知っていただれか無害な人物や、わたしたちがそこで暮らしていた時期に起きた出来事——たとえば、だれも行かないフラワー・フェスティバルや、やはり惨憺たる結果だった住宅見学会——を引き合いに出さないのが奇妙だった。しかし、彼女が最初にふれたのは、そういうものではなく、いわばグレンヴィル全体、わたしたちが住んでいた世界としてのグレンヴィルだった。しかも、なぜか、彼女はそれを結末を知っているが明かそうとはせずに話しはじめる人みたいに持ち出した。

「そう、たしかに遠くまで来た」とわたしは言った。こんなに長い年月のあとでさえ、グレンヴィルという名前が依然としてわたしの心に穏やかならぬさざ波を立てることをなんとか隠そうとして、リラックスした、なにげない口調に聞こえるように気をつけて。「目くるめく青春の国からはるか遠くまで」

ローラ・フェイの目がさっとわたしに向けられた。「目くるめく青春の国」と、彼女は感嘆した声で繰り返した。もっとも、その裏側には、カーテンの陰に隠れている人物みたいに、なにか別のものが隠されているような気がしたけれど。「あなたはむかしからとても頭がよかったわ、ルーク」

「ありがとう」とわたしは軽く言った。「しかし、白状すると、これはわたしの言葉じゃない。〝目くるめく青春の国〟というのは。ディラン・トマスの言葉なんだ」

ローラ・フェイは訝しげにわたしの顔を見た。

「イギリスの詩人だ」とわたしは説明した。「というより、ウェールズの、と言うべきかもしれないが」

「詩人なの」とローラ・フェイは言った。「それじゃ、あなたは詩も読むのね？　本を書いていないときには、という意味だけど。本を書くのには何年もかかるんでしょう？」

「そう、ちょっと時間がかかる」とわたしは言った。

ローラ・フェイの笑い方はちょっぴり大げさすぎた。静かなラウンジよりはむしろ舞台にふさわしい笑い方だった。

「ちょっと時間がかかる？」と彼女は聞き返した。「まるでなんでもないみたいに！　だれにでもできるみたいに。ただ……〝ちょっと時間が〟あれば。時間や機会さえあれば、わたしにも、だれにでも本が書けるみたいに。本を書くことが世界でいちばん重要なことじゃないみたいに」

わたしは片手を振って、著者に対するローラ・フェイのあまりにも手放しの称讃を打ち消した。「それはすこしもこの世界でいちばん重要なことじゃない」とわたしは言った。「本を書くことは、という意味だけど」

ローラ・フェイの目の青さがごくわずかだけ暗さを増した。「でも、あなたにとってはそうだったんでしょう？　そうじゃない、ルーク？」

その目にはなにかわたしを困惑させるものがあった。わたしはそれには答えずに、顔をそらして、カウンターに目をやった。黒いパンツに白いブラウス、ワイン色のヴェストといういでたちのウェイトレスが、短い柱に寄りかかっていた。

「ミス？」とわたしは声をかけた。

ウェイトレスがそれを聞きつけて、すぐにわたしたちのテーブルにやってきた。

「ハーイ」と彼女は言った。

「ハーイ」とわたし。「飲みものを注文できますか？」

「もちろんです」彼女はローラ・フェイのほうを向いた。「何になさいますか？」

「赤ワインがありますか？」とローラ・フェイが訊いた。

「メルロー、カベルネ・ソーヴィニョン、それにピノ・ノワールがございます」

ローラ・フェイは面食らった顔をした。こういう高級ホテルでは、顧客は彼女が知らない秘教的な知識をもっていなければならないことをふいに悟ったかのように。

「きみはピノ・ノワールが気にいると思う」とわたしは彼女に言った。

ローラ・フェイはそっとうなずいた。「そうね」

「わたしたちふたりにピノ・ノワールを」とわたしはウェイトレスに言った。

「すぐにお持ちいたします」とウェイトレスは言って、引き下がった。

「何が何だかわからなかった」とローラ・フェイは認めて、女から少女に戻ったかのようにクスリと笑った。弱々しい、すこしも彼女らしくない笑い方だった。「おかげで助かったわ、ルーク」彼女は片手を口にあてがった。「きまりが悪かった。わたしきまり悪そうな顔をしていた？」

「そんなことはなかったよ」とわたしは請け合った。

彼女は口元から手を離した。「じゃ、あなたはワインにとても詳しいのね」

「ピノ・ノワールはいいワインだと知っているだけさ」とわたしは言った。

「グレンヴィルでは、アイスティーしかなかったから、覚えてる？」とローラ・フェイは訊いたが、なんだかひどくわざとらしく聞こえた。まるで頭のなかにある台本にあくまでも従おうとしているかのようだった。「砂糖を入れるか入れないか。レモンを入れるか入れないか。それだけで、ほかには選択の余地はなかった」

「そう、ほかに選択の余地はなかった」とわたしは言った。

「グレンヴィル」とローラ・フェイは言った。その言葉でわたしを奇跡的にそこへ連れ戻そうとしているかのように。「アラバマ州グレンヴィル」

牧歌的な南部の町を、南部らしさが凝り固まったまさにフォークナー的な町を想像してみるがいい。まばゆいばかりの白さ、高い円柱に優雅な丸天井をいただいた堂々たる郡庁舎。その庁舎を取り囲むように立ち並ぶ二階建てのすてきな建物。すべて木造で、さまざまな色——といってもすべてパステル調だが——に塗られている。建物にはそれぞれバルコニーが付いていて、夕暮れどきになると、町の商店主や専門職の男たちはこの二階のバルコニーで、白いロッキングチェアにゆったりと背をもたせ、バーボンをちびちびやりながら葉巻をふかしてくつろぐ。バルコニーの下の店ではふわふわした半透明のドレスや広いひさしの付いた帽子が売られ、いくつかのウィンドウからは、きらめく宝石や結婚指輪や純白の真珠が、通りをそぞろ歩く町の住人たちに目配せしている。通りは、広場から離れた通りでさえ、塵《ちり》ひとつなく掃き清められ、明るい日射しに照らし出されている。そういう通りを人々や車がゆったりと、物憂げかつ優雅に流れていく。町の住人たちはしばしばうなずき合い、立ち止まって挨拶をする。この夢のような町の住人たちは、ツツジの花咲くまだら日の完璧な永遠の春のなかに住んでいるかのようだ。この美しさは住宅地になるといっそう豊かになり、完璧に手入れされた広々とした芝生にゆったりとした邸宅が立ち並び、夕べにそのあたりをぶらつけば、大切にされている令嬢がショパンを練習するのが聞こえるだろう。

さて、その丸天井の郡庁舎を取り除いて、灰色のコンクリート製の醜怪な代物に置き換えてみよう。日に焼かれた茶色い坂の上に建つその庁舎は、一本しかない狭い通りを見下ろし、その通りの両側には粗末な手書きの看板をぶら下げた軒の低い建物が立ち並ぶ。快適な日陰になっている木製のバルコニーを取り去って、酷暑のなかでジリジリ焼かれる、のっぺりとしたレンガ製のファサードに置き換え、薄物のドレスを飾る婦人服店や、金や真珠がきらめくショーウィンドウを取り去って、店先でイエスが跳びはねる福音派の集会や、自動車部品を卸売りするアウトレット店、ずっしりした模造宝石類やボロボロのペイパーバックや半端物のガラス製品がごろごろしている委託販売店に入れ替えてみよう。曲がりくねる小道や広々としたポーチのある大邸宅を取り除いて、格子状に並んで日に焼かれる平屋の一戸建てを、レンガや木材やコンクリートやその他なんでもかまわず継《つ》ぎ接《は》ぎして、大量生産のアルミ・サイディングで覆った住宅に置き換えてみよう。フォークナー風の牧歌的風景をそういうすべてに置き換えても、それだけではまだグレンヴィルになるには足りない。

グレンヴィルにするためには、空っぽのウィンドウががらんとした歩道を盲人の目みたいにじっと見つめている、何軒かの廃業した店を付け加え、駐車場のスピーカーから炸裂する鼻にかかったカントリー・ミュージックの大音響、夏にはヒメシバがはびこり秋には泥の水たまりだらけになる公園、警察署の地下にある窓のない図書室を追加しなければならないだろう。さらに、錆や染みにも登場してもらう必要があるだろうし、ツツガムシやクズ、アメリカヤマゴボウの分厚く繁茂する茂み、やたらに伸びた茎がふくらんだ紫色の実や大きすぎる葉の重みで垂れさがっている茂みも加える必要があるだろう。

そういうすべてを付け加えても、まだ足りないものがある。

そこにさらに付け加える必要があるのは、パトカーの絶えず点滅する光に照らし出されたトレーラー・パーク、赤土のドライブウェイに疲労困憊したマストドンみたいに鎮座しているディーゼル・トラック、インゲンやスイカの収穫をする季節労働者のための間に合わせのカトリック教会、またぞろ侘しい夜が明けて、夜勤シフトが終わるころ、ドッグフード工場に向かって流れていく、錆びついた車や古いピックアップ・トラックの延々とつづく行列である。

そういうすべてを加えたうえで、さらに、あらゆるところで、あらゆる場所で、気が遠くなる、なんの面白味もない苦闘がつづけられているという感覚が必要だろう。

少なくともわたしにとって、グレンヴィルはたしかにそんなふうに見えたものだった。


「あなたは一度も好きになったことはないんでしょう、ルーク?」とローラ・フェイが訊いた。「グレンヴィルを?」

たったいま自分がグレンヴィルについて考えていたすべてが、あの町をひどく低く見ていることが、わたしの顔に出ていたにちがいない、とふと思った。

「ああ、好きになったことはない」とわたしは認めた。

「自分がそこに属していると感じたことがないからでしょうね?」とローラ・フェイが訊いた。「そうだからにちがいないわ」

「そうかもしれない」とわたしは答え、それからすぐにわたしたちの会話のナイフの切っ先を彼女に向けた。「きみは好きだったのかい?」

「ええ、好きだったわ」とローラ・フェイは言った。「あなたのお父さんがそうだったように」

ローラ・フェイに呼び出されたかのように、父のイメージがいきなり目の前に現れた。その瞬間、それはハムレットの父の幽霊とおなじくらいリアルに見えた。とはいっても、わたしの父は国王とはほど遠く、ましてやすこしも高貴な人物ではなかったが。じつは、父がやったことを悟ったときでさえ、議論の余地のない証拠がはっきり目の前に並べられたときでさえ、父が浮気をするなどということはわたしには不可能に思えた。父には、たとえローラ・フェイみたいに生まれの卑しい月並みな娘でも、若い女が惹かれるようなところはこれっぽっちもなかったからだ。もしも父が強烈な人物だったなら、偉大な業績や学識や名声のある男、あるいは単なる金持ちだったとしても、ローラ・フェイとの関係があれほどわたしを唖然とさせ、信じられない気分にさせることはなかったろう。実際、それを発見したとき、わたしはただただ信じられなかった。不義密通については、いろいろな本で読んだことがあり、偉大な人物が、宮廷のよくさえずる婦人たちばかりではなく、羊飼いの娘や、農夫や鷹匠《たかじょう》の娘にも手を出したことを知っていた。もちろん、そういう男たちは肥満した、がさつな連中だったかもしれないが、彼らには常人とは別の重みがあった。毎日相手にしている重要な問題の重みとでもいうべきものが。彼らは実業家であり、世のもろもろを心得た人物であり、ひろく旅をして、クラレットを飲み、牡蠣《かき》を食する男たちだった。

そういう男たちの横に置けば、わたしの父はせいぜい綿の実くらいの幅と身の丈しかないように見えただろう。父は本を読んだことがなく、どこに旅をしたこともなく、そうしたいと思ったことさえなかった。父は夕食に食べるポークチョップは、ほんの数日前には、地元の農夫が残飯をやっていた豚だった。父は歴史のことはなにも知らず、知りたいとも思っていなかった。科学についてもなにひとつ知らず、知ろうともしなかった。父の宗教は、わたしが知っているかぎり、乳児用の粉ミルクみたいにあてがわれたもので、ほんのかすかな疑念もなく、すんなりと舌触りよく呑みくだしたというだけだった。

というわけで、わたしに関するかぎり、ショックだったのは父が母を裏切ったことではなく、彼が実際にそうする機会をつかんだこと、狭苦しく融通のきかないグレンヴィルという町で、非常にぎこちなかったにちがいない彼の誘いに、実際に応じた異性がいたという事実だった。

「グレンヴィルはあなたのお父さんにとっては完璧な場所だった」とローラ・フェイは言った。「彼はほかのどこでも幸せにはなれなかったにちがいないわ」

「それはたしかにそのとおりだ」とわたしは同意した。

「でも、あそこはもちろんあなたにはふさわしい場所じゃなかった」ローラ・フェイは共感と理解のにじむ声でつづけた。「大都市の夢をよく知っている田舎町の娘……なのだろうか？「あなたは初めからもっとましなものになるように生まれついたのよ」

もっとましなもの？

彼女の答えには嘲笑が、言葉に出さない辛辣さが隠されているのだろうか？　問題は、正直なところ、わたしにはそうかどうかわからないことだった。彼女がどんな気分なのか突き止めようとするたびに、ローラ・フェイはすっとそれをはぐらかす。だから、彼女が何を言っても、じつはどんなつもりで言ったのかを確かめるのはむずかしかった。彼女には絶えずイアーゴの影がつきまとい、どんな言葉も両刃《もろは》の剣《つるぎ》で、刃先がきらめいたかと思うと、次の瞬間にはすっと消え、それからまたきらめくという具合で、あまりにも動きが速く、実際にどう動いているのかを見定められなかった。

ただ、確かなのは、彼女の最後の台詞に聞き覚えのある響きがあることだった。かならずしも手放しでわたしを褒めているわけではないその言葉を、わたしは以前にも聞いたことがあり、いつもそれに対して身構えたものだった。

「父がそう言っていたのかい？」とわたしは訊いた。「というのも、それは父が言っていたことみたいに聞こえるからだが。わたしはグレンヴィルには優秀すぎるのだというようなことは」

ローラ・フェイの話し方がふいに快活な口調になった。「だって、あなたはほんとうにグレンヴィルには優秀すぎたのよ、ルーク」と彼女は言った。「あなた自身がそれを証明したじゃない」彼女はおなじ快活さで笑い、笑ったことで元気になったように見えた。

「ほんとうよ、ルーク。もしもあなたがグレンヴィルにいたら、これまでやってきたいろんなことはできなかったにちがいないわ。本を書いたりすることは。あなたがグレンヴィルを出ていったことをだれが責めるというの？　わたしじゃないわ。それは確かよ」

「ただ、父がわたしのことをどう思っていたか、わたしはむかしから知っていたというだけだ」

「でも、田舎の人だったのよ、あなたのお父さんは」とローラ・フェイは言った。彼女はドアの隙間から覗いているみたいに、わたしの顔を見た。「あなたはそれが気にいらなかったんでしょう、お父さんの田舎染みたところが」

たしかに田舎染みていた。

そのとおり、とわたしは認めた、わたしはそれが大嫌いだった。

キッチンのテーブルでわたしの差し向かいに坐っていた父を思い出す。あの動物じみた食べ方で食べている父。トマトのスライスにやたらに塩を振りかけるので、吸収されなかった塩が鈍い灰色の膜になって、濡れて光っていた。父はゼリーにマーガリンを混ぜてどろどろにしたものを、ほかのすべてとおなじように、スプーンで食べるのだった。コーンブレッドをぼろぼろにくずして、バターミルクに入れ、ガブガブ大きな音を立てて飲みくだした。実際、それが彼の最後の食事だったのである。大の字に倒れた血まみれの死体を見下ろすように、その夕食の食べ残しがテーブルに載っていた。

「たしかに、わたしたちはとても違っていた、父とわたしは」とわたしは言った。

父はしばしば埃だらけの作業靴を、まるでそれが食器ででもあるかのように、キッチンテーブルの上に置いたものだった。なにをやるときでも、父はおなじように無頓着だった。庭の芝を刈るときもじつにいい加減で、あちこちで雑草が猛威を振るい、スズメバチが住み着いたり、ミツバチが巣を作ったりしても、すこしもかまわなかった。

「最悪だったのは、何をやるときにも、父は散らかし放しだったことだ」わたしは父のいろんな失敗を思い出しながら、首を横に振った。「なにかをやりだしても、その最中にやめてしまって、別のことをやりだすんだ。おなじひとつのことに五分も集中していられなかった」

ローラ・フェイはどういうわけかテーブルから布のナプキンを取ると、パタッといわせてそれをひろげた。「いろんなことが降りかかってくるのよ」と、彼女はあたりまえのことみたいに言った。

「何だって？」

「いろんなことが降りかかってくるの」とローラ・フェイは繰り返した。「コウモリが飛びかかってくるみたいに」

やはりどういうつもりかわからなかったが、彼女はナプキンをまたたたんで、以前とぴったりおなじ位置に戻した。

「そんなふうになるんだって言ってたわ」と彼女はつづけた。「部屋のなかにいると、かならずいろんなことが降りかかってくるんだって」

父が自分の頭の無秩序さに、ひとつの作業にすこしも集中できないことに気づいていたというのは初耳だった。

「父がそう言ったのかい？」とわたしは訊いた。「ほんとうに？」

ローラ・フェイはテーブルの食器類に気を取られているようだった。彼女はフォークとスプーンとナイフの位置を直した。「お父さんは悩んでいたのよ、自分がそんなふうであることに」と彼女は言った。彼女は手の動きを止めて、わたしのほうに目を上げた。「あなたも知っていたにちがいないけど」

「いや」とわたしは穏やかに答えた。「知らなかった」

ローラ・フェイはなにも言わずにうなずいたが、その目つきにはどこか人を不安にさせるところがあった。わたしは彼女から目をそらして、カウンターに目をやった。そろそろウェイトレスがこちらに来てもいいはずだったが、どこにも姿が見当たらなかった。

「ここはあまりサービスがいいとは言えないな」と、ふたたびローラ・フェイの顔に視線を戻して、わたしは言った。「スタッフに教育が必要だ」

ローラ・フェイは無造作に首筋を掻いた。「あなたはたっぷりチップをはずむほう、ルーク？」

妙なことを訊くものだとは思ったが、わたしはともかくそれに答えた。「平均的だと思う」

「お父さんはチップをはずむ人だったわ」

チップをやるような店に父が行ったことがあるというのは驚きだった。「そんなこと、どこでわかったんだい？」とわたしは訊いた。

「チャタヌーガよ」とローラ・フェイは言った。「卸売業者からイワシを買いつけに行ったんだけど。政府が間違えて発送した分があって、いい値になっていると聞いたから。イワシが軍隊かなにかのために送られたんだけど、間違ってチャタヌーガに降ろされたのよ。お父さんはそれを五十ケース買って、あの古い茶色の配達用トラックに積みこんだ。それから、グレンヴィルに戻る前に、軽く食事をしにいったの。ステーキハウスだったわ。すてきな」

「それで、父はチップを置いたのかい？」とわたしが訊いた。

「ウェイトレスがこぼしたのよ」とローラ・フェイは言った。「その日が初めてだったって言ってたわ。お父さんは彼女をかわいそうに思ったのね」

「なるほど」

「彼女に十ドル置いたの」とローラ・フェイ。「十ドル札だったわ。あのころ、十ドルといえばかなりの大金だったのに」彼女はあらためて割合を計算した。「たしかお勘定はふたりで三十ドルくらいだった。わたしたちはワインとかは飲まなかったから。アイスティーだけで」彼女はもう一度目をちょっと天井に向けて、計算しなおしているようだった。

「そう、だいたい三十ドルくらいだったわ。お勘定は。だから、お父さんはたっぷりチップを置いたのよ」彼女はわたしの顔に目を向けた。「そして、お店を出るとき、その娘と握手したの。わたしはずっと忘れなかった。お父さんは彼女の手をにぎって、新しい仕事がうまくいくように祈るって言ったのよ」

ひとつの記憶がパッと脳裏に浮かんだ。グレンヴィルのメイン・ストリートを横断するとき、父がわたしの手をにぎった記憶。父は通りの両側を見て、わたしにもそうするようにうながし、〝気をつけなきゃだめだぞ、ルーク。物事は急に起こるんだから〟と言ったものだった。その記憶とともに、父の荒れた手がきわめて鮮明に目に浮かんだ。年中指を擦りむいたり、手のひらに痣をつけたり、ステープラーの針を刺したり、紙で切ったり、父の手にはじつにさまざまな不運な傷がついていた。

どのくらいこの回想にふけっていたのかわからないが、ふとわれに返ると、ローラ・フェイが黙ってわたしの顔を見つめていた。長い年月のあと掘り出された遺物を観察する人みたいに、じっと考えこんでいるように。

「あなたはいまなにか深遠なことを考えていた？」そう訊いた彼女の口調は讃嘆とそれとは違う何とも言えないものの中間の、どこに位置するのかわからない声だった。

「いや」とわたしは用心しながら答えた。「ちょっと思い出しただけさ。あることを」

ローラ・フェイはそれにはなんとも答えずに、クロームメッキの台に挟んであるラミネート加工された小さなカードに目をやった。「これは何？」と彼女は訊いた。「アップルティーニ、ウォッカとグリーン・アップル・パッカー」と読みあげて、彼女はわたしの顔を見た。「グリーン・アップル・パッカーって？　いったい何なの、ルーク？」

「リキュールさ」とわたしは答えた。「とても酸っぱいんだ」

「ほんとうに緑色なの？」

「そうだよ」

彼女は顔をしかめて見せた。「緑色の飲みもの？　なんだか気持ちわるいわね。あなたは飲んだことがあるにちがいないけど。新しいものを試す人だから」

「いや、まだ飲んだことはない」とわたしは言った。

ローラ・フェイはあらためてじっとそのカードを見つめた。「緑色の飲みものね」彼女はじっと考えるように言った。「グリーン・アップル・パッカー」

「たいていの人はストレートで飲むことはしないけど」とわたしは説明した。

ローラ・フェイはうなずいた。「そうね。ウォッカと混ぜると書いてあるわ。緑色のマティーニか。ふん」彼女は面白がっているように短い笑いをもらした。「人はずいぶんいろんなものを考えだすものね」彼女はふたたびわたしの顔を見た。「実際のところ、なんだか悪くなさそうだけど」

「それじゃ、一杯どうだい？」とわたしは言った。

彼女は首を横に振った。「だめよ。もうあのワインが来ることになっているし」

「それじゃ、ワインのあとで」

「お酒を二杯も、ルーク？」彼女の目がキラリと光った。そして、カードのペテン師が取っておきの切り札を取り出そうとするかのように、右手を布のナプキンの下に滑りこませた。「わたしたち、そんなに長くおしゃべりをしていると思う？」

奇妙にも、ほんとうにそう思いながら、わたしは言った。「そう思うよ」

4

それにしても、なぜそんなことを言ったのだろう、と言ったとたんにわたしは考えた。というのも、わたしはローラ・フェイといっしょにいると依然として落ち着かなかったし、籠のなかであの毒蛇がつつく音が相変わらず聞こえたからである。ただ単に礼儀上、会話は思っていたより長くなるかもしれないが、なにも急ぐ必要はないし、彼女がアップルティーニを試す時間は充分にある、とローラ・フェイに言っただけなのだろうか？

そうではないだろう、とわたしは思った。わたしがもっと長く付き合ってもいいと言いだしたのは、初めは神経に障るところがあったものの、ローラ・フェイのグレンヴィルについての話が、わたしがそこに住んでいた若いころの、あの少年時代についての話が、わたしをかつての希望に満ちていた青春時代へ、いいものを、いや偉大なものをさえめざして奮闘していたあの少年へと連れ戻してくれたからだった。かつて、世界がまだ手でさわれる香《かぐわ》しいものであり、わたしのすべての感覚が世界に向かってひらかれていた時代があった。ローラ・フェイはそのころのわたしをほとんど知らない。だから、彼女の前にいると感じる不安——玉すだれの背後から覗いている目や籠をついているあの蛇——に目をつぶれば、この際、怒りや後悔なしに自分の過去を振り返ってみることができるかもしれないと思ったのだ。というわけで、わたしは若いころの自分を知っていたが、遠くから知っていたにすぎない相手と、ある程度気分のいい時間を過ごしてもいいという気になったのである。そうすれば、不快なあの水域にほんのしばらく安全に戻れるかもしれない。ごく気楽に、なんの重大な結果を招くこともなく戻れるかもしれない、とわたしは思った。この時間の流れていく先には急流や滝はないだろうと。

そう思うと、驚いたことに、わたしはふたたびあの夏の庭に戻っていた。ミスター・クラインは後ろを振り返りながら立ち去っていき、母が手を伸ばしてわたしの肩をつかんだ。

散歩に行きましょう、ルーク。

わたしたちはよくそんなふうに散歩をしたものだった。行き先はいつも町の公園で、したがっていつもグレンヴィルに一本しかないメイン・ストリートを歩いていった。たいていは途中でバラエティ・ストアの前を通るのだが、その日は、母がいつもとは違う道を選んだので、木立のなかに南軍戦没者記念碑がぽつんと誇らしげに建っている、公園の反対側に出た。

わたしたちは記念碑の階段に腰をおろした。わたしは母がバッグから本を取り出して読んでくれるか、わたしに朗読するように言うのではないかと思っていた。それがそういうときのわたしたちの習慣だったからである。だが、このときは、母はただそこに坐って、公園を眺めているだけだった。わたしはまだこどもだったが、母が心のなかになんらかの葛藤を、ぐらつく、手に負えない、やり場のない思いを抱えているのを感じた。それがじわじわと激しくなり、とうとう彼女は声に出して言った。「グレンヴィルで満足してしまうんじゃないよ、ルーク」母はわたしの顔を両手で挟んで、狂おしい目でじっと見つめた。「けっしてグレンヴィルで満足してしまうんじゃ――」

「ご婦人にはピノ・ノワール」とウェイトレスが言った。

わたしはふたたびシェイディ・クリーク・ホテルのラウンジに舞い戻り、ウェイトレスがダークレッドの紙製のコースターをテーブルのローラ・フェイの前に置いて、そこにワインのグラスを置くのを見守っていた。

「それから、こちらにも」と言いながら、彼女はわたしのグラスを置き、歯磨きの広告みたいに真っ白な歯で笑みをこぼした。「では、のちほどまたご注文をうかがいにまいります」

こんなにいい気分で過去に遡《さかのぼ》り、ふたたび現在に戻ってこられたことに、わたしは妙な安堵感を覚えた。「そのときには、このご婦人にアップルティーニをいただくかもしれないよ」とわたしは陽気な口調で言った。

ローラ・フェイは女の子みたいに手を横に振った。「それはわからないわ、ルーク」と彼女は言った。

「たとえ何であれ、お望みどおりのものをお持ちいたします」とウェイトレスはにこやかに言った。

〝ようやく〟とわたしは考えた。〝たぶん、今夜だけは、ささやかなかたちかもしれないが、ローラはローラの望みどおりのものを実際に手に入れられるかもしれない〟

「なんてすてきなんでしょう、ルーク」とローラ・フェイは言った。「ウェイトレスが言ったことだけど。たとえ何であれ、わたしの望みどおりのものを持ってきてくれるって。こんなふうに扱われると、なんだか特別な人間になったような気がするわ」

わたしは彼女の額の傷痕に、顎のくぼみに目をやって、オリーが親切か残忍か、やさしいか暴力的かはともかくとして、わたしの父が死んだあと、彼女はあまりすてきでない扱われ方をしてきたのだろう、と思った。父は母に手を上げたことは一度もなかったが、あんなふうに遠ざけるのはある意味では暴力的だった。朝早くからバラエティ・ストアに行って、夜遅くまで帰らず、母を外に連れ出すことはなかったし、プレゼントを買ってあげたこともなかった。長年の結婚生活のあいだ、父が母を抱きしめるのを見たことはなく、やさしい言葉をかけるのを聞いたことも一度もなかった。

「ひとつ質問してもいいかい？」

「ええ、もちろん」とローラ・フェイは答えた。

わたしはかすかに身を乗り出した。「ぼくの父はきみに親切だった？」

ローラ・フェイの目がやわらいだ。「お父さんはわたしにとても親切だったわ、ルーク」

「いつでも？」

「いつでも」とローラ・フェイは答えたが、今度はちょっと緊張気味で、あきらかにこの話題を警戒しているようだった。彼女はグラスに手を伸ばしたが、途中でその動きを止め、一瞬ためらってから引っ込めた。「なんだか不思議な感じね、ルーク。わたしたちがこんなふうにわたしとあなたのお父さんのことを話しているなんて」

わたしがなんとも答えずにいると、彼女はふたたびそっとグラスに手を伸ばし、持ち上げて、さっと一口飲んでから、テーブルに戻した。「あなたは彼を見ることがある？　お父さんを？　わたしがときどきウディを見るみたいに？　ウォルマートとか食料品店とかにいるときだけど、ブドウやレタスやそういうものから顔を上げて、あたりを見まわすと、彼がいるのよ。むかし着ていたあの古いブルーのオーバーオールを着て、ただ立っている。ウディなのよ。あのころとすこしも変わらない」

「わたしはときどきそんなふうに母を見ることがある」とわたしは認めた。「しかし、いつも、わたしが十歳くらいのときの母なんだ。まだきれいだったころの」

「どんなときにお母さんを見るの、ルーク？」と、完全にくだけた会話の口調で、ローラ

・フェイが訊いた。コインランドリーか、アイホップ《IHOP》で朝食をとりながらおしゃべりをしているかのように。「お母さんの誕生日とか、なにかそういう特別なとき?」

「いや、特別なときじゃない」とわたしは答えたが、そのとたんに、母の黒い瞳を、その目がどんなに表情豊かだったかを思い出した。そこにはいつも――わたしには理解できない――なにかがたゆたっていた。まだあまりにも人生経験が浅いその年齢では理解できるはずもなかったが、いまのわたしにははっきりとわかる感情が。すなわち、失われた希望が。

「お父さんを見ることもあるの?」とローラ・フェイが訊いた。

今度はかすかに穿鑿《せんさく》するような口調だった。そういえば、彼女がこの話をはじめたのは父のことからで、わたしが父を〝見る〟ことがあるかどうか訊いたのであり、いまや、彼女はふたたび話を父に戻そうとしていた。

「雨の日に見ることがある」と、わたしは用心深く答えた。「なぜかはわからないけれど」

ローラ・フェイはちょっと考えてから、言った。「そういえば、お父さんのお葬式のときも雨が降っていたわね」彼女は窓に目を向けた。ガラス窓に雨が細い筋模様をえがいている。「いまみたいに、しとしとと降っていた」

わたしは自分のグラスからさっと一口ワインを飲んだ。「ところで、そのうち雪に変わるらしいよ。地元の天気予報によれば、夜半には雪になるというから」

ローラ・フェイは天気の変化にはすこしも興味がなさそうだった。「棺の上にバラが一本置いてあった」と、茂みのなかになにか動くものがいると指摘するみたいに、彼女は言った。「お母さんが置いたのよ。だから、お父さんを愛していたにちがいないと思うわ。そんなことをするんだから」

母の父への愛、その深さやその源のことを話題にしたくはなかったので、わたしはとっさに切り返した。「なぜバラのことを思い出したんだい?」

ローラ・フェイは肩をすくめて、「あそこにある赤い花のせいかしら」と言った。

わたしは祭日用に飾られているポインセチアに目をやった。「きれいだね」とわたしは冷ややかに言った。

「それとも、単にわたしの頭のなかでいくつかのことが結びついたのかもしれない」とローラ・フェイはつづけたが、なんだかわざと何気ない口調で言っているように聞こえ、わたしはまた計画通りの道筋に引き戻されたような気がした。「あの赤い花とお父さんの棺の上に置かれていたバラの花。心理療法ではそういうことをするように教わるの。連想というんだけど」

「心理療法を受けているのかい?」

「いいえ。本で読んだことがあるだけ」とローラ・フェイは言った。「わたしは本を読むのが好きなの」

彼女はとても楽しそうな笑みを浮かべると、わたしの本を買ったあとしまい込んだバッグに手を伸ばした。バッグの向きが変わって、横に〈ロサンジェルス郡検視官〉という文字が記され、殺人現場の被害者の輪郭をチョークでなぞった、漫画みたいな人形《ひとがた》が描かれているのが見えた。

「面白いバッグだね」とわたしは言った。

「検視官事務所にギフトショップがあって」とローラ・フェイがわたしに教えた。「カップやTシャツも買えるのよ。いろんな有名人の遺体が運びこまれたから、観光スポットになっているの。有名人の遺体、殺された人たちの遺体が。ロバート・ケネディとか、マリリン・モンローとか」

「マリリン・モンローは殺されたわけじゃない」とわたしは指摘した。

「そうじゃないと思っているの、ルーク？」とローラ・フェイは訊いた。「わたしはそうだと言っている本を読んだけど」

「それじゃ、きみは陰謀論者なのかな？」とわたしが訊いた。

ローラ・フェイは訝しげにわたしの顔を見た。

「たとえば、マリリン・モンローは殺されたとか、オズワルドは単独犯じゃなかったとか信じている人たちのことだが」

彼女は肩をすくめた。「でも、物事はかならずしも見かけどおりじゃないでしょう」と彼女は言い、ちょっと口をつぐんでから、「そうじゃないかしら、ルーク？」と言った。

「それはそうかもしれないが——」

「ああ、それに、オンラインで注文することもできるのよ」とローラ・フェイがさえぎった。「LA検視官事務所のサイトから」彼女はバッグのなかに手を突っこんだ。「本のことや物事が見かけどおりでないということについて言えば」彼女は一冊の本を取り出して、わたしに渡した。「いまそれを読んでいるの」

わたしはその本を受け取って、タイトルを読んだ。『シェパード殺人事件』

「とても面白いのよ、その本は」とローラ・フェイは言った。「たぶん、シェパード医師は濡れ衣を着せられたんだと思う。警察は奥さん殺しの罪をだれかになすりつける必要があったから、シェパード医師に罪を着せたのよ」

わたしは本をローラ・フェイに返した。「そうかもしれない」とわたしはきっぱりと言った。「そういうこともありうると思う。人が無実の罪を着せられるということも」

「そうよ、ありうるわ」とローラ・フェイは言った。彼女は本をバッグに戻し、バッグを椅子の背に戻した。「あなたが言うように、無実の罪を着せられることが。そうして、真犯人は逃げてしまう。どんなことでもありうるんだわ」

「どんなことでも」とわたしは同意しながら、どうしてこんな話題に、未解決の殺人事件や、無実の罪を着せられた人、まだ捕まっていない真犯人の話になったのかを思い出そうとした。ローラ・フェイはわざとわたしたちの会話をこういうものに向かわせたのだろうか。わたしは話題を変えることにした。

「乾杯するのを忘れていた」とわたしは言った。「飲む前に乾杯するのが習慣なんだが」

「でも、わたしはもう飲んでしまったわ」とローラ・フェイが言った。「お行儀悪かったのかしら?」

わたしは手を振った。「わたしも飲んでしまった。べつに気にすることはない」わたしはグラスを掲げた。「それじゃ……」わたしは言いよどんだ。適当な乾杯の文句が思い浮かばなかったからだ。いま、彼女はここにいた。ローラ・フェイ・ギルロイ。この薄暗いラウンジで、わたしの向かい側に坐っている。まさにこのローラ・フェイのために、わたしの父はあきらかにすべてを投げ出そうとしたのだった。母も、わたしも、二十年間下手に経営してきたあのささやかな店までも。

しかし、これは苦痛な記憶であり、それ以上はまり込みたくはなかったので、わたしは笑みを浮かべて言った。「それじゃ、何に乾杯しようか、ローラ・フェイ?」

「その名前は大嫌いなのよ」長いあいだ憤懣を抑えつけていたかのように、ローラ・フェイはずばりと言った。「いかにも田舎者臭い名前でしょう? そうは思わない、ルーク?」

わたしは肩をすくめた。「そうだともそうでないとも思ったことはないな」

「ワンダ・ジーンとか、ベティ・スーみたいに。あの大きな柄物の、襟ぐりの深い……」と自分の胸を指して、「ばかげたドレスを着た、いかにも山出しの娘みたいで。そういう娘は、わたしもそうだったけど、みんなにばかにされている」。彼女は束の間そのころの時と場所に戻っていたようだったが、やがて、短く笑って、一瞬のうちに気分を転換し、セントルイスに舞い戻って、明るい笑みを浮かべた。「ずっと名前を変えようかと思っていたのよ」

「自分の名前を変えようと？」

「そう」

「どんな名前に？」

彼女は肩をすくめた。「たとえばただのローラとか、ただのフェイとか」その可能性についてちょっと考えてから、首を横に振った。「でも、たぶん、変えないでしょうけど」

「わかった」とわたしは言った。「で、それじゃ、何に乾杯しよう？」

父のただ一度の恋人はグラスを手にとって、わたしのグラスにカチリと当てた。ちょっと速すぎ強すぎる動きで、グラスが当たった音もすこし大きすぎた。「わたしたちに」と彼女は言った。「生き残った人間たちに」

5

生き残った人間たちに？

ローラ・フェイがまさかそんなものに乾杯するとは思ってもいなかったが、わたしはあえて異議をとなえなかった。というのも、ある意味では、わたしたちはたしかに〝生き残った人間〟にちがいなかったからである。父の浮気に端を発する恐ろしい物語のなかで、生き残ってそれについて語れるのは、わたしたちふたりきりなのだから。

そんなふうに考えていると、父のイメージがしきりに頭に浮かんだ。少年のとき、わたしは父を強くて口数の少ないタイプだと、父には高貴なところがあるのだと考えようとしたが、大人になり物事がわかるようになると、そうは考えなくなった。ローラ・フェイの目には、父が実際にそういう人間として映っていたのだろうか、とわたしは思った。そういえば、あるときふたりの会話を耳にしたことがあったが、振り返ってみると、驚いたことに、いまでも、その会話が言葉の端々まで鮮明に記憶に残っていた。

このクリスマス人形にいくらの値段をつけるべきだと思うかね、ローラ・フェイ？

バラエティ・ストアの裏の部屋のかすかにひらいたドアの背後から、父がそう言っている声が聞こえた。

わからないわ。とてもかわいいわね。十ドルくらいかしら?

彼女の答えはためらいがちで、自信がなさそうだった。もちろん、彼女には小売業の経験がないからだが、それにもかかわらず、父はローラ・フェイ・ギルロイに助言をもとめていた。

十ドル? それだけ出せる人たちが大勢いると思うかね?

店の商品やその値段について、いくらにすれば利益が出るか出ないかについて、父は助言をもとめていた。わたしには一度も訊いたことがなかったし、たとえわたしが助言しても、聞こうとしなかっただろうに。

わたしはこのやりとりの滑稽さにかぶりを振った。商売のセンスのない父と、商売の経験のないローラ・フェイ。盲人が盲人の手を引くようなものだが、それでもそこには父とわたしの会話にはけっしてなかったひとつの要素が、親密さと信頼感が、いっしょに努力しているのだという感覚があった。

いまここにローラ・フェイが来ているのはそういう種類の会話をもとめているからだろうか、とわたしは思った。父に対する感情をふたたび掻き立てたいという、奇妙かつ不可解な欲求から、そういう会話をしたいと思い、わたしを通じて父にふれたかったのだろうか。

「よし、それじゃ、生き残った人間たちに」とわたしは言って、彼女のグラスにグラスを合わせたが、その瞬間にもはっきりと意識していた。自分はそんな計画に荷担するつもりはないし、彼女と亡き父とのあいだを取りもつ霊媒になるつもりもないことを。

それでも、乾杯をしたあと、非常にゆっくりとグラスを置く様子を見ていると、彼女がこの最後の会話をどんなに真剣に考えているかがわかった。それまでの軽々しさはすっかり影をひそめ、グラスがダークレッドのコースターに戻ったときには、彼女の目はそれとわかるほど物静かな光をたたえていた。

それから、沈みこんでいく自分の気持ちにふいにあらがおうと決めたかのように、彼女は首に巻いていたダークグリーンのスカーフをさっと外した。パーティに着いたばかりの娘みたいに、やけに浮かれた仕草だった。

「あなたがお母さんについて言ったこと、気にいったわ。お母さんをどう見ているかということだけど」と彼女は言った。「若くて美しいままのお母さん」彼女はグラスからちょっとワインを飲んだ。「ほんとうにいい人だったわ、お母さんは」

だが、あのころ、わたしの心を打ったのは母の人のよさではなくて、犠牲心だった。わたしにグレンヴィルを脱出することを勧めたとき以来、それを実現するために、母はありとあらゆる手を尽くしてくれた。母が本棚の奥に隠していた小さな金属製の箱を思い出す。

長い真っ白な指でそれをあけながら、母はどんなにやさしく言ってくれたことか。**これはおまえのためなのよ、ルーク。これはおまえの旅のためなの。**

「とてもいい人だったわ」とローラ・フェイはつづけた。「いつでもだれにでも親切だった」

わたしは礼儀正しくそれに同意する言葉を口に出しかけたが、彼女はいきなり話題を変えた。

「あなたは自分のスピーチのことを覚えてる、ルーク？」と、彼女は明るい声で訊いた。「グレンヴィル高校であなたがやったあのすばらしいスピーチを？」

彼女がそれを聞いたはずはなかったし、知っていること自体が驚きだった。それはわたしはまだ九年生で、彼女がバラエティ・ストアに雇われる丸二年も前のことであり、わたしの名前を聞くようになるはるか以前のことだったのだから。それはわたしが九年生代表としてやった、愛国心に燃えるスピーチだった。わたしは学校の弁論大会で優勝し、名前を知られるようになって、町の新聞でもそれが報じられた。一面の目立つところに、写真入りで〝グレンヴィルの最優等生〟という記事が出たのである。毎週のようになんらかのチャンピオンが生まれているという事実も、わたしの自分自身に対する熱狂に水を差すことはなく、ひと月のあいだわたしはみんなからちやほやされた。

「出だしの台詞をいまでも覚えているよ」とわたしは白状した。じつを言えば、覚えているのはそれだけだったが。

「あら、それじゃ、言ってみて」とローラ・フェイがうれしそうに言った。

「言えないよ」とわたしは謙遜するふりをして言った。「照れくさくて」

「さあ、早く、ルーク」と、ほとんどこどもみたいにはしゃいだ口調になって、ローラ・フェイは懇願した。「おねがい、言って。わたしたちしかいないじゃない。さあ、ルーク、言ってみてよ」

わたしは坐ったまま上体をそらして、顔を上げ、待ちかまえている聴衆を前にしているかのように、その出だしの台詞を言った。「アメリカ人は闘牛で雄牛のほうを応援する人間だ、とわたしは思います」

ローラ・フェイは熱烈に拍手をした。「わあ、すばらしいわ、ルーク」

「まあ、少なくとも、会場の空気をなごませることはできた」とわたしは軽い口調で言った。

「あのとき以来、あなたはたぶん毎回そうやってきたんでしょうね」とローラ・フェイはおなじ熱っぽさをこめて言ったが、この熱心さは単にわたしを喜ばせ、気を楽にさせる手段なのだろうか、とわたしは思った。わたしがスピーチの会場をなごませたように。あのときは、そのあとに必殺パンチを繰り出したのだが。

「これまでとてもたくさんのスピーチをしてきたんでしょうね」と、臆することのない讃嘆の気持ちをあらわにして、ローラ・フェイはつづけた。「大きな会場で。大講堂やなにかで」

大講堂？　わたしはほとんど身をちぢめるところだった。というのも、大講堂でスピーチをしたことなど一度もなかったからである。いつもは学生がせいぜい二十人ほどの教室か、ときにはやる気のない一年生ですし詰めの教室だったが、その教室が満員になるのは、わたしの大学での中心的な授業〈歴史101〉が必修科目だからに過ぎなかった。

「ともかく」とわたしは言った。「あのスピーチは成功だったと思う」

「雄牛のほうを応援する」と、ローラ・フェイは演説口調を真似て繰り返した。その台詞が永遠に彼女のなかで鳴り響きつづけ、永遠に楽しめるものになるだろうとでも言いたげに。「雄牛のほうを応援する」と彼女はもう一度繰り返した。「なんてすばらしいんでしょう、ルーク。いったいどうやってこんな言葉を思いついたの？」

「じつは」とわたしは白状した。「これはわたしの言葉ではないんだ」

ローラ・フェイはまったく訳がわからないという顔をした。

「つまり、自分自身で書いた言葉ではなくて」とわたしは説明した。「どこかで読んだ言葉なんだ。たぶん『バートレット』だと思うけど」

「『バートレット』」とローラ・フェイは言った。デパートかもしれないと思っているようだったので、わたしはもうすこし詳しく説明した。

「わたしがもらった初めての本だった」とわたしは言った。「母が買ってくれたんだ」それはわたしの十歳の誕生日プレゼントだった。本は金色の紙に銀のリボンでとてもきれいに包装されていた。「世界中のあらゆる英知がここに入っているのよ」と、母は言って、わたしにくれたものだった。

「歴史の本だったんでしょう、もちろん」とローラ・フェイが言った。

「いや、引用句の辞典だ」とわたしは説明した。「有名な人たちが言った有名な言葉が入っている。たとえば、リンカーンの〝何人にも悪意を抱かず、すべての人に慈愛をもて〟とか。そういう言葉だけど」ローラ・フェイがなんとも言わないので、わたしは付け加えた。「『バートレット』というのはそういう引用句の本なんだ」

「ほかの人たちが言った言葉」とローラ・フェイは静かに言った。「闘牛で雄牛のほうを応援するアメリカ人についての言葉みたいに」

「そのとおり」

「〝目くるめく青春の国〟みたいに」とローラ・フェイは言った。「あなた自身の言葉ではないのね」

「そう、わたし自身の言葉ではない」とわたしは言った。

彼女はちょっと考えていたが、何を考えているのかはわからなかった。厳粛な、心許なげな表情で、なにか重大な問題をじっと考えているようだったが、やがて、くるりと手のひらを返したかのように、明るく顔を輝かせた。

「でも、あなたは完璧な言葉を選んで、あのスピーチをはじめたんだわ、ルーク」と、小さな罪は忘れようと決めたかのように、彼女は言った。「たとえあなたの言葉ではなくても」

ローラ・フェイの言い方には非難めいたところはなかった。それとも、あったのだろうか？　わたしにはよくわからなかった。にもかかわらず、それを思い出すと、わたしは身を切られる思いがした。あのときもそのあとも、高校の生徒や先生たちがなんと的確で面白い出だしだったかと感心したとき、わたしはそれがだれの言葉だとも明かさなかった。

〝いや、じつは、あれは自分の言葉じゃなかったんです〟とわたしは言いたかったが、一度もそうは言わなかった。いまになってみると、自分が口をつぐんでいたのは、自分のなかにどんなことをしても注目の的になりたいという悲しい欲求があったからであり、だから言葉では表せないが現にある倫理的特質の一要素を犠牲にしてもいいだろうと思っていたからだった。そう思うと、わたしは妙に自分が空虚になっていくような気がした。あたかもローラ・フェイにアイスピックで突き刺され、その穴から自分が永久にもれつづけることになったかのように。

「そう、たとえ自分自身の言葉ではなくても」とわたしはほとんど自分に言い聞かせるようにつぶやきながら、〝あれがはじまったのはそのときからだったのだろうか？〟と考えていた。人はすこしずつ自分自身を失っていく、とフィッツジェラルドは言った。その小さな堕落、そのちょっとした欺瞞からなのだろうか？　わたしの最初の部分が剝がれ落ち、天国の縁から身を乗り出した悪魔みたいに、どんどん落ちていくことになったのは？

ローラ・フェイは首を振った。「ほんとうに、ずいぶんむかしのことなのね、ルーク、あなたがあのスピーチをしたのは」

彼女の言葉で過去に連れ戻されたかのように、わたしはふたたびあの演台の後ろに立ち、満員の集会場を見渡していた。グレンヴィル高校の生徒と教師たちが拍手喝采して、わたしは讃嘆の的になったが、その後は二度とそういう気分を味わうことはなかった。

「ずっとむかしのことだ」と、現在に舞い戻ると、わたしは繰り返した。

わたしが束の間思い出にふけっていたことを、ローラ・フェイはなんとも思っていないようだった。

「ダグはあのスピーチを聞けなかったことをほんとうに残念がっていたわ」

それまでローラ・フェイの口から父のファーストネームを聞いたことはなかったのに、とふとわたしは思った。店では、彼女はいつも父をミスター・ペイジと呼んでいたし、わたしとの話のなかでも、これまでは「お父さん」とか「あなたのお父さん」としか言わなかった。それなのに、かなり唐突に、彼女はいまダグと呼んだ。大ミミズがベッドに入りこむように、いつのまにか親密さが入りこんでいた。

「あなたのスピーチを聞きにいくつもりだったのに、問屋から荷物が届いて、トラックから降ろさなければならなかったって、ダグは言っていたわ」とローラ・フェイはつづけた。「でも、あなたは優勝して、ミス・マクダウェルから表彰状をもらったし、それからロータリー・クラブやライオンズ・クラブに招待されてスピーチをすることになった」

ローラ・フェイがそこまで詳しい事実を知っていたことがわたしを驚かせた。いつのまにか公式な捜査の対象になり、ＦＢＩが近所の人たちに自分のことを聞いてまわっているのを知ったような気分だった。

「どうしてそんなことまで知っているんだい？」とわたしは訊いた。「わたしがスピーチをしたのがロータリー・クラブとライオンズ・クラブだったなんて」

「スクラップブックで見たのよ」とローラ・フェイは答えた。「お父さんがもっていた」

「あのスクラップブックは母のだ」とわたしは訂正した。「あんなふうにいちいち新聞記事を切り抜いて、スクラップしたのは母だった」

母はじつに几帳面にスクラップを作っていた。キッチンのテーブルに坐って、ほっそりとした手にハサミをにぎり、チョキチョキチョキと、細心の注意を払ってまっすぐに、角は直角に切り抜いて、ほぼ完璧な形に整えると、それをやはりおなじくらい注意深く、やけに詩的なタイトルだが〈ルークの旅路〉と名づけたスクラップブックに貼りつけたものだった。

「母はまるで芸術家が作るみたいにあのスクラップブックを作ったんだ」とわたしはつづけた。「画家や彫刻家が作品を作るみたいに。父はあれとはなんの関係もない」

「でも、あれが好きだったのよ、あなたのお父さんは」とローラ・フェイは甲高い声で楽しそうに言った。「バラエティ・ストアに持ってきて、いろんな人に見せていたわ」

そのうちのひとりが、あきらかに、ローラ・フェイ・ギルロイだったのだろう。そして、父はその若い女に恋をして、関係をもち、そうやってわたしの人生をめちゃくちゃにしてしまったのだ。

「ほんとうに好きだったわけじゃない」とわたしはきっぱりと否定した。「父はなにひとつ本気で好きになったことはないんだ。母のことも、もちろんわたしも」

それは止めるより早く、思わず口から飛びだした言葉だった。意に反して自制心を失ったことを苦々しく思いながら、わたしはすぐにそれを取り消そうとした。

「ともかく、父はそういう人だった」と、父の無関心に対するわたしの無関心をわざと強調するかのように、わたしはつづけた。「なんでも自分が第一だった。要するに、そういう人だったんだ」

ふたりのあいだに起こったことを考えれば、もちろん、ローラ・フェイは父についてまったく異なる印象をもっているにちがいなかった。たとえそうでも、わたしが思っていたとおり、自分がこれ以上貧しくみじめではありえない状態だったとき誘惑してきた男について、彼女は反対意見を言おうとはしなかった。その当時、彼女はなんの技術もない、文無しの店員で、彼女を失ったことでおかしくなっていた別居中の夫がいたのだが、ちょうどこのとき、彼女がこの男のことを持ち出したのは驚きだった。

「ウディもやはりそうだったわ。たいていの男がそうだけど」わたしは例外だと思っているかのように、彼女は笑みをもらした。その言葉がちゃんと受け取られるのを待ってから、彼女はつづけた。「ウディはどういうことになっているか理解していなかったのよ」

彼女が電話に出るのをやめ、番号を変えて、最終的に彼と絶縁したあと、ウディがローラ・フェイのへこんだブリキの郵便箱に残した懇願の手紙をわたしは思い出した。

「たしかにそうなんだろう」

「もうわたしたちは、ウディとわたしの関係は終わったんだということを」とローラ・フェイは言った。「彼にはそれがわかっていなかった」

「まあ、ちょっと鈍い男もいるからね」とわたしは認め、そこで話を打ち切ろうとしたが、恐ろしいイメージが浮かぶのを防ぐことはできなかった。哀れな、途方にくれた、肥りすぎのウディ・ウェイン・ギルロイ。ローラ・フェイのベッドから追い出され、いっしょに住んでいた小さな家から一キロ半ほど離れたいとこの家のソファに大の字に倒れて、『グレンヴィル・フリー・プレス』紙によれば、頭はほとんど吹きとばされ、ショットガンの銃身が胸の上に載り、それより上は砕け散った骨と肉のべとつく塊で、背後の壁から脳の切れ端がガムみたいに垂れさがっていたという。ふだんは控えめな『グレンヴィル・フリー・プレス』紙が、この町の熱心な読者に、これでもかというほど細々としたディテールを報じたものだった。

「そうね。でも、彼に起こったことは、ルーク」とローラ・フェイが穏やかに言った。「ほんとうにひどかったわ」彼女は小さなため息をもらした。「もちろん、彼がやったこともひどかったけれど」彼女はそうとしか言わなかったので、夫がやったどちらのぞっとすることを言ったのかは、わたしには確信がもてなかった。

「あっという間だった」と彼女はふたたび、聴罪司祭の前の懺悔者みたいに、目を伏せた。「すべてがあっという間に起こったの」

わたしたちはふたりともしばらく黙っていた。それから、ローラ・フェイがふいに顔を上げた。あたかもそれまでの懺悔者に完全な罪の赦しが与えられたかのように、いまやその目にすっかり女の子らしい輝きが戻っていた。「そういうこと」彼女はそっと笑みを浮かべ、ワインを一口飲むと、暑くてたまらないと言いたげに手で顔をあおいだ。「わたしに酔っ払ってもらいたくないでしょう、ルーク？」と言って、おどけたようににこりと笑った。

「どうして？」とわたしはさりげなく訊いた。

「わたしは酒癖が悪いから」

〝酒癖が悪い〟とわたしは思った。〝ウディもそうだということだったが〟もっとも、彼が酒を飲むようになったのはローラ・フェイと別れてからだったことが、警察の捜査であきらかになっていたけれど。

ローラ・フェイはもう一口飲んで、「冗談よ」と快活に言った。「わたしはただアルコールに弱いだけ。すぐに酔ってしまうの。むかしからそうだった。だから、ワインを飲むときには、気をつけなければならないのよ」

「しかし、ワインはあまり飲まないんじゃないの？」ごくありふれた品種についての初歩的な知識さえもっていないという事実はさておいて、わたしは訊いた。

「ええ、飲まないわ、ルーク」とローラ・フェイは答えた。「だいいち高いし。たとえ大きなボトルでもね。わたしはたいていはコーラにしているの。ペプシだけど。わたしには違いがわかるのよ。目隠ししたらわからないって人は言うけど、わたしにはダイエット・コークとダイエット・ペプシの違いがわかる」彼女を片手をさっと上げて、勢いよく指を鳴らした。「パッとね！」と彼女は言った。

コーラの微妙な違いを見分ける能力をローラ・フェイはあきらかに自慢に思っているようなので、わたしは寛容にも話を合わせることにした。教職員ラウンジでのゴルフの自慢話や、英語の教師が大作家に会ったが、じつは飲んだくれか、女たらしか、いずれにせよ、とんでもない期待はずれだったという話に調子を合わせるときみたいに。

「ほんとうかい？」とわたしは感心したように言った。「ダイエット・ソーダは体によくないって聞いたけど。胃によくないって」

「そうかもしれないけど、それは長い目でみた場合でしょう」とローラ・フェイは言った。「この先長年つづければ、ということよね？」彼女は肩をすくめた。「でも、だれがそんなに長生きするというの？」彼女はまたワインを一口飲んだ。「でも、ワインはとても体にいいんでしょう、そうじゃなかった？」

「そう言われている」とわたしは答えて、自分も一口飲んだ。「胃のために」と、グラスを置いて、わたしはつづけた。「〝汝の胃のために少量のワインを用いるがいい〟と聖書が言っている」

「そう、聖書が」彼女はまたもやさっとグラスから一口飲んだ。「あなたは教会の信徒になったことがあるの、ルーク？」

〝ああ、おねがいだ、やめてくれ〟とわたしは思った。〝ローラ・フェイ・ギルロイがいまやどこか片田舎のキリスト教根本主義に改宗した宗教勧誘員で、グレンヴィルでただひとり本が出版されている著述者の魂を救うため、はるばる異教徒の北部までやってきたなんてことは言わないでくれ〟

「いや、ないね」とわたしはそっけなく言った。「なぜなら、わたしはそういうことは一言も信じていないからだ。ほんのこれっぽっちも。毛の先ほども」次に言うことを強調するために、わたしはわざと間をあけた。「そして、これからも信じるつもりはない」

〝ようし〟とわたしは思った。〝これでいいだろう〟これでローラ・フェイ・ギルロイは持ち物をまとめ、悪魔の飲みものをグラスに残したまま、わたしたちはそれぞれ自分の生活に舞い戻れるかもしれない。

だが、そうはせずに、彼女は言った。「わたしもよ。そのせいで、ときどきつらくなることがあるけど。つまり、なにもなくなる、すべてが終わってしまうんだと思うと、そのときには自分が無になってしまうんだと思うと、ということだけど。お父さんもなにも信じていなかったわ」

「いや、父は信じていた」とわたしは異議をとなえた。「彼は毎週日曜日には教会に行っていたし、うちのテーブルにほとんど食べものがなかったときにさえ、献金していたんだから」

「そうね。でも、それは全部インチキだったのよ」とローラ・フェイは単に事実を述べる口調で言った。それから、ふいに面白いことを思い出したような顔をした。「あるとき、こんなふうに言ったことがあったわ。〝いいかい、ローラ・フェイ、死んで百万年経ったころになって、人はようやく死にはじめるんだぞ〟って」

「父がそんなことを言ったのかい？」とわたしは訊いた。

「そうよ」とローラ・フェイは言った。「それだけじゃないわ。あるとき、こんなふうにも言ったわ。〝いいかい、ローラ・フェイ、宗教なんてものは大人のためのサンタクロースにすぎないんだ〟ってね」

そんなことは一言も信じられなかった。「それじゃ、なぜあんなふうに真面目に教会に通っていたんだ？」

彼女は肩をすくめた。「そうするほうが商売のためにいいと考えていたんだと思うわ」

わたしは声をあげて笑った。「じゃ、それが父の事業計画だったというのかい？」わたしは夜の闇に目をやった。「教会に通うことが？」

ローラ・フェイの顔に視線を戻すと、彼女は困惑した表情を浮かべていた。

「だいじょうぶかい？」とわたしは訊いた。

「だいじょうぶよ」彼女はグラスへ視線を落とした。「ただちょっとむかしのことを思い出しただけ」彼女はクスクス笑って、ワインを手に取った。「気が滅入ることもあるけど、ほんとうは、人は過去のことを考えるべきなのよ。さもなければ、消えてしまうだけだもの。人生のすべてが」

わたしはそれには異論をとなえなかったが、わたしの沈黙をローラ・フェイは反論と受け取ったようだった。

「それなのに、なぜ人はもっとそうしようとしないのかしら？」と彼女は訊いた。「もっと過去のことを考えようと」

「なにも変えられないんだから」

「意味がないからさ」とわたしは冷ややかに答えた。

「だから、あなたは一度グレンヴィルを出ていったら、二度と戻ってこなかったの？」とローラ・フェイが訊いた。

わたしは黙ってうなずいたが、ほんとうの理由はほかにあることを知っていた。ある種の場所は、血が止まらない傷口みたいに、いつまでも血を流しつづけるからだ。

「わたしは、よくむかしのことを考える」とローラ・フェイは言った。「自分たちがいまいる場所から先に進むのに役立つと思うから。過去をもう一度振り返って、ほんとうは何が起こったのかをはっきりさせなければ、先に進むことはできないもの」

〝ほんとうは何が起こったのか〟？

どうしてか、ひょっとすると、彼女はあの夜のことを言っているのかもしれない、とわたしは思った。あの自暴自棄の怒り、すべてを破壊する銃撃、おびただしい血と砕け散ったガラス、キッチンの安っぽいリノリウムの床の上に大の字に倒れた父。

「ほんとうは何が起こったのか？」とわたしはためらいがちに訊いた。「だれに？」

「わたしたちに」と、ごく落ち着いた、リラックスしているとさえ言えそうな口調で、ローラ・フェイが答えた。本を読んでいて、一息入れてもいい場所に差しかかり、それまで読んだことについてちょっと考えているみたいに。「わたしたち全員に」

「何のことを言っているのかわからないな」とわたしは用心深く言った。

「人生のこと」とローラ・フェイは説明した。「わたしは人生のことを言っているの」

「きみの人生?」

「わたしの人生」とローラ・フェイは答えた。「そして、あなたの人生も」彼女の目はそれまでに見たどんな光とも違う光をたたえていた。研ぎ澄まされた道具みたいに硬質で、火花を放っているようにも見える光。それから、二度目の乾杯にグラスを掲げたとき、またもやあのうっすらとした笑みが浮かんだ。「わたしたちの話のつづきに乾杯」

第二部

6

しかし、わたしたちはその話はつづけなかった。少なくとも、ローラ・フェイの人生やわたしの人生について、あるいは人生一般についての話は。

その代わり、ローラ・フェイは通りの向こう側の公園について、その日の昼間のうちに時間があったので、どんなふうに〝見て歩いたか〟を話しはじめた。彼女がこの小道やあの池のほとりで見かけたものや、行き会った人々がどんなに親切だったかについて延々と話しつづけるあいだ、わたしはまた過去に戻っていた。グレンヴィルや、バラエティ・ストア、その裏手の倉庫で進行していた情事、やがてわが家の内側に嵐を巻き起こすことになった情事に。

わたしはそれが全面的にローラ・フェイの責任だと考えたことはなかった。というのも、父と比較すれば、彼女は罪のない傍観者と大差なく、夫と別れた若い女で、経済的に困窮しており、慰めを必要としていたにちがいなかったのだから。だが、同時に、わたしは彼女を完全に赦したこともなかった。ただ、ほんとうに悪いのは父だと思っていただけである。なぜなら、父は母の深い献身的な愛情を受けいれておきながら、裏切りでそれに応えたのだから。わたしがローラ・フェイを恨んだのは事実だが、ほんとうに軽蔑したのは父だけだった。

しかしながら、ローラ・フェイの男の好みはそれとはまた別の問題で、かつての傷つきやすい若い娘の現在の中年バージョンが、セントルイスの人たちがいかに親切かについてしゃべりつづけるのを聞きながら、わたしは父がどんなに不器用なやり方で言い寄ったか、それを受けいれたローラ・フェイがどんなに自棄《やけ》になり、希望を失っていたかを想像しようとした。

父はとっさに、衝動的に行動したのだろう、とわたしはむかしから思っていた。どんなものにせよ、父は計画と呼べるようなものを立てたためしがなかったからである。この完全な計画性の欠如がバラエティ・ストアの命取りになった。この店のわずかな利益は、父がなおざりにしていたものによってたちまち使い尽くされたのだ。たとえば税金だが、父はけっして期限内に申告できず、その結果利息や罰金が絶えず積もり積もっていた。トイレの水漏れは床が崩れるまで放っておき、オオアリは木造部分全体をぼろぼろにしてしまうまで好きにさせておいた。その行動から判断するかぎり、父は雨風でなにかが傷むことはないと信じているかのようだった。道具類はじめじめした水たまりのなかで錆びついていたし、何巻もの生地がほとんど光の射さない店の地下室のかび臭いじめじめしたなかで腐っていた。

だから、初めて若い娘に言い寄ったときにも、父は前もってなにも考えていなかったにちがいない。一瞬、熱い風にあおられるように衝動に駆られて、自制心を働かせる間もなく、自分の行動やその結果を計算することもせずに、父は手を伸ばして、ローラ・フェイ・ギルロイにふれたのか、それとも、ただ声をかけたのか……どんなふうに？

〝愛している〟と言ったのだろうか？

だとすれば、それは父が母に言うのを一度も聞いたことのない言葉だった。ふたりのあいだにはいつも一定の距離があった。あるひとつの記憶がいつもそれをわたしに思い出させる。

わたしが父の浮気を発見したあとのクリスマス。グレンヴィルの町じゅうが豆電球をつけたツリーやデコレーションで飾り立てられていた。母は数日前から歩くとふらつくようになり、家から一歩も出ていなかった。けれども、母はむかしからこの季節が大好きで、人々が前庭に飾るキリスト降誕の場面やサンタとトナカイの飾りを楽しみにしていた。だから、その特別な日の夜、彼女はベッドルームから出て、髪を梳《と》かし、ちょっと化粧をして、いつになく明るい、ほとんど少女っぽい顔をしていた。

「あなたのお父さんといっしょにちょっと町をドライブして、飾りつけを見にいくの」

わたしはもちろんそんなものには興味がなかったし、父がバラエティ・ストアの裏で何をやっているかを知っていただけに、その哀れなツアーのために母が着飾ったのかと思うと、いい気分ではなかった。にもかかわらず、たとえ束《つか》の間グレンヴィルをドライブするだけにせよ、母がこの外出を心から楽しみにしているのはあきらかだったので、「それはすてきだね、母さん」と言った。

少なくとも母にとって、それはすてきなことになるはずだった。

しかし、そうはならなかった。

数分後、父があの古い配達用ヴァンをガタガタいわせて帰ってきた。彼はどかどか家に入ってくると、靴を脱ぎ捨て、いかにも疲れきっているのを見せつけながら、リクライニングチェアにどすんと腰をおろした。

そのあいだじゅう、父は母には目もくれず、当然ながら、母が自分を魅力的に見せようと努力したことなどまったく目に入らないようだった。

「ダグ？」と、まるで高級レストランにでも行くかのように、口紅をつけ、イヤリングをぶらさげて、父の前に立った母が言った。

「よう、エリー」と父は言い、またもやいかにも疲れきったように息を吐いた。

「出かける準備はできているの？」と母は明るい口調で訊いた。

父はつぶっていた目をひらいて、パチクリさせた。「出かけるって、どこへ？」

「ドライブよ」と母は言った。「クリスマスの飾りつけを見るための」

父は手を振った。「ふん、そんな必要はないね」と彼は言った。「おれはもう町なかに行ってきたが、なにひとつ見るべきものはなかった」

そう言うと、父はふたたび目をつぶった。そこに取り残された母は、父の前に突っ立っているだけだった。黙ったまま、ぎこちなく、愛と献身を奪われ、そしてもちろん——当然受ける資格があるのに、けっして受け取ることのない——夫からの忠誠心をも失って。

その瞬間ほど完全に孤独な母を見たことはなかった。椅子にぐったりもたれている父の前に立っている姿を見ていると、母のむなしかった準備の重みが、耳のイヤリングの重さやメーキャップの乾いた斑点が、そういうすべてが、母に課せられた乾ききった、すべてを削ぎとられた人生が、手でさわれそうな感覚として感じられた。

それがわたしを行動へと駆り立てた。わたしはさっと立ち上がった。

「ぼくが母さんを連れていってあげる」とわたしは言った。「ぼくもクリスマスの飾りつけを見たいから」

それを聞いて、母の心はとろけたようだった。わたしがグレンヴィルの祝祭日の飾りつけにはまったく興味がないことを知っていたからである。「ああ、ルーク」と母は言った。

「おまえはほんとうにやさしい子だね」

〝ほんとうにやさしい子〟だったと、いま、わたしは思っていた。その子はどこへ行ってしまったのか？

その手厳しい考えが脳裏をよぎると、冷たい指で背筋を引っかかれたかのように、わたしはかすかに身震いした。その不快さを打ち消そうとするかのように、わたしはグラスをつかんで、残っていたピノ・ノワールを一気に飲み干した。

「まあ、ルーク」とローラ・フェイが口走った。「何だい？」

わたしはグラスをテーブルに戻した。

それから、連帯を示そうとするかのように、ローラ・フェイもわたしとまったくおなじようにグラスをつかんで、残りを一息に飲み干した。「ワオ」彼女は自分のグラスを見て、それが空になっていることに本気で驚いた顔をした。「まさか飲み干せるとは思っていなかったわ」

「これで、ふたりともガス欠というわけだ」とわたしはちょっとがさつな言い方をした。

あの恐ろしい物語のイメージが次々に頭に浮かんだ。ウディが手をつけなかったフライドポテト、父の胸にぽっかりあいた穴、手摺りをギュッとにぎりしめた母の指、わたしの乗ったバスが通りすぎたとき、わたしに向かってあげられたローラ・フェイの目。

ローラ・フェイはひらりと手を口にあてがった。「なんて変なの」と彼女は言った。

「まるであなたがやるのを見て――」

「わたしがやるのを見て？」わたしはぎょっとして、彼女をさえぎった。

「あなたがワインを飲み干すのを見て、〝あなたにもできるわよ、ローラ・フェイ〟って自分に言い聞かせたみたい」彼女は首を横に振った。「なんて奇妙なんでしょう、わたしがワインをあんなふうにあおるなんて」彼女は肩をすくめた。「今夜はいつものわたしじゃないみたい」

「それなら、あのアップルティーニを飲むべきかもしれない」とわたしは言った。

彼女は躊躇している顔をした。「ほんとうに試してみるべきだと思う、ルーク？」

「試すことのない人生なんて！」とわたしは仰々しく答えた。

ローラ・フェイは声をあげて笑った。「あなたの言うことったら、ルーク」彼女は冗談ぽくわたしを見た。「それとも、それもだれかほかの人の言ったことで、あなたはそれを盗んだだけなの？」

「これはたくさんの人がすでに言っていると思う」と答えて、わたしは彼女の空のグラスを頭で指した。「それじゃ、ピノ・ノワールをお代わりするか、それとも、思いきって新しいものを試してみるかい？」

彼女はちょっと考えてから、自分が選んだものを告げた。「アップルティーニにするわ」と言って、彼女は片手をひらりと振った。「危険な生き方をすることに決めたから」

「それはいい」とわたしは言い、大げさな身ぶりでウェイトレスを呼んだ。「そして、このご婦人にはアップルティーニを」

「わたしにはピノのお代わり」とわたしは彼女に告げた。

ウェイトレスは気持ちのいい笑みを浮かべた。「すぐにお持ちいたします」

ウェイトレスが行ってしまうと、わたしはローラ・フェイがまた公園のことや地元の人々の愛想のよさについての話に戻るのではないかと思っていた。このふたつの話題は彼女の気分を引き立てて、わたしたちが共有する過去の暗さから気をそらせてくれるようだったから。事実、この数分間、彼女は何度か笑ったり、ほとんどいたずらっぽく首を振ったり、ある意味では、まったく別人になったかのように見えた。彼女はわたしをだしにして冗談を言い、アップルティーニを注文して、前よりもリラックスしているようだった。だから、もはやこれ以上、彼女が〝むかしのこと〟にふれることはないような気がしていたのである。

ところが、そういう気楽な話をつづける代わりに、彼女は唐突に過去へ戻っていった。

「来週六十歳《ウッド・ヒー》になるはずだったのよ、ウディは」

「そうなるのか《ウッド・ヒー》？」ローラ・フェイは弾けるように笑った。「そうなるのか《ウッド・ヒー》？　ウディ？　あなたはとても面白い人ね、ルーク」

じつは、わたしは語呂合わせをして笑わせるつもりはなかったのだが。

ローラ・フェイは笑いつづけた。「あなたの学生たちはいつも腹を抱えているんでしょうね」

「すこしもそんなことはない」とわたしは言った。「じつは、学生たちからはかなり退屈な教師だと言われている」

ローラは笑うのをやめた。「あなたに面と向かってそう言うの？」

「いや、インターネット上で言うんだ」とわたしは答えた。「教師についてなんでも言いたいことの言えるサイトがあってね。ほんとうに下劣なことまでは言わないが。それは禁止されているから。しかし、単調だとか、もたもたしているとか、退屈だとか、なんとでも言える」

「でも、それは不作法だと思うわ」とローラ・フェイは言った。彼女はわたしのために腹を立てているようだった。「もっと行儀よくすべきなのよ、あなたが教えているような、授業料の高い学校へ、入るのがむずかしい学校へ行くようなこどもたちは。エリートの卵なんだから」

「そうかもしれない」とわたしは言った。決定的に頭の悪いわたしの学生たちや、クラークストン大学の、すこしも尊敬に値するとは言えない大学としての地位についてそれ以上論じたくはなかったからである。「ところで、わたしたちは人生のことを話していたんだったね。人生を振り返ってみることについて。それはいいことだと思うときみは言っていたが」

彼女は自分の言ったことに自信がなくなったような顔をした。「たぶんわたしは間違っていると思っているんでしょう」と彼女は警戒するように言った。「そんなふうに考えるなんてばかなやつだと思っているのね、たぶん」

「すこしもそんなことはない」とわたしは請け合った。「ただ、これはなかなか複雑な問題だと思っているだけさ」

ローラ・フェイはうなずいた。「ひとつだけわかっているのは、どんどん過ぎていってしまうということね」と彼女は言った。「人生はたちまち過ぎてしまう」

彼女はしばらくその話題をつづけた。人間の存在のはかなさを表す月並みな表現を使って、この世の月日は「気づかないうちに」あるいは「あっという間に」過ぎていく、と彼女は言った。だが、すでに自分が言ったことにはなにも付け足そうとせず、むしろそれにふれるのを躊躇しているようだったので、しばらくすると、わたしはこの話題にはけりを付けようと思った。

「光陰矢のごとしだからね、たしかに」と、終業のベルを鳴らすみたいに、わたしはそっけなく言った。

これでいいだろう。これでもう時間のはかなさについてこれ以上不毛な話をしないですむだろう、とわたしは思った。ラウンジのなかを、客がいた数少ないテーブルを見まわすと、年配のカップルが出ていき、比較的若いもう一組のカップルも席を立とうとするところだった。

「さて、何について話そうか？」と、ローラ・フェイに視線を戻して、わたしは訊いた。

彼女が答えるより先に、ウェイトレスが飲みものを運んできた。

「ご婦人にはアップルティーニ」と言って、彼女はローラ・フェイの前に新しい赤いコースターを置き、その上に飲みものを置いた。

「ありがとう」とローラ・フェイはそっと言った。

「そして、こちらの紳士にはピノ・ノワール」と言って、ウェイトレスはおなじ仕草を繰り返した。「では、どうぞ、ごゆっくり」

ローラ・フェイは慎重に飲みものを手にとって、大げさなくらいこぼさないように気をつけながら、わたしに向かってそろそろとグラスを上げた。

「マティーニのグラスは油断ならないからね」とわたしは言った。

ローラ・フェイはうなずいたが、すこしもグラスから目を離さなかった。

「じゃ、今度は何に乾杯しようか？」とわたしが訊いた。

「今度はあなたが選ぶ番よ」

「わかった」とわたしは言った。「じゃ、きみに、ローラ・フェイ・ギルロイに」

彼女はグラスを持ち上げた。「そして、あなた……マーティン・ルーカス・ペイジに。ほんとうに罪のないすべての人たちに」と言って、ローラ・フェイは高らかに笑った。

〝ほんとうに罪のないすべての人たちに〟？

奇妙な乾杯だとは思ったが、その場の勢いで、わたしは彼女よりさらに高くグラスを上げて、「そして、罪のある人たちにも」と調子を合わせて言った。

「そうね、罪のある人たちにも」とローラ・フェイは静かに言って、ゆっくりとグラスを唇に運んだ。グラスの縁のすぐ上に彼女の目が覗いていたが、その瞬間、その目があるひとつの問いを、かつてトムリンソン保安官のじっと見つめる目に感じたのとおなじ問いを、わたしに向かって発しているような気がした。**おまえは何をしたんだ、ルーク？**

7

少なくともわたしが知りえたかぎり、彼がわたしと出くわしたのは偶然だったらしいが、その日の午後、彼がゆっくりと近づいてきた様子には、どこか計算されたものがあるように見えた。わたしは南軍戦没者記念碑の階段に坐っていたが、本を読んでいたわけではなく、ただ考えごとをしていた。父が死んでからまだ数日しか経っていなかったが、母はそのショックとスキャンダルのせいで衰弱し、すでに病床に就いていた。

「やあ、ルーク」と彼は言って、公園のなかを見まわした。「一日のこの時刻にはほんとうに人が少ないね」

「ぼくはそのほうが好きなんです」とわたしは言った。

「そのほうが集中しやすいから、だろうな」とトムリンソン保安官は言って、心なしか目を細めた。「ずいぶん集中しているようだな。違うかね、ルーク」

「そうだと思います」とわたしは静かに答えた。

「自分の将来に全力で集中しているんだろう」とトムリンソン保安官はつづけた。「みんながそう言っている」

〝みんなが？〟とわたしは思った。この〝みんな〟というのはだれとだれなのだろう？　ミス・マクダウェル？　デビー？

「計画性のある少年」とトムリンソン保安官は言って、その親しげな、やさしい叔父のような笑みをもらした。「それを親父さんから受け継いだわけじゃないのは確かだな」

「ええ、そうですね」

「かわいそうに、ダグはどんなことにも長く集中してはいられなかった」とトムリンソン保安官は言った。笑みが一度消えたが、また穏やかに、控えめに戻ってきた。「バラエティ・ストアの正面のペンキを塗り替えようとしたときのことを覚えているかね？」

父がそう思い立ったのは、どんなことを思いつくときでもそうなのだが、たまたまだった。突然、なんのあきらかな理由もなく、彼は店の正面をもっと〝こぎれいにする〟必要があると考えたのだ。いまの外観のままでは人目を惹かない、と彼は言った。ネオンみたいに、もっと明るく、目立つようにしなければならない。その日のうちに、父は金物屋に行って、オレンジ色のペンキを五十リットルも買ってきた。

「最初にやめるまでにどのくらい塗ったんだったかな、ルーク？」と、昔馴染みのどうしようもない知人を思い出している旧友同士であるかのように、トムリンソン保安官が訊いた。

「片側の半分でした」とわたしは答えた。「だいたい頭くらいの高さまで、そこでやめてしまったんです。それから数週間後にまたはじめて、今度はもう三分の一くらい塗ってやめました。父は何をやってもそうだったんです」

トムリンソン保安官は首を振りながら、笑った。「ついこのあいだ、左側にまだ塗っていない場所があることに気づいたよ」そして、笑いが完全に収まらないうちにつづけた。「あれじゃ、あんたみたいな少年はまともに見てはいられなかったにちがいないな、ルーク」

「ええ、そのとおりでした」とわたしは認めた。

「すべてをきちんとしなければ気が済まない性質《たち》だと、そういう親父さんにはずいぶん苦労させられただろう」

わたしはうなずいた。

トムリンソン保安官はじっとわたしの顔を見た。「いろいろ問題があったんじゃないかね？」と彼は訊いた。「あんたと親父さんのあいだには？」

「いいえ」とわたしは嘘をついた。

トムリンソン保安官は束の間口をつぐんだ。そのあいだにわたしは、これは一種の尋問テクニックで、わたしをじわじわ締め上げようとしているのだろうかと思った。

しばらくしてようやく彼は言った。「あんたはなにも疑問はないんだろう、ルーク？」

「あの夜、親父さんに起こったことについては?」とトムリンソン保安官は訊いた。

「疑問?」

なぜそんなことを訊くのだろう、とわたしは訝った。彼は妙な反応や、うっかりもらされる一言や、なにかのしるしを探しているのだろうか? ウディ・ギルロイがショットガンを自分の頭に向ける前に残した遺書が、事実をすっかり明かしているわけではないという証拠を?

「いいえ」とわたしは答えて、それ以上はなにも言わなかった。

トムリンソン保安官はふたたび公園のなかを見まわした。それから、驚いたことに、わたしの隣に腰をおろした。「それじゃ、いよいよここを出ていって、この小さな町を懐かしむようになるわけだな、ルーク?」

それは何気なく訊かれた、ごく無害な質問に聞こえたが、そう訊いたときのトムリンソン保安官の穿鑿するような目つきのせいで、わたしはE・A・ポーの短篇『告げ口心臓』に出てくる病的に怯えきった殺人者の気分になった。

「そうですね」とわたしは嘘をついた。「懐かしくなるものもあるでしょう」

「たとえば?」

今度はわたしはほんとうのことを言えた。「母です」とわたしは答えた。

「お母さんはどんな具合かね?」

「あまりよくありません」とわたしは言った。

トムリンソン保安官はメイン・ストリートの方角に目をやった。明かりの消えたバラエティ・ストアがあるのはほんの数ブロック先だった。「それはお気の毒に」彼はポケットから葉巻を取り出して、火をつけた。「お父さんのことを発見したのは、そうとうなショックだったにちがいない」

わたしは唖然とするほど商才のなかった父のことを思い出した。レシートはどこでも手近な片隅に押しこみ、頼まれればだれにでも付けで売って請求するのを忘れ、在庫管理に無頓着で、何が売れ何が売れなかったかを知りもしなかったので、店内には町のゴミ捨て場で簡単に見つかりそうなものがあふれていた。だが、それは母に対する裏切りや、それがもたらした痛ましい結果に比べれば、たいしたものではないだろう。

トムリンソン保安官はわたしの顔に視線を戻した。「あんたにとってもショックだったにちがいないが」

「そうでした」とわたしはきっぱりと言いきった。じつは、ウディ・ギルロイが走り書きした遺書を保安官が読むはるか以前から、わたしは父とローラ・フェイの関係を知っていたのだが。

保安官は顔を上げて、遠くの山を眺めた。「で、いつハーヴァードに発つんだね、ルーク？」

「まだはっきりはわかりません」とわたしは答えた。

「はっきりとはわからない？」とトムリンソン保安官が聞き返した。

保安官はわたしの答えを聞いて、驚いたにちがいなかった。計画性のある少年が自分のこの先の予定を知らないはずはないのに。

「ええ」とわたしは言った。

「どうしてかね？」

「まだその前にいろいろ決めなくちゃならないことがあるからです」とわたしはどうとでも取れる答え方をした。

しかし、そのときでさえ、わたしは八月末にはグレンヴィルを出発するつもりでいた。実際には、その後あきらかになった諸事情から、このとき考えていたのとは大きく異なるかたちで出発することになったのだけれど。

トムリンソン保安官は重々しくうなずいて、立ち上がった。「うむ、あんたが大きな成功を収めるのは間違いないと思っているよ、ルーク」と彼は言った。「夢をもつのはいいことだ」

「ルーク？」

ローラ・フェイの声だった。なんだかずっと遠いところから聞こえたような気がした。

「うん？」とわたしは言って、パチパチとまばたきした。いままた過去への旅に自分があまりにも深く入りこんでいたことに困惑し、驚き、ちょっとショックを受けてさえいた。「ときどきわれを忘れてしまうことがあるんだ」とわたしはもごもご言いわけをした。

「なにかを考えだすと」

「デビーがそう言っていたわ」とローラ・フェイは言った。ふと思い出したような言い方だったが、ほんとうにそうなのかは疑わしかった。わたしはふいにもとの小道に引き戻されたような気がした。公園やセントルイスの親切な住人たちの話で、ほんの束の間わき道にそれる前の小道に。

「ほんの二、三週間前に、彼女と愉しくおしゃべりをしたのよ」とローラ・フェイはやはりさりげなくつづけた。「あなたはとても面白い人だって言っていたわ」

〝面白い〟

その言葉に誘われるかのように、わたしはまたもやグレンヴィルに舞い戻っていった。今度は、さらに時間を遡《さかのぼ》って、わたしがまだ十六歳だったころのその町へ。そのころには、わたしは自分の能力に自信をもち、いずれ叙事詩的なアメリカ史の偉大な著者になるつもりでいた。

彼女は山の少女だった。デビー・トッド。グレンヴィルを取り囲むアパラチア山麓の丘陵地帯に点在する小さな町の出身だった。学校でいちばん人気があったのは、地元の弁護士や医師や銀行家や工場経営者の娘だったので、わたしが声をかけたとき、彼女は驚いたにちがいなかった。わたしはすでにグレンヴィル高校でいちばん優秀な生徒という評判だったし、将来大きなことを成し遂げるにちがいないとみんなに思われていたからだ。わたしが初めて彼女にアプローチした日、彼女はたしかに驚いた顔をした。

「ハーイ」とわたしは言った。

わたしたちは混雑した廊下に立っていた。たぶん、同年代のほかの少年たちみたいに、わたしは主として彼女の顔と容姿、ゆるやかなウェーブをえがいて背中に垂れている豊かな長い金髪に惹かれたのだろう。彼女は鮮やかな緑色の、詩人たちがエメラルドと呼ぶ色の目をしていたが、自分の美しさにほとんど気づいていないかのようだった。彼女はそれを意識しているにちがいない、とわたしは思っていたけれど。もっとも、彼女にとって、それはほんの束の間の価値、使ってしまわなければならない——しかも急いで——コインであり、ただ他人たちが価値を認めているから価値があるだけだった。

「ハーイ」と彼女は答えた。それからなにかを言おうとしたが、途中で口をつぐんで、待った。

「ぼくはルーク・ペイジというんだ」

「あなたの名前は知っているわ」彼女は本をさらにギュッと胸に抱きしめた。「有名大学を受験するんですってね」

「ああ、そうさ」とわたしは言った。

「わたしはマウンテン・コミュニティ大学を受けるつもりよ」とデビーは言った。この答えは単にエリート校を受けるつもりはないだけでなく、グレンヴィルかその近くの町でのありふれた人生以外のものを追求するつもりはないことを意味している、とわたしは思った。

その瞬間、自分がデビーに恋をすることはなく、彼女がわたしの妻になり、わたしのこどもの母親になることはないことを、わたしは悟った。しかし、わたしはまだほとんどデートしたことがなく、臆病だと思われたくはなかったし、ましてやホモだとは絶対思われたくなかったので、駆り立てられるようにつづけた。

「セイディ・ホーキンス・ダンスのことを知っているかい？」とわたしは訊いた。

デビーは首を横に振った。

「セイディ・ホーキンス・ダンスというのは、女の子が男の子を誘っていくダンスパーティなんだ」とわたしは説明した。

デビーは黙って待っていた。

「きみがぼくを誘ってくれるかもしれないと思ったんだけど」と言って、わたしはにっこり笑った。

デビーは声をあげて笑った。「ずいぶん奇妙なやり方でわたしをデートに誘うのね」彼女はその奇妙なやり方についてちょっと考えてから、肩をすくめた。「わかった。あなたを誘ってもいいわ」

今度はわたしが待つ番だった。

「セイディ・ホーキンス・ダンスにわたしと行ってくれる、ルーク？」とデビーが訊いた。

わたしはちょっと考えてから、首を横に振った。「いやだ」

デビーの顔いっぱいに笑みがひろがり、その瞬間、わたしは彼女の心を射止めたことを知った。

「あなたは頭がよくて面白い人だって、デビーは思っていたわ」と、いま、ローラ・フェイが言っていた。彼女は一口アップルティーニを飲んだ。「デビーとわたしは実際にはそんなに年が離れていたわけじゃないのよ」と彼女はつづけた。「当時はそんな気がしていたけれど。二十七歳と十七歳のときには、十歳の差はとても大きいから。でも、四十七と三十七になれば、それは実際たいした差じゃないわ。それまでには、どちらもおなじような経験をしているから。結婚したり、人々について、いろんなことを学んだり」彼女はふたたび腹立たしいほどかすかな笑みを浮かべた。「人生からどんな仕打ちを受けることがあるかを悟ったり」

わたしはゆったりと椅子の背にもたれて、ローラ・フェイがいきなりデビーに電話して、彼女と〝愉しく〟おしゃべりをしたという事実を自分がどんなに奇妙だと思い、胸騒ぎを覚えているかをごまかそうとしていた。

「最後に見たときあなたは彫像みたいだった、とデビーは言っていた」とローラ・フェイはつづけた。「墓地で見たとき、という意味だけど」彼女は数メートル離れた場所にある大型のグランドファーザー時計にちらりと目をやった。大きな真鍮製の振り子がリズミカルに揺れている。「大変な経験をしたあとだったからよ、とわたしは彼女に言ったの」と彼女はつづけた。「あんなことが起こったあとでは、わたしだって冷たく凍りついたような気分になったって」彼女は視線を時計の右側に滑らせて、遠くの窓の外へ、冷たい小糠《こぬか》雨へと向けた。そして、歩道の端に停まったダークレッドの車に目を留めた。「警察官のせいでそんなふうになることもあるわ」彼女はさらに視線を滑らせて、わたしに向けた。「彼らがなにかを調べはじめ、関連づけようとすると。わたしたちは石みたいになることがある」彼女はちょっと口をつぐんで、なにかを考えてから、ふたたびつづけた。「もちろん、トムリンソン保安官は仕事をしなければならなかったんだけど。グレンヴィルでは、あんなことは一度も起こったことがなかったから」

なんだか奇妙だったのは、いつのまにか会話がわたしの父が殺されたあとの警察の捜査の話になっていることだった。それまでにも何度も感じていたが、わたしはひとつの道筋から次の道筋へと巧妙に誘導されているような気がした。そうかどうかはっきりしなかったが、そう思うと急に居ても立ってもいられなくなり、わたしは唐突にローラ・フェイとの最後の会話を打ち切ろうとした。

「さて、ずいぶん遅くなってきた」とわたしは言った。「わたしはあした朝早い便に乗らなければならないんだ。だから、そろそろ――」

「わたしが言いたかったのは、警察に何を言うかには注意しなければならないということよ」とローラ・フェイは鋭い口調でわたしをさえぎった。動物が逃げだす前に、急いで扉を閉めようとする女みたいに。「自分の行動にすら気をつけなければならないということなの。たとえば、あなたのお父さんのお葬式にさえ、それに行くかどうかということでさえ。わたしはどうしていいかわからなかったのよ、ルーク。あなたのお母さんがどう思っているか、どんな話を聞かされているか知らなかったから。それに、あなただって、ルーク。あなたがどう思っているかも知らなかったから」

「でも、結局、きみは父の葬儀に来た」とわたしは指摘した。「わたしはあそこできみを見たのを覚えている」

彼女はうなずいた。

「なぜ来たのかな？」とわたしは訊いたが、そのとき、わたしはこの会話を終わらせようとする自分の努力にストップがかけられたこと、それどころかふたたびそのなかに引き戻されて、ある意味では、炎に引きつけられる蛾のようなものになっていることを悟った。

「じつは、わたしはぼんやりしていたみたいなの」とローラ・フェイは答えて、肩をすくめた。「朝、起きて、〝ダグのお葬式に行く〟って言った覚えがないの。服を着て、車に乗って、墓地に行った記憶がないのよ。ほんとうは、薬のせいだったのかもしれない。神経を鎮めるためにもらっていた薬。あれを飲むと、はっきり考えられないときがあるから。ちょっと頭がおかしくなるのね。わたしにはそういう影響があったし、いまでもそうだけど」

「〝いまでもそうだ〟と言ったのかい？」

「そうよ」と、薬に依存していることを白状するのに露ほどのためらいもなく、ローラ・フェイは言った。

「どんな薬を飲んでいるんだい？」

「お医者さんが処方してくれるものはなんでもよ」と、ショッキングなほどどうでもいいと言いたげに手首を振って、彼女は言った。「お医者さんは年中薬を変えるの」彼女は笑った。「ローラ・フェイを抑えつけておかなくちゃならないから」彼女はわたしの顔がこわばっているのを見て取った。「でも、わたしはちゃんとコントロールされているわ」と彼女は急いで説明した。「ちゃんとお薬を飲んでいるかぎりは」彼女は目の前の飲みものを頭で示した。「これは気にいったわ、ルーク。いいものを勧めてくれたわね。アップルティーニ」

「気にいってくれてよかった」とわたしは冷ややかな口調で言った。「もちろん、薬を飲んでいるなら、アルコールは飲むべきじゃないかもしれないが」

「お医者さんはそう言うわね」とローラ・フェイは答えたが、またもやそれを追い払うように手首を振った。「でも、お医者さんがすべてを知っているわけじゃないでしょう、違う、ルーク？　お医者さんは頭がいいかもしれないけど、なにもかも知っているわけじゃない」彼女はまた笑った。今度は人を不安にさせるほど獰猛な、ほとんど吠えるような笑い方だった。「それに、わたしの考えでは、女の子は女の子がすべきことをしなきゃならないもの。彼が死んで以来、わたしはそれをモットーにしているの」

「彼が死んで以来？」とわたしは聞き返した。「わたしの父がという意味かい？」

「いいえ。ダニーのことよ」とローラ・フェイは言った。「わたしの息子の」

一度きりの人生のなかで失われて取り戻せないもの、その幾分かがふいにローラ・フェイに降りかかった。

「八つだったわ」と彼女は穏やかにつづけた。「車に轢かれたの。轢き逃げで、その男は逃げてしまった」

「それは気の毒だった」とわたしは言った。「知らなかった。きみはなんにも言わなかったから」

「人殺しをして逃げのびたんだって、オリーは言っていたわ」

わたしは彼女をじっと見つめた。

「でも、ふん、お涙ちょうだいの話が好きな人なんていないでしょう、違う、ルーク？」とローラ・フェイは訊いた。彼女はまた一口飲みものを飲んだ。するとたちまち、そんなふうに見えただけかもしれないが、彼女の気分はサーカスのテントみたいに舞い上がり、綿あめの匂いが漂ってきた。「それじゃ、わたしがあれをモットーにして生活するようになったのは、あなたのお父さんが死んでからだと思ったのね？」

「そうさ」

いまや、そのおなじテントがいきなりつぶれて、ローラ・フェイの声に暗い記憶の厳粛な感覚がにじみだした。「もしかすると、あのころからすべてがはじまったのかもしれない」と彼女は言って、そっとグラスを下に置いた。「じつは、ルーク、ウディだけだったら、そんなにたいしたことじゃなかったのよ。ひどいことを言っているのはわかっているけど、事実は事実だし、わたしはウディに対してはもうどんな気持ちももっていなかったから。初めから、どんな気持ちにせよ、もっていたとしてだけど」彼女は首を横に振った。「やさしかったわ、ウディは。でも、愛というのは、それとは別のものでしょう、違うかしら？　たとえば、あなたとデビーみたいに」

「わたしはデビーを愛したことはなかった」とわたしは言った。

「でも、彼女はあなたを愛していた、そうでしょう？　そう見えたわ。そういう目をしていた。あなたが本命だという。そして、彼女はそれを知っていた。どんなに時間が経っても、けっして忘れられない人だということを。あなたといっしょにいるとき、彼女はそういう目をしていたわ。あなたはそうは思わないの、ルーク？」

ローラ・フェイがわたしとデビーがいっしょにいるところを見たのはせいぜい二、三回、たいていはバラエティ・ストアにちょっと寄ったときだった。デビーがわたしを愛していたというこの知識は、彼女自身の観察からの結論か、それとも、デビーとのおしゃべりからそう考えたのだろうか。

「だれでも初恋はロマンチックに解釈するものだからね」とわたしは辛辣な口調で言った。

「実際以上のものに」

ローラ・フェイは首を横に振った。「ほんものだったときはそうじゃないわ、ルーク」

彼女はちょっと目を伏せて、それからまた見上げると、奇妙なほど愉しげな笑みを浮かべた。「あなたのお父さんはデビーが気にいっていたのよ」と彼女は明るく言った。「堅実な子だって言っていたわ」彼女はとても温かい笑みを浮かべたが、目は熱気を放っていた。

「正反対は引きつけ合うって言うでしょう」

8

正反対は引きつけ合う？

それは非難する言葉だったのだろうか？

もしそうだとすれば、ローラ・フェイはどういうつもりでそれを言い、何を非難しようとしたのだろう？

そういう疑問が渦巻いて、しばらくのあいだ、わたしは会話に身が入らなかった。だから、彼女が話をそらして、女性の魅力の理想がどんなふうに変わってきたかとか、彼女がA&E（アーツ・アンド・エンタテインメント）チャンネルで見た美術番組によれば、かつては丸ぽちゃの女性がもっとも魅力的だとされた時代があったのに、いまではそれが痩せた女性になっているとか、まさかと思うような話題に転じても、わたしはほとんど注意を払わなかった。頭のいい女性が魅力的だとされた時代もあったけれど、と彼女は言った、いまでは〝プラスチック製の〟女性ばかりがもてはやされている。

そこからさらに、彼女は自分が読んでいる雑誌をざっと批評してみせた。大半は女性誌で、たとえば〝男性を喜ばせる十五の方法とか、自分を喜ばせる二十の方法〟とかを特集するような雑誌だった。そこまで言うと、彼女は照れくさそうにクスクス笑って、「どういう意味かわかるでしょう、ルーク？」と言った。彼女は犯罪雑誌も読んでいるが、そういうものを読むようになったのはオリーの影響だという。「だから、わたしは犯罪マニアと呼ばれてもおかしくないと思うわ」

その長いおしゃべりのあいだずっと、わたしは先ほど彼女が言ったこと――正反対は引きつけ合うものだというローラ・フェイの説――ばかり考えていた。そして、ふいに、どうしてもそれに反論しておく必要があると感じ、思ってもいなかった唐突さで、否定の言葉を口からもらした。

「正反対が引きつけ合うことはない」とわたしはいきなり断言した。

ローラ・フェイは口をつぐんで、黙ってわたしの顔を見た。

「よくそう言われるが」とわたしはつづけた。「わたしはそうは思わない」

「それじゃ、あなたはどう思っているの、ルーク？」とローラ・フェイは穏やかに訊いた。

「そう、たとえば、わたしの父はデビーが気にいっていた、ときみはいった」とわたしは答えた。「それは、もちろん、そうだろう。なぜなら、デビーは大きな野心をもっていなかったからだ。彼女は自分がいる場所で満足していた。父はデビーのそういうところが気にいっていたんだ。彼女が簡単に満足するということに。ちょうど父も簡単に満足する人間で、自分がなにかを成し遂げたかどうかなど気にもしていなかったように。父がデビーを気にいったのは、彼女が自分に似ていたから、単純だったからなんだ」

「単純だった」とローラ・フェイは繰り返した。「わたしもそれで気にいられたのかしら？」

彼女はわたしの言ったことが侮辱的だともそうでないとも感じていないようだった。というより、わたしがそう言ったあと、自分がどう感じるべきなのかよくわからないという顔だった。わたしが一般論を言ったのか、それとももっと個人的な意味だったのか。この後者ならば、それは暗に侮辱していることになるのだが。

「それに答えられるほどわたしはきみをよく知らない」とわたしは急いで言った。「わたしはただ、父は現実的な人たちが好きだったと言っただけだ」

ローラ・フェイはそれには異論をとなえようとしなかった。「それじゃ、お父さんはジュリアが気にいったかしら？」と彼女は訊いた。「あなたの奥さんの」

妻の名前を出した覚えはなかったので、とっさに、ローラ・フェイはどうやってそんなことまで知っているのだろう、とわたしは思った。

「どうしてわたしの妻の名前がジュリアだと知っているんだい？」とわたしは訊いた。

「わたしから言った覚えはないんだが」

「あなたについての記事のなかで見たのよ」とローラ・フェイは答えた。「あなたは結婚していて、奥さんの名前はジュリアだと書いてあったわ。あれはあなたの初めての仕事だったの、ルーク？　クラークストンでの仕事は？」

「そうだ」

「それじゃ、まだおなじ大学にいるのね」と彼女は屈託のない口調で言った。「それはすばらしいわ、ルーク。そんなに長く仕事をつづけているなんて。ウディはおなじ仕事を一年以上つづけられたことがなかった。だから、トラック運送をやるようになったのよ」

わたしは黙って彼女の顔を見つめていた。

「それに、あなたはウェブサイトに。ウェブサイトにも出ている」とローラ・フェイはわたしに教えた。あなたの写真と教えている科目が出ているわ」彼女は感嘆したようにわたしの顔を見た。「あなたは新しく入ってきたばかりのこどもたちを任せられているのね」

「ああ、一年生のクラスをいくつか受け持っている」とわたしは言った。

「それは責任重大ね、ルーク」とローラ・フェイは言った。「血気盛んな若者たちなんだから」彼女はいたずらっぽくウィンクした。「どう？　わたしはあなたのことをよく知っているでしょう？」

「そうだね」とわたしは冷ややかに言った。

「いまはずっと簡単なのよ」とローラ・フェイはつづけた。「グーグルであなたを検索しさえすれば、どこにいるかすぐわかるから。セントルイスに来るはずだってことも、そうやって調べたの」二度目のウィンクはそんなにいたずらっぽくは見えなかった。「わたしは年中あなたをグーグルで検索しているのよ」

「どうして？」とわたしは訊いた。

「たぶん、いろんなことがあったせいでしょうね」とローラ・フェイはさりげなく言った。「いっしょに大変なことを経験したからだと思うわ」彼女は長々と、芝居がかったため息をついた。「キッチンの床が血の海になったんだから」

いきなりずばりとそう言ったことに驚いて、わたしは彼女の顔を見つめた。というのも、父が発見されたのは、大きな血だまりのなかに倒れていたのは、キッチンの床だったからだ。

たとえそうでも、ローラ・フェイはただ言葉の選び方を間違えて、ぞっとするようなことを言ったのだろうとわたしは思った。だが、次の質問を聞いたとき、彼女がキッチンの床を引き合いに出したのはすこしも偶然ではなかったことがあきらかになった。

「あなたは彼を見なかったんでしょう、違う、ルーク？」と彼女は訊いた。「あなたのお父さんのことだけど？」

もちろん、血だまりのなかに倒れていた父のことだった。胸に銃弾の穴があき、両腕を投げ出して仰向けに倒れていた父。恐怖と驚愕にとらえられ、口をあけ、目を見ひらいていた父。

「いや、わたしは見なかった」とわたしはローラ・フェイに言った。「でも、警察が撮った写真を見た。トムリンソン保安官が見せてくれたんだ」わたしは苦々しい笑いをもらした。「あれをもらっておいて、母のスクラップブックに入れるべきだったかもしれない」

「〈ルークの旅路〉ね」とローラ・フェイがほとんど独り言みたいに言った。一瞬、彼女はなにか考えていたが、それからつづけた。「保安官はどうしてあなたにそんな写真を見せたのかしら、ルーク？」

「わからないね」とわたしは答えた。「あるとき、彼はそれを取り出して、テーブルの上に置いたんだ。わたしに見えるのを知りながら」わたしはファイル・フォルダーからその写真が引き出され、表向きにはっきり見えるように、テーブルの上に置かれたのを思い出した。保安官はまるでそれには気づかないかのように、話しつづけていた。「そのときには、保安官はなにも考えずにそうしたんだと思ったけど」とわたしはつづけた。「もしかすると、わざと見せたのかもしれない、ショックを与えるために」

ローラ・フェイの目はじっと一点を見つめて動かなかった。「保安官がなぜあなたにショックを与えようとしたりするの、ルーク？」と彼女は訊いた。

「わからない」とわたしは答えた。

「だって、お父さんが、あんなふうに床に倒れていて、まわりじゅう血の海だったのよ。

そんなものをあなたに見せるのは正しいことじゃないわ」ちょっと口をつぐんでから、彼女はつづけた。「それじゃ、実際にそういう状態の彼を見たのは、あなたのお母さんだけだったのね？」

「そうだ」とわたしは言った。

「銃声が聞こえたとき、お母さんは二階にいたんでしょう？」

「どうして知っているんだい？」

「トムリンソン保安官から聞いたのよ」

「なぜ保安官は母がどこにいたかきみに話したりしたんだい？」

「容疑者をしぼろうとしていたんでしょう、たぶん」

「母も容疑者だったのかい？」

「配偶者はいつだって容疑者よ」と、ローラ・フェイはあたりまえの事実を述べる口調で言った。

「きみが愛読する犯罪雑誌にそう書いてあるのかな？」とわたしは冗談めかして訊いた。

「いいえ。トムリンソン保安官がそう言ったの」とローラ・フェイは答えた。「保安官はありとあらゆる種類の捜査の手引きを読んでいるし、モンゴメリーまで行って、州警察の講習を受けたりしている。頭のいい人よ。少なくとも、そう見えたわ」彼女は笑った。

「つまり、田舎くさい人だけど、頭はいいってこと。質問の仕方が上手なのよ」そう言って、彼女はそれを列挙した。「わたしがどこにいたかとか、わたしが何をしていたかとか、そういう質問だけど。そうやって捜査の輪を狭めていくの。警察ではそういう言い方をするのよ。輪を狭めていくってね、ボクサーがするみたいに。相手が動けるスペースをじわじわ狭めて、最後にはコーナーに追いこむみたいに、輪を狭めていくわけ」彼女は自分の飲みものをさっと一口飲んだ。「そういう質問をするの」

「それじゃかなり神経がまいっただろう」

「警官に質問されるのが好きな人はいないわ」とローラ・フェイは認めた。「罪のない人でさえ警官にあれこれ訊かれるのは好きになれないんだから」

わたしはふいに身を乗り出して、テーブルに両腕を置いた。「ところで、きみはどこにいたんだい？」とわたしは訊いた。「事件が起こったとき」

「うちよ」と、まるでどんな味のアイスクリームが好きかと訊かれたかのように、ローラ・フェイはあっさりと答えた。「カビーといっしょに。わたしの猫だけど」

「猫？」わたしは笑った。「猫じゃきみの話の裏付けにはならないが」

「わたしには話なんてなにもないもの」と、ローラ・フェイはひどく真剣に答えた。彼女はわたしのコメントに驚いたようだった。「ほんとうのことを話しただけだから」彼女はにっこり笑った。「で、あなたは？」

「わたし？」

「あなたはどこにいたの？　お母さんはひとりだったとあなたは言ったわ。ダグを除けば、という意味だけど。家にはお母さんとダグだけだったと」

「そうさ」

「じゃ、あなたはどこにいたの？」

「出かけていた」とわたしは言った。「車で」

「山のほうへ？　デビーに会いにいったの？」

「いや、ただあたりを走りまわっていただけだ。ディケイター・ロードを。真夜中近くまで家に戻らなかった。そのころには、父の遺体はもう運び去られていたけど、保安官はまだいた」わたしは決然とワインを一口飲むと、ふだんより大きな音を立ててグラスを置いた。「ところで、トムリンソン保安官の聴き取りはどのくらいつづいたんだい？　よく映画であるように、一晩中つづいたのか？　それとも、毎日しつこく訪ねてきたのかな？」

「何度か家に来たわ」と、そういう質問をたいして不快がりもせずに、ローラ・フェイは答えた。「一度、警察署に連れていかれたこともあるけど」

「それは心穏やかじゃなかっただろう」とわたしはうわの空で言った。

「なぜ心穏やかではいられないの、ルーク」とローラ・フェイは言って、なにくわぬ顔で肩をすくめた。それから、もうすこしきつい声で言った。「わたしはだれも殺していないんだから」

「しかし、神経的にまいってしまったんじゃないか？」とわたしは訊いた。「薬を飲んでいるくらいなんだから。薬をもらうようになったのは――」

「それはあなたのお父さんとは、いえ、ウディとさえなんの関係もないことよ」とローラ・フェイは断言した。「人生そのもののせいなのよ、ルーク。この人生そのものの」彼女は窓に目をやった。と、それを待っていたかのように、突風が吹きつけて、窓ガラスに雨のしぶきをたたきつけた。「人生は気が滅入るようなものになることがある、そうは思わない？」彼女はふいにわたしを振り向いた。「でも、前に進んでいかなきゃならないのよね？　あなたもそうやって前進してきたんだもの、ルーク。いろんなことにもかかわらず、自分がどんなものになったかを見てみるがいいのよ。教授に、本の著者になったんだから」彼女は目を輝かせた。「わたしはひどく感情的になってしまうの、ルーク」彼女はそっと目をこすり、その微笑を絹糸みたいにやわらかくわたしに巻きつけた。「むかしから感情的な女だったから」

9

それはたしかにそのとおりだ、とわたしは思った。ローラ・フェイ・ギルロイはあきらかにむかしから感情的な女だったが、初めて彼女を見たときには、そうは見えなかった。にもかかわらず、彼女が自分のことをそう言ったのがきっかけで、父に雇われる前の彼女を一度だけ見かけたときのことを、あとで雇われたのでなければけっして思い出さなかっただろうそのときのことを、わたしは思い出した。それは青春時代のたちまち過ぎ去る瞬間のひとつで、ちょっぴり興味をもって見たり、聞いたり、注目したりはするが、たいていはすぐに忘れてしまうものだった。

わたしはグレンヴィルでただひとつの、きわめて非衛生的な、ティーンエイジャーのたまり場、クウィック・バーガーにいた。店内にはぎとぎとする脂っぽさが充満していた。単に匂いがするだけでなく——匂いそのものも強烈だったが——脂じみた霧みたいなものが店内に漂っているのがわかった。

そのころには、わたしはプロの観察者のようなものになっていた。いわば透明な目になって、絶えずありとあらゆるものを観察し、記録しているつもりだった。毎晩、自分の部屋で、町のさまざまな住人や学校の友人たちについての最新の観察を記述して、それをもっと大きな物語の一部に組みこむつもりでいた。すべては将来の偉大な作品のための練習だと思っていた。また、昼間のあいだに興味をひかれたちょっとした場面のスケッチも試みていて、そこには会話の断片や所感——これは最近発見した言葉だったが——も付け加えていた。

こういうすべてをわたしはひそかに行ない、そんな練習をしていることは母親にしか教えなかった。頭がいいと思われるのは悪くなかったけれど、変人だとか、ましてやオタクだとは思われたくなかったからだ。

クウィック・バーガーでは、この透明な目は奥の隅のボックスに陣取っていた。そのあたりは脂っぽい空気が多少は薄いような気がしたし、そこからならグレンヴィルの年上のこどもたちが、ひとりであるいはガールフレンドといっしょに、店に出入りするところや、クウィック・バーガーの従業員たちの様子が観察できたからである。この店にはテーブルを拭く係やゴミを運搬する係がいて、フライドポテトやオニオンリングのジュージューいうバスケットの上にかがみこんでいる揚げ物係も二、三人いた。

そのうちのひとりがローラ・フェイだった。

もちろん、そのときは、わたしは彼女の名前を知らなかった。彼女が二十二歳で、山岳地帯の町プレイン・ブラフの出身であり、父親が何年も前に家族を見捨て、母親はグレンヴィルの信じがたいほどの悪臭を放つドッグフード工場の恐怖の夜間勤務に就いていることも、脳性麻痺を患う弟を養うため、ローラが十六歳から働かなければならなかったことも知らなかった。だが、なによりも、すでに数年前に、ローラ・フェイがわたしには考えられないことをやっていたことを知らなかった。

もしもエディ・ホイットマイヤーがわたしのボックス席の向かい側に滑りこみ、クウィック・バーガーの店の奥の、湯気の立ちこめるなかでいましもせっせと働いている、けっこう胸の大きい娘をいたずらっぽく指さなければ、わたしはそういうことはなにひとつ知らずじまいだったろう。

「あの娘《こ》が見えるかい？」とエディが言った。

わたしは前からぼんやりと気づいていたが、名前は知らない娘が、脂の未知の深みからフライドポテトの金属製バスケットを引き揚げているほうに目をやった。

「あの娘はキャットファイターなんだ」とエディが言った。

キャットファイター？　わたしはそんな言葉は聞いたことがなかったが、あとで、エディがかってにつくった言葉だと知った。

「男を刺したんだよ」と、訳知り顔にウィンクをしながら、エディが教えてくれた。「十五のときから保護観察中なんだ」

「だれを刺したんだい？」とわたしは訊いた。

「コリン・ブリスベーンさ」とエディ。「やつは山の果実が好きなんだ」彼はにやにや笑った。「わかるだろう……山出しの娘ってことだが。ところが、あそこにいる娘のときは、後ろ側から乗ろうとして失敗したんだ」彼は声をあげて笑った。「彼女は受けつけなかったんだよ」彼は煙草に火をつけると、たったいま秘密の情報を伝えたばかりのスパイみたいにいかにも満足げに椅子の背にもたれかかった。「あそこのボックスにいるのがボーイフレンドだ」

クウィック・バーガーの奥の、エディが示したボックスに目をやると、明るい日の光を浴びて、ずんぐりした赤ら顔の若い男が、小さな丸い目を光らせて、バーガーとフライドポテトの上にかがみこんでいた。

「ウディ・ギルロイだ」とエディが言った。「レイ・マクファデンのところで働いている」エディは唇から煙草を引き抜いて、床に灰をはたいた。「やつはたっぷり生命保険を掛けておいたほうが身のためだ。ローラ・フェイを怒らせたら命が危ないからな」

それから数分するとエディは立ち去ったが、わたしはまだしばらくはそのボックス席に残って、いろんな人たちを観察した。やがて、バラエティ・ストアに行って、日課の通路の掃除や商品の補充をしなければならない時刻になった。

クウィック・バーガーから父の店までは歩いてすぐの距離だった。うら寂しいメイン・

ストリートをぶらぶら歩いていくのだが、その度ごとにだんだん時間がかかるような気がした。ということは、そのくらい早い時期から、この町のあまりの退屈さが、その容赦ない単調さが苦になりはじめていたということだろう。

数分で、わたしはバラエティ・ストアに着いた。父は店の奥にいて、箱をズタズタにしながら、裏庭用のグリルの部品を取り出そうと苦労していた。ひとつひとつの部品が彼に抵抗しているようで、動かない金属部品を組み立てようとしている小さな町の商店主というより、野生動物を押さえつけようとしている動物園の飼育係みたいだった。

「おもてのウィンドウを拭く必要がある」と、わたしが自分を見ていることに気づくと、父は言った。

数分後、その仕事が終わり、バケツとモップを持ったまま、きれいに拭いたばかりのバラエティ・ストアのウィンドウから振り返ると、ダークグリーンのピックアップ・トラックがのろのろ通りすぎていくところだった。クウィック・バーガーの娘が助手席に坐り、ハンドルをにぎっている若者の話を黙って冷ややかに聞いていた。ウディ・ウェイン・ギルロイ。たぶんプレイン・ブラフの出身なのだろう、とわたしは思った。ローラ・フェイ・マドックスは、金持ちの工場経営者の息子、コリン・ブリスベーンのもとから逃れ、腹を据えて自分とおなじ田舎者に決めたようだった。

「感情的な女」その緑色のピックアップ・トラックが頭のなかを走り抜けるのを見送りながら、わたしはつぶやいた。「だとすれば、正反対ばかりが引きつけ合うわけじゃないと思う」

ローラ・フェイはそれがどういう意味かよくわからないようだった。

「たとえば、きみとウディは正反対じゃなかった」とわたしは言った。彼の丸顔が、食べかけのバーガーとフライドポテトから見上げた弱々しい目が脳裏に浮かんだ。「なぜなら、彼は、そう、感情的な男だったからだ」

ローラ・フェイはわたしの顔をじっと見つめた。「たしかに彼は感情的だったけれど、まさかあんなことをするとは思いもしなかったわ」と彼女は言った。声もそぶりもいまではとても冷静で、先ほどの感情はどこか奥のほうでかすかにゴロゴロいっているだけだった。「あんなふうにあなたのお父さんを撃つなんて。ダグはただ坐っていただけで、ウディは離れた場所から、窓越しに撃ったのよ」人間がそんなにも驚くべきことをやってのけうることに、自分の前夫のように無害な人間が冷酷な殺人者に変身することがありうるという事実に、心から驚いているようだった。「ただふつうの男だったのに。すこしも特別なところはなかったのに」彼女はかすかに目を細めた。一条《ひとすじ》の明るい光を見つめようとするように、あるいは、その光の背後にあるものを見透かそうとするみたいに。「あなたみたいに頭がよかったわけじゃなかった」

「そう、平凡な男だった」とわたしは同意した。「そんなふうに見えたね」

あの日初めて見たあとにも、わたしはときおりウディの姿を見かけた。実際のところ、見覚えがある顔以外はまず見かけない小さな町では、だれがいつだれを見かけてもおかしくはなかった。いま、わたしが覚えているのは、彼のすぐ目につく特徴だけだった。彼は背の低い、丸々と肥った男で、笑うと前歯に隙間があり、金髪で胸の大きいローラ・フェイ・マドックスの心を射止めそうな、肩幅のひろい農場の若者ではなかった。しかし、それを言うなら、わたしの父だって彼女を振り向かせられるとは想像もできなかった。もっとも、父は彼女にお金とか、もはや耐えがたいと思っていた生活から抜け出すためのなんらかの切符を約束したにちがいない、とわたしはずっと思っていたが。

「そんなふうに見えた？」とローラ・フェイは訊いた。なにか引っかかるものを感じたのだろう。「でも、あなたはウディを知らなかったんじゃない、ルーク？」

それは単なる質問だった。ローラ・フェイの顔には疑問とそれもありうるという可能性の両方が浮かんでいた。

「ほんとうに知っていたわけじゃないが」とわたしは答えた。「彼がどんな人間かは知っていた。ほんのときおり、青いポンコツのフォードをマクファデンの修理工場に持っていっていたからね」

「マクファデンですって」と、長年怒りをくすぶらせていたかのように、ローラ・フェイは噛みつくように言った。「あのレイ・マクファデンはウディを一度もまともに扱ったことがないのよ。いつも彼を好きなように利用して、遅くまで働かせて。レイ・マクファデンなんか殺してやりたかったわ」

ローラ・フェイの頭の気まぐれな、激しやすいところを、いきなりわき道に突進する様子を見ていると、わたしの背筋に不安な震えが走り、あらためてこのローラ・フェイとの最後の話に早くけりをつけたい、なにか口実をつくって自分の部屋に引き揚げたいと思わずにはいられなかった。

「でも、わたしたちはレイのことを話していたんじゃなかったわね」と、ローラ・フェイは以前の落ち着きを取り戻して言った。わたしのひそかな衝動を、手際よく逃げだそうとしていることを嗅ぎとったかのように。

「そうさ、ウディのことを話していたんだ」と、しぶしぶもうひとしきり会話をつづける覚悟をしながら、わたしは言った。

「ウディのことだけじゃないわ」とローラ・フェイは指摘した。「すべてについてよ」

彼女は顔を伏せて、そのまましばらくじっとしていた。泣いているのかもしれないと思ったが、一瞬後、顔を上げると、その顔に一条の光が射しこむように笑みがひろがり、むかしから完璧だった歯を覗かせた。歯並びはいまでも完璧で、父の前で彼女が初めてそれをきらめかせて頬笑んだときのことを、わたしは思わず想像した。それはどんなに真っ白く見えただろう、どんなにおおらかで好意的に見えただろう……。

「ジュリアのことを話してくれなくちゃ」とローラ・フェイはうれしそうに言った。「わたしはほんとうの愛の話が好きなの」

わたしはグラスから一口飲んだ。「しかし、シェイクスピアも言っているように、〝ほんとうの愛はけっしてうまくいったためしがない〟からね」

ローラ・フェイは、寝物語を待つこどもみたいに、期待する目でわたしを見た。「でも、あなたたちはうまくいったにちがいないもの」

「わたしたちは離婚したんだ。覚えているだろう？」とわたしは指摘した。

「ええ、でも、初めはすてきだったにちがいないわ」とローラ・フェイは言った。彼女はすてきな話を聞けるものと決めこんでいるようだった。彼女にとって、わたしの人生はお伽噺みたいなものらしく、それと調和するような物語を。「もちろん、一目惚れだったんでしょう？」

わたしの脳裏に、大学の芝生を走ってくるジュリアの姿が浮かんだ。歯磨きのコマーシャルのなかの娘みたいに若々しく、生気にあふれていた。「彼女は長い褐色の髪をしていた」とわたしはほとんどつぶやくように言った。

「あなたのお母さんみたいに？」とローラ・フェイが訊いた。

今度は、母の姿が脳裏に浮かんだ。庭の、柵のそばに立っている姿が。

「あれほど濃い色じゃなかった」とわたしは言った。

「もちろん、ハーヴァードにいるとき知り合ったんでしょう?」と、相手が思い浮かべたものを当てるゲームをしている少女みたいに勢いこんで、ローラ・フェイが言った。

「実際には、ジュリアはバンカー・ヒルに通っていた」とわたしは言った。

ローラ・フェイは物問いたげな顔をした。

「コミュニティ・カレッジ(地域住民のための、職業教育を重視する、主として二年制の公立大学)だ」とわたしは説明したが、その違いがわかるほど、ローラ・フェイがアメリカの高等教育制度をよく知っているのかどうかわからなかった。「バンカー・ヒルにあるんだけれど。あの戦場だったところに」

ローラ・フェイは満面にこどもじみた畏怖の表情を浮かべた。「偉大なことが起こった場所にある学校に通うなんて」「なんてすばらしいんでしょう」と彼女は言った。「それで、あなたたちは出会って、結婚したのね」彼女の目がキラキラ光った。

「出会って、結婚して、それから」――わたしは口をつぐんで、わたしたちがいっしょに過ごした最後の瞬間のことを、彼女が最後に言った言葉を思い出した。**わたしはあなたを知らなかったんだわ**――「別れたんだ」彼女と別れたときの記憶のなかに、さまざまな離別の重苦しい世界が感じられた。マシュー・アーノルドの詩のなかの海みたいに、いつまでも徐々にひいていくとどろきを。

「ジュリアはとても……よくわかっている人だった」とわたしは言った。

「よくわかっている」とローラ・フェイは繰り返した。言葉が舌の上からゆっくりと転がり落ちた。感動的な、美しい言葉でであるかのように。ふつうの言葉ではなく、お気にいりの詩の一行ででもあるかのように。

わたしが逃げだすのをあきらめて、すでに思ったより長くつづいているこの会話をすぐに打ち切るつもりはなさそうなことを見て取ると、彼女はあきらかに安心して、椅子の背にもたれかかった。

「つづけて、ルーク」と彼女は言った。「おねがい、もっと話して」彼女の頬笑みは妙に満足そうだった。油断ならない水域を乗り切り、いまはすこし気をゆるめて、それほど危険のない川面をゆったりと下っている水夫みたいに。「あなたとジュリアのことをなにもかも話して」

10

ジュリアのこと？

わたしは彼女についてほんとうには何を知っているのだろう？　五年あまりなんとかわたしの妻にとどまり、離婚したにもかかわらず、わたしがまだ一日に五十回も考えずにはいられない女。結婚生活は短かったが、ジュリアはしだいに気づいていった。自分が結婚した男は、なぜか、偉大なことを成し遂げなければならないという観念に取り憑かれ、何時間も何時間も延々と仕事をつづけて、暇なときでさえ目に見えない鞭に駆り立てられていることを。調査メモが詰まった箱がどんどんたまっていったが、結局のところ、この男の大奮闘と大きな野心は驚くほど凡庸な作品しか産むことがなかったことを。

しかし、彼女がわたしのもとを離れていったのは、わたしの創造性のない仕事のせいだけではなかった。わたしが精神的にしだいに落ちこんでいくのを、しばしば自分の内部の城に閉じこもり、跳ね橋を上げて、だれも入れようとしないのを見たからだった。この引きこもりに加えて、わたしには不眠症というじつに愛嬌のある特質があり、慢性の不眠症のせいで、まるで逃亡中の男みたいになっていた。「あなたの振る舞いはいまでも警察に追われている犯罪者かなにかみたいよ」と、かつて、彼女は言ったものだった。「いまにもドアにノックがあるんじゃないかと怯えている人みたい」

たとえそうだとしても、ジュリアが最終的にわたしに見切りをつけたのはそういう理由からではなかった。彼女にとっての限界点は、彼女が耐えられなかったただひとつのことは、わたしが絶対にこどもをつくろうとせず、親になるのを忌み嫌っていることだった。彼女はそれが理解できないと言っていたが、あるときそれをはっきりさせる出来事があり、そのあとはなにひとつ二度とむかしには戻れなかった。

わたしたちは町の小さな公園に腰をおろして、やかましい郊外族の母親の一団が、ギャアギャア騒ぎまわるこどもたちを引き連れて、ブランコとシーソーに向かうのを見守っていた。

「きみは《悪い種子《たね》》を見たことがある？」とわたしが訊いた。

ジュリアは母親とこどもたちの行列に注意を惹かれ、ひどく感嘆したような、羨ましげにさえ見える顔をしていた。

「幼い少女が人殺しをするあの映画のこと？」と彼女はうわの空で聞き返した。

「ああ、それだ」

「それがどうしたの？」とジュリアは訊いた。

「あんなこどもが生まれるかもしれない」とわたしは言った。「幼い変質者が」

ジュリアはいきなり、ほとんど荒々しい勢いで、わたしのほうに向きなおった。「あなたはそう思っているの、ルーク？　わたしたちのこどもが人殺しになるかもしれないって？」

「だれのこどもでもそうなるかもしれない」とわたしは急いで言ったが、それでも一瞬間があいて、じつは自分たちのこどものことを言ったのだという彼女の正しい解釈を打ち消せなかった。

「ほんとうにそう思っているの？」とジュリアは訊いた。

「わたしにはわかるんだ」とわたしは言った。

「どうしてわかるのよ、ルーク？」

ジュリアは神経を張りつめた顔をしていた。答えしだいでは重大なことになりかねないのがわかっていただけに、わたしはためらった。

「ただわかるんだよ」とわたしは言った。

「でも、どうして？」とジュリアは食い下がった。

わたしは肩をすくめて、それ以上なんとも言わなかった。彼女は目の前に分厚い不可侵の壁が立ち塞がり、けっしてそのなかには入れないことを悟った。

そして、長いあいだじっとわたしの顔を見つめていたが、やがて言った。「わたしにはあなたがわからないわ、ルーク。いつかわかるときが来るとも思えない」

その瞬間だった。すべてが崩れ去ったのは。たとえ擦りきれてはいても、それまでわたしたちを結びつけていた繊維がボロボロに崩れ落ちたのは。たしかに、そのあと、わたしたちは何回か結婚カウンセリングに通った。体をこわばらせて椅子に坐り、心をひらくことや相手を受けいれることについて、セラピストがぶつぶつと講釈するのを聞いたけれど、もはや手遅れだった。なぜなら、ジュリアはすでに核心にある事実を、わたしといっしょに生活するとすれば、永遠に見知らぬ人間と暮らすことになるという事実を知ってしまったからだ。

結局、彼女はわたしのもとを去り、シカゴに引っ越して、バンカー・ヒルではじめた看護学の学位を取り、いまは町の北部郊外で看護師として働いている。

というわけで、いまのわたしにローラ・フェイに向かってジュリアについて何を語れるというのだろう？　実際、語れることはたいしてなかった。しかし、彼女からあまりにも期待にみちた言い方で聞かれたので、わたしはまだ大学院にいるころジュリアと知り合ったことから話しはじめた。そうすることで個人的で苦痛な、愛と人生の生々しい核心にはふれずに済まそうとしたのである。

「大学院生というのが何かは知っているね？」とわたしはローラ・フェイに訊いた。

彼女はちょっぴり困惑した顔をした。「あまりよく知らないの」と彼女は認めた。

〝完璧だ〟とわたしは思った。そして、ただちに大学での立身出世の仕組みについて簡単な説明をはじめた。まずは適切な大学に行く。次に、そこを卒業したら、おなじ大学か、自分の専門分野で名の知られているほかの大学でさらに勉強をつづける。できれば、そのどちらもアイヴィ・リーグの大学であることが望ましい、とわたしは説明した。なぜなら、そういう大学の卒業証書のほうが将来の展望に確実に有利に働くからだ。大学院に入ったら、自分の専門分野でいちばん有名な教授の下で研究をつづける。できればたくさん著書があって、学界でもっとも尊敬を集めている教授であることが望ましい。それから、その教授の研究を手伝いながら、講演や論文や、いちばんいいのは著書というかたちで、しだいに学界に認められるようになる。その教授に博士論文の指導教官になってもらい、博士論文の口頭試問の審査委員長にもなってもらう。それが終わると、いよいよ教職を探す段階になるのだが、その際には、この教授にいろいろ口をきいてもらえることになる。

このあきらかに退屈な説明のあいだじゅう、ローラ・フェイはうっとりしたように耳を傾け、わたしの話にうなずいたり、一度など、ちょっとコミカルだったが、自分が白いひげの教授になったかのように――偉い教授といえば彼女にはたぶんそういうイメージしか湧かないのだろうが――いかにも思慮ありげに顎を撫でる真似までして見せた。

最後にわたしはジュリアの話に戻ったが、その瞬間、それ以上話を進める前に覚悟を決める必要があることに気づいた。そうやってわたしが一瞬口をつぐむと、ローラ・フェイの目にかすかに気がかりそうな影がよぎったが、彼女はなにも言わず、学生が講師を見守るように、ただ黙ってじっと待っているだけだった。

話しはじめてすぐ、はっと悟って、胸を刺されたように感じたのは、だれにでも最後のチャンスというものがあり、わたしにとってジュリアがそうだったということだった。わたしたちの出会いは偶然で、とわたしはローラ・フェイに語った、博物館前の階段で出会ったのだった。わたしはひとりの教授、四十がらみの男が、向こうからひとりの女性に近づいていくのを眺めていた。その女性は、たぶん彼が書いた本を読んでいたのだろう、彼が近づくと、そっと本を閉じ、それがほとんど指から滑り落ちるのもかまわずに、彼の腕のなかに飛びこんでいった。

自分のまわりにどんなに防壁を築いても、それを突き破って孤独が噴き出してしまう瞬間がある。それはそういう一瞬だった。わたしの防壁は主として勉学であり、長期にわたるひとり暮らしとみずから課した閉じこもりだった。その朝も、わたしは自分の独房から這い出してきたばかりで、それだけに、何気ないつぶやきに対して、ふだんよりオープンな気持ちになっていたにちがいない。

「ちょっぴりほほえましいわね」と、わたしの右側から声がした。「若い女と年寄りの恋というのは」

わたしが振り向くと、一、二メートルのところに若い女が坐っていた。

「もちろん、あのふたりはそこまで年は離れていないけど」と彼女はつづけた。

わたしはそっけなくうなずいた。「ああ、そうだね」

「あなたは南部出身ね」とジュリアは言った。「どこ？」

「アラバマだ」

「わたしも、ある意味では、南部なのよ。フロリダ生まれだから。それとも、あなたたち筋金入りの南軍兵士たちは、フロリダの人間は南部人とは見なさないのかしら？」

「いや、そう見なしている」とわたしは言ったが、それ以上なにも気の利いた言葉を思いつけなかったので、どうやって会話をつづけたらいいか困惑しながら、ただ黙って彼女の顔を見つめた。

彼女はわたしがまったく言葉もなく、なす術もないのをはっきりと見て取ったのだろう。わたしのほうへ手を差し出した。「ジュリア・ベイツよ」と彼女は言った。「看護学校に通っているの」

「それじゃ、彼女は頭がよかったのね、あなたみたいに」と、わたしがそこまで話したとき、ローラ・フェイが言った。「しかも、ほんとうにきれいだったにちがいないわ。デビーとおなじくらいきれいだった？」

「そうだったと思う」とわたしは言った。「しかし、もちろん、美は見る者の目のなかにあるものだからね」

「美は見る者の目のなかにある」とローラ・フェイは小首をかしげながら繰り返した。

「でも……そうとはかぎらないわ、ルーク」

ローラ・フェイがこのとき初めてわたしの意見に反論する気になったことに、わたしは驚かされた。

「そうは思わないのかい?」とわたしは訊いた。

「どうして?」

「そうね、たとえば、デビーだけど」とローラ・フェイは話しはじめた。「デビーを見れば、だれだってすごくきれいだと思うはずよ。彼女がどんなにきれいだったか、あなたは知っていたでしょう、違う?」

「もちろん、知っていたよ」

「彼女がきれいだったこと、だれもがそう思うだろうってことも、あなたは知っていたはずよ」とローラ・フェイは勢いこんでつづけた。「だから、ほかの男の子たちがデビーがどんなにきれいだと思っているか、あなたにはわかっていたのよ。そうでしょう?」

「そう、みんながデビーはきれいだと思っていたのは確かだ」とわたしは言った。

「ほら、わたしが言いたかったのはそこなのよ」とローラ・フェイは言った。「デビーがきれいだと思っていたのはあなただけじゃなかったのよ、ルーク。デビーをきれいにしていたのは、〝見る者の目〟、つまり、あなたの目だけじゃなかった。だからこそ、あなたは彼女を見せびらかすことができたんだわ。自分だけじゃなくて、だれもがデビーはきれいだと思っているのを知っていたから」

「彼女を見せびらかす？」とわたしは聞き返した。「わたしがデビーを見せびらかしたと言うのかい？」

ローラ・フェイはわたしの質問に驚いた顔をした。「もちろん、そうしたわ、ルーク。農夫が自分の受賞した雌牛を見せびらかすみたいに」

わたしは疑わしげな顔をした。

「あら、なによ、ルーク」とローラ・フェイは小さく笑った。「あなたがどんなにデビーを自慢に思っていたかははっきりわかったわ。だって、わざわざバラエティ・ストアに連れてきたりしたじゃない。たぶん、週に一度はそうしていたわ」こういうすべてがふたりに通じるジョークであるかのように、彼女はふたたび笑った。「一度なんか、バトンガールのユニフォームを着たままの彼女をお店に連れてきたことさえあった。あのきつくて短いユニフォームを覚えているでしょう？」

それは金色の肩章のついた白いユニフォームだった、とわたしは思い出した。きついくらいで、短くて、デビーの長い真っ白な脚がよく見えた。

「しかも体にぴっちり合っていた」と、にやりと大きな笑みを浮かべながら、ローラ・フェイはつづけた。「デビーのあの体《ボディ》のちょっとした動きまで丸見えだったわ」彼女はまたもや声に出して笑った。ある種の野卑な親密さを感じさせる笑い方で、まるでわたしたちがロッカールームにいる男同士で、女性がいないので言いたい放題のことを言えるかのようだった。「あれを着た彼女をバラエティ・ストアに連れてきたことは、もちろん覚えているんでしょう、そうじゃない、ルーク？」

「ああ」とわたしは答えた。「しかし、あれはあの日の午後、彼女がパレードでの行進を終えたばかりだったからだ」

「バトンガール姿のデビーを見せびらかすなんて」と、相変わらずかすかにクスクス笑いながら、ローラ・フェイが言った。「あなたは彼女を見せびらかしたのよ」──彼女はそこで一息ついて、アップルティーニをさっと一口飲んだ──「お父さんに」

こういう文脈でいきなり父が引き合いに出されたことで、わたしは顔面に冷たい水をかけられたような気分になり、小学生のとき、何度オールAの通知表を父に見せても、その度に興味なさそうに肩をすくめるだけで片付けられたことが、まるでイメージの行列みたいに頭に浮かんだ。何度も何度も、わたしは父の前でなにかを見せびらかしたり自慢したり、スポーツや狩りまでやって、父の言う〝まともな男の子〟になろうとしたものだった。何度となく、わたしは哀れな、認められることを必要としている息子になりさがったが、やがてそれが無駄であることを悟った。自分が父に気にいられたり、感心されたり、一目置かれる存在になることはありえないという事実を受けいれた。そのときから、わたしは父には背を向け、いつも両腕をひろげて待っていた母へと向かったのである。

「でも、それはただあたりまえなことなんだと思うわ」わたしのこの暗い記憶の行列にも、わたしが苦しげに目を狭めたことにも、わたしの表情の変化にも気づかなかったかのように、ローラ・フェイはつづけた。

だが、それはあたりまえだったのだろうか？

わたしはパレードのあとデビーをバラエティ・ストアに連れていった午後のことを思い出した。グレンヴィルのみすぼらしいメイン・ストリートでさかんに跳ねまわったせいで、彼女の白い脚はまだ汗で湿っていた。彼女の髪は黄金の輝きを放ち、中年の父の目には、若々しい女神みたいに映ったにちがいなかった。〝今度こそは確実に〟と、父の視線が彼女に張りつくのを見て、わたしは考えたのを覚えている。〝今度こそは確実に、わたしを多少は見なおしてくれるだろう〟

〝そんなことのどこがあたりまえでありうるのか？〟と、いま、わたしは自問していた。

「もしかすると、きみの言うとおりかもしれない」とわたしは低くつぶやくように言った。「わたしがあんな恰好のデビーを店に連れていったのは、父に見せびらかすためだったのかもしれない」

そう認めるのはわたしにとってはかなり苦痛なことだったにもかかわらず、ローラ・フェイは驚きもしなければ、とくに感心もしなかった。

そんな気配もなく、彼女はもう一口飲みものを口にはこんだだけだった。「わたしとあなたのお父さんについてあなたが考えていたことからすれば、あなたはそれがお父さんにそういう考えを吹きこんだと思ったにちがいないわ」

「どんな考えを？」

「自分もガールフレンドをつくろうという考えよ」スイカに塩をかけようという考えを彼に吹きこんだのが何だったかを聞かれたかのように、ローラ・フェイは何食わぬ顔で答えた。

ひょっとすると、事が起きるきっかけをつくったのは、彼女ではなくむしろわたしだったのだと、ローラ・フェイは仄めかしているのだろうか。

「あれはわたしのせいだったと言おうとしているのかい？」とわたしは訊いた。「まさか、わたしがデビーといっしょにいるのを見たから、父が自分もきれいな女の子を手に入れようと決意したと言っているわけじゃないだろう？　つまり、いわばわたしとの競争心からそうしたと？」

「競争心？」ローラ・フェイは勢いよく首を横に振った。「いいえ、ダグがそんなふうに感じたとは思わないわ」と彼女は言った。「彼はあなたとはこれっぽっちも競争する気はなかったんだから」

意図的であるにせよないにせよ、ローラ・フェイが言っているのは、むかしからずっと一方的だったということ、わたしは父から評価されたいと必死に願っていたが、父はわたしにどう思われているかにはまったく無関心だったということだった。それは直視しがたい可能性だった。仮に父が生きていたとしても、わたしが大学に行き、念願の博士号を取得し、さらに著書まで出したことさえ、父は問題にしなかったかもしれない。そんなものにはすこしも頓着せず、その代わり、彼によれば人間としての器量を測られる、ほかのすべての役所《やくどころ》でわたしが失敗している――結婚に失敗し、父親になることを拒否し、侘しいひとり暮らしをつづけている――としか見なかったかもしれないというのは。それはたしかに直視するのがむずかしい可能性だったが、等閑視するわけにもいかなかった。

「では、訊きたいんだが、競争心でなかったのだとすれば、息子がきれいな女の子というのを見たからといって、なぜ急に自分も女の子が欲しいと思ったりするんだい?」

ローラ・フェイはちょっと考えていた。適切な答えを見つけあぐねているのか、それとも、答えはとっくにわかっているが、適切な言い方を探しているのかは、わたしにはわからなかった。

「寂しさよ」とローラ・フェイは言った。「男の人も寂しさを感じることがあるから」

かつてのわたしの宿命であり、いまでもそうである寂しさを、父が感じたことがあると考えただけでも、わたしのなかで憤激の火花が散った。

「父が寂しかったわけがない」とわたしは冷ややかに言った。「妻がいたんだよ、覚えているだろう?」

ローラ・フェイはゆっくりとうなずいた。「ええ、でも、あなたも結婚していたんでしょう、ルーク。結婚していても寂しいことがあるのを知っているはずよ」

「結婚しているあいだ、わたしは寂しかったことはない」とわたしは反論した。

「でも、ジュリアは?」

例のようにさりげない、なんの悪意もない訊き方だった。にもかかわらず、即座に、わたしとのつながりをもとうと必死になっているジュリアの姿が目に浮かんだ。彼女が突き当たった防壁。それを跳び越えようとどんなに無益な試みを重ねたか。そして、最後には、どんなに決定的に自分の挫折を認めることになったか。**あなたは鎧兜《よろいかぶと》で身を固めているのね、ルーク。**

しかし、そんなふうに考えだすと苦しくなるばかりだったので、わたしはすばやく話題を変えて、話をローラ・フェイのことに戻した。

「ところで、わたしがデビーといるのを見て、父が自分もガールフレンドをつくろうと考えたとしても、相手がだれでもよかったわけじゃないだろう」とわたしは言った。「たとえ父でも……なにかしら彼に訴えかけるものをもっている女性を望んだはずだ」

わたしはある意味ではお世辞のつもりでそう言ったのだが、ローラ・フェイはなんとも感じないようだった。

「彼に訴えかけるもの」と、ローラ・フェイは考えこむように繰り返した。「それはすてきな言い方ね、ルーク。あなたのお父さんに〝訴えかける〟もの」わたしたちの周囲の空気が暗さを増したような気がした。「あなたのお母さんはそれをもっていたのかしら？」

11

わたしの母が？

わたしの母は父に〝訴えかける〟なにかをもっていたのだろうか？

わたしはそんな問いかけをしたことはなかった。わたしにとってほんとうの問いは、母が父のなかに何を見たのかということでしかなかったからだ。

母の名前はジョーン・ヘレン・ポムロイだが、わたしにとってまさにジャンヌ・ダルク《ジョーン・オヴ・アーク》だった。あとになって、この伝説的な田舎娘の生涯と犠牲的な死について読んだとき、わたしは母のことを思い出した。母もやはりおなじように従順さと高貴さがほとんど不可能なかたちでない交ぜになった人だったからだ。

恵まれない農家の生まれではあったけれど、母は人生のもっと繊細なものにあこがれた。彼女は読書が、とくに詩を読むのが好きだった。死ぬまで毎日のようにエミリー・ディキンソンを読み、この最愛の詩人とおなじようにひ弱な健康状態――年中風邪をひいたり説明のつかない疲労感にとらえられたり――に苦しめられた。「病気の人が人生のことをいちばんよく知っているのよ」と、あるとき、母はわたしに言った。「生きていられるのがあたりまえだとは思っていないから」

もしもそれが正しいとすれば、わたしの母ほど人生をよく知っている人はいなかったはずだ。母は、打ちひしがれた悲しみにみちた装いで、まるで永遠に氷原を横切っていく無声映画のヒロイン、メアリ・ピックフォードみたいに人生を歩んだのだから。少女時代には、貧血から肺炎までのありとあらゆる病気だと診断された。もしも中世に生まれていれば、体液のバランスが崩れているとされただろうが、内的な不均衡を暗示するこういう判断ほど正確な診断はなかったかもしれない。彼女にとって登攀ルートは——けっして足がかりを見つけられないクライマーみたいに——いつも狭すぎ、危険すぎて、ほとんど前進できなかった。

わたしがよく考えたのは、もしも一九六〇年以降に生まれていたら、母はたぶん結婚しなかったのではないかということだった。その代わり、動物保護施設に足しげく通って、捨てられたペットを暗い運命から救う女性たちのひとりになるか、カトリックに生まれていたら、修道女になったにちがいなかった。たぶん偉大な修道女に、やさしく、無私無欲で、けっして人にきびしくできない、取り残された者たちの保護聖人になっただろう。けれども、母は旧弊なバプティスト派の家庭に生まれ、アラバマの田舎の農家の娘として育てられたので、初めから結婚するものと決められていた。

それにしても、目の前に現れたすべての男のなかから、母はなぜ父と結婚したのだろう？　どこから見てもあんなに高貴な母が、なぜこんな低俗な相手と結婚したのだろう？

これはもちろんローラ・フェイの質問とは正反対だが、それに対するわたしの唯一の答えは、ある時点で、母はもっといい人を期待するのをあきらめてしまったのだろうということだった。思いきってあきらめたそのとき、たまたま制服姿が恰好よかったか、むずかしいダンスのステップができたか、ピカピカの新車をもっていたか、おかしいことを言って笑わせてくれたか、決定的に月並みな男の月並みさから束の間女の目をくらませる、あの無数のキラリと光る資質のひとつを見せつけられて、父を選んだのにちがいなかった。

それとも、母は人生の次の段階に進むのを待ちきれなかったのかもしれない。彼女にとっては退屈で——あるいは自分が相手にとって退屈で——しかもそれを知っている青年と向かい合って坐っていることに、うんざりしたのかもしれない。それとも、父にはどこかしら新鮮な違いがあったのだろうか。無口で、がさつなところがあり、貧しい暮らしで鍛えられた筋肉があり、彼女が見つめると目をそらす若者で、はにかむような笑い方をし、会話には洗練のかけらもない男。もしかすると、世馴れたところがなかったからこそ、母は自分の奇妙さに心をひらいてくれるかもしれない、病弱な本の虫という外見の内側で彼女がどんなに穏やかな人間か理解してくれるかもしれない、自分がどんなにか弱く、慈悲深く、やさしいか、どんなに親切で、無私の心をもっているか、自分の心と頭と魂のそういうすばらしい資質を見てくれるかもしれないと思ったのかもしれない。もっとも、結局のところ、どんな資質をもっていたにせよ、それだけでは父が貧民街出身の小さな町の店員の娘に誘惑されるのを防ぐことはできなかったのだが。

こういうことの一部あるいはすべてをローラ・フェイに語ることもできたのかもしれない。だが、ふと気づくと、わたしはそうする代わりに、両親が眠っているあの雑草だらけの墓地へとつらなるわたしの家族の悲劇的な歴史の暗い糸をたどっていた。その暗い道筋のなかでも、とりわけ鮮明に浮かび上がったのはあるひとつの出来事だった。

ルーク、こっちィ来い。

父は、わたしを呼んだ瞬間からわたしがそれに応える瞬間までの多少の遅れを嫌がったことはなかったが、このときだけはすぐにもう一度叫んだ。

「早くしろ、ルーク！」

いかにも切迫した声だったので、なにかまずいことが起こっているのがわかった。もっとも、父は絶えずまずいことを引き起こしていたのだが。手が袖に絡まってほどけないとかなんとか。今度も彼を執拗に苦しめているそういう不器用さや全般的な無秩序の結果のひとつだろう、とわたしは思っていた。

わたしは階段を下りていったが、とくに急いでいたわけではなく、父がまた家具を動かそうとしたり、テレビアンテナを調整しようとしたりして、苦闘している最中にちがいないと想像していた。

階段を下りると、わたしは右手のキッチンのほうを見た。そっちから声が聞こえたような気がしたからだ。だが、キッチンにはだれもいなかった。それから、左に目を向けると、食堂のまんなかで父がひざまずいているのが見えた。母の体の上にかがみこんでいたのである。

「倒れたんだ、ルーク」と父は叫んだ。「来てくれ」

わたしは母のそばに走り寄った。意識はあったが、頭を殴られていまようやく気がついた人みたいに、ぼんやりした目をしていた。

「母さん?」とわたしは言った。

母はぼやけているわたしの顔に焦点を合わせようとしているようだった。「ルーク」と母はそっと言った。「ルーク」

わたしは父のほうに向きなおった。「救急車を呼んで」とわたしは言った。「急いで」

救急車が到着するまでに、母は何度か起き上がろうとしたが、わたしはそのたびに彼女を床に押し戻した。「そのままにしていて」とわたしは言った。「動かないで」

救急車は数分後に到着した。白衣姿で、首から聴診器をぶらさげた、筋骨逞しいふたりの救急隊員が現れた。彼らは何が起こったのかと訊き、自分でもよくわからない、立っていたと思ったら、次の瞬間には倒れていたのだと母が説明すると、脈拍と血圧を測り、それから彼女を担架に乗せた。

父とわたしは救急車に付いていった。父がおんぼろの古い配達用ヴァンを運転したのだが、病院までずっといつものようにひどくむら気な運転をした。アクセルを踏んだかと思うと、ブレーキをかけるので、わたしたちは断続的に前のめりになり、ぎくしゃく痙攣するように進んだが、それこそ父の頭の働き方を暗示しているような気がした。彼の頭はいつも点火したり点火不良を起こしたり、束の間ひとつの考えを抱いて、すぐにそれを忘れたりしているのだから。

病院に着いてから一時間ほどすると、若い医師が待合室に入ってきて、わたしたちに説明した。いくつかの検査をするために、母は一晩入院することになるが、だからといって心配することはない、と彼は言った。ただ、母が失神した原因を突き止めようとしているだけなのだから。母は単に疲れていただけかもしれないし、血圧が急激に下がったためかもしれない。人が突然気を失うのにはいろんな原因が考えられるが、ほとんどすべてはすぐに解決できる問題だ。母は翌日には退院できるはずだと思っているとのことだった。そうしたければ、いま面会することもできるが、こういうことがあったあとは患者はしばしば安静にする必要があるので、長く留まるべきではないという。

数秒後、父とわたしは母の病室に入っていった。明かりはかなり暗くしてあり、その仄暗さのなかで、母はほんとうに病人に見え、肌は青白く、まぶたは腫れぼったかった。

「ルーク」と言って、母はわたしのほうに手を上げた。

わたしはその手を取って、長いあいだベッドの横に立ったまま、母に静かに話しかけた。そうやって医師から聞いたことを説明し、なにも心配することはない、すぐに、たぶん二十四時間以内に、家に帰れるはずだと言った。

母はなにも質問せずにずっとそれを聞いていた。

「それじゃ」とわたしは言った。「父さんとぼくはあしたの朝また来るからね」

母はパニックにとらわれて、わたしの手をギュッとにぎった。「行かないで、ルーク」

彼女の目はさっと父のほうに向けられた。部屋の隅に縮こまるように立っていた父は、頭を垂れ、どういうわけか、埃だらけの古い帽子をしきりに片手からもう一方の手に持ち替えていた。「わたしをひとりにしないで」母の声が弱くなり、怯えたつぶやきになった。

「怖いのよ、ルーク」

母の目に浮かんだ恐怖心は、卒倒して一時的に頭が混乱しているせいだろう、とわたしは思った。

「先生からあまり長くここにいないように言われているんだ」とわたしは説明した。「母さんは休む必要があるからって。ぼくたちはそろそろ帰るよ」

「わたしはここに泊まることになるの？」と、依然として怯えたささやき声のまま、母は言った。

「そうだよ、母さん」とわたしは肯定した。「朝まで母さんの様子を見る必要があるらしいから」

母はわたしの手をにぎっていた指に力をこめた。「パジャマが要るわ、ルーク」と彼女は言った。

「病院のガウンをもらったでしょう」とわたしは言った。

「パジャマが」ふたたび父が立っているほうに目をやった。「新しいの」と母は言った。「新しいパジャマ」

父はうなずいた。「ああ。何点か新しいのが入ったんでしょう、そうじゃなかった、ダグ？」

「取ってきて、ルーク」と母が言った。

「わかった」とわたしは言うと、父のほうを向いて、手を差し出した。「店の鍵をください」

父は店の鍵を渡すのは気が進まないようだった。「わたしが取ってこよう」と彼は言った。

わたしは首を横に振った。「いや。ぼくが行く」

父はなんとか窮地から抜け出す方法を考えているような顔をしていた。「おまえじゃどこにあるかわからないだろう」

父がバラエティ・ストアの在庫品をそこらじゅうに散らかしておくことを、わたしはよく知っていた。婦人用のパジャマは園芸用品や自動車用品の棚の隣に積んであるかもしれないし、どこだろうと、それを片付けようとしたとき父が立っていた場所に置かれているかもしれなかった。

「いや、父さんは母さんといっしょにいたほうがいい」とわたしは言って、父に向かって手を突き出した。「鍵をください。すぐ戻ってくるから」

こうなっては、父には選択の余地はなかった。あとで悟ったのだが、父はもはや逃げ道がなくなり、ほかにどうしようもなかったので、あとは運を当てにするしかないと思ったのだろう。

父は色褪せた灰色のズボンの右のポケットに手を入れて、ちょっと探り、鍵を取り出すと、そっとわたしの手のなかに置いた。

「奥の倉庫のなか、ドアのすぐ右側だ」と父は言った。「箱に入っている。倉庫に入ってすぐ右だ」

母が欲しがっているパジャマがある場所について、父らしくもなくずいぶん細かい説明をするものだと思ったが、彼がこうつづけるまでは別にどうとも思わなかった。「明かりをつける必要さえないだろう」

明かりをつける必要さえないだろう。

父はなぜそんなことを言ったのだろう？　わたしは首をかしげた。バラエティ・ストアの奥の部屋はまったくの散らかし放題で、あたりかまわず箱が放り出され、自転車や庭用の家具が途中まで組み立てられたまま置かれていた。目の見えない人でもなければ、明かりをつけずにこんな大混乱のなかで動きまわれるはずがなかった。

その瞬間、わたしは思った。〝父はなにか隠しているにちがいない〟

しかし、この奇妙な気がかりはおくびにも出さず、わたしはそのまま鍵をにぎって、母のほうを向いた。

「とくにこの色というのは、母さん?」とわたしは訊いた。

母は黙って首を横に振った。

「わかった。すぐ戻る」

数分後、わたしはバラエティ・ストアの入口のドアをあけ、明かりをつけて、中央の通路を店の奥へ向かった。

すぐに奥まで行って、倉庫のドアをあけると、明かりをつけた。

初めは、父の秘密は見えなかった。あたりを見まわすと、玩具や小型の器具や食器類の箱が、父が倉庫に保管しているありふれた品物が目に入っただけだった。なんだか奇妙だと思ったのは、奥の隅に立てかけてある大きな合板を見たときだった。おそらく縦横一・八メートルほどの、ただの無塗装の板で、壁にほぼ四十五度の角度で立てかけてあるので、つぶれかけたテントの片側みたいに見えた。

〝あれは何だろう？〟とわたしは思って、例のとおり散らかったもののあいだを縫って近づいた。近くまで行くと、解体したダンボール箱を山積みにした端からラベンダー色の布きれが垂れさがっているのが見えた。

　こんなに見えすいたやり方でなにかを隠すなんて、じつに父らしかった。そう思ったので、それが何にせよ、父がわたしから隠そうとしたものを見つけたと確信した。たぶんバラエティ・ストアのために買い入れたなにか奇妙なもので、衝動的に仕入れてはみたものの売れずにいる、古いラジオか小型金庫かなにかではないか。

　だが、それはそういうものではなくて、艶のあるピンクの紙で包装され、青いリボンが結ばれたプレゼントだった。テープで封筒が留められており、あきらかに父の字だとわかる筆跡で〝最愛の人へ〟と記されていた。

　わたしは目の前にあるものをもう一度あらためて見なおした。父のプレゼントだけではなかった。山積みのダンボールの上にふわりと掛けられ、きちんとしわを伸ばされたシーツがあり、すぐそばに小さな花瓶に挿した造花が置かれていた。

　その瞬間にわたしは悟った。倉庫の暗い片隅に引きずっていき、妙に騎士道的なやり方で簡単なマットレスにしたこのダンボール箱の山の上で、父は〝最愛の人〟をものにしたにちがいなかった。

　奇妙だったのは、この店の奥のわびしい閨房の光景を見ても、わたしはギョッとして息を呑みはしなかったことだった。父の裏切りという考えに身震いすることもなかったし、父がやっていることを目の当たりにして怖気《おぞけ》をふるうことさえなかった。わたしが強烈に感じたのは、そういうことではなくて、彼がその粗末な愛の巣を作るために使った芸のない、繊細さに欠ける材料であり、それをでたらめに、不器用に使ったやり方だった。ふぞろいなダンボール箱から擦りきれたシーツまで、このみすぼらしい舞台装置のなにもかもが、わたしがむかしから抱いていた父に対する評価の低さを裏付けていた。

わたしは〝これだけはごめんだ〟と思った。グレンヴィルにとどまって、このみすぼらしい店を受け継ぎ、フランネルのズボンを穿いた中年男になって、その心を蝕《むしば》む味気なさからの唯一の逃げ道が、合板の屋根とダンボールのベッドという間に合わせの閨房での、無知な店員の娘とのわびしい情事でしかないような人生を送ることだけは。

それから、初めて、わたしは母のことを考えた。

「ジュリア」

わたしは現在に引き戻された。「え？」

「彼女はあなたに訴えかけるものをもっていたんでしょう、もちろん」とローラ・フェイがうながした。彼女は期待に目を輝かせていた。「だったら、彼女のことを話してよ、ルーク」

頭のなかで繰り広げられていた暗い物語から逃れるために、わたしはふたたびジュリアと自分自身の物語に戻って、初めてのデートのことからじっくりと語りだした。ローラ・フェイはなにひとつ聞き漏らすまいとするように、一言もつぶやくことなく、質問することもせず、ほとんどたいした事件もなかったわたしたちの求婚時代の物語にじっと耳を傾けた。やがて、話はジュリアとわたしが結婚した日のことになった。セント・オーガスティンの小さなチャペルで、じつによく晴れた一日だった。

「ジュリアの一族郎党が勢揃いしていた」そのお祭り気分の記憶に浸りながら、わたしはおおらかな口調で言った。「おそらく百人はいただろう」それから、わたしはまたもやふいにそれを感じた。自分にはいかになにも残されていないか、わたしの人生からいかにすべてが剝ぎ取られ、自分自身という剝きだしの核しか残されていないかを。「もちろん、わたしの側からはだれも出席しなかった」

わたしの結婚式の日に父も母も出席できず、ふたりともグレンヴィル郊外の小さい陰鬱な墓地に横たわっていたという事実。それにローラ・フェイがどの程度責任があるのかは、わたしにはよくわからなかった。しかし、もちろん、そんな問題を追及したくはなかったので、わたしは会話の焦点をずらして、それほど重苦しくない事柄へと振り向けた。

「しかし、きみはどうなんだい?」とわたしは訊いた。「グレンヴィル以降のきみの暮らしのことを話してくれないか」

「もう話したわ」とローラ・フェイは応えた。「少なくともすこしは。わたしは結婚したの。もう言ったように、オリーと」

ローラ・フェイは不幸な息子のことについてはあきらかに話したくなさそうだったので、わたしはそういう苦痛な話題についてはあえて問い詰めようとはしなかった。

「いい人だったわ」とローラ・フェイはつづけた。「オリーは」

おそらくたしかにそのとおり、いい人だったのだろう、とわたしは思った。しかし、ローラ・フェイ・ギルロイの意見では、だれもがいい人なのではないか？　もちろん、わたしの父はいい人だったし、それを言うなら、わたしの母もそうだった。悲嘆にくれた哀れなウディでさえいい人だったのである。不安定だったことも否定できない事実だが。ウディは不安定で、見捨てられ、裏切りによって頭がおかしくなっていたのだけれど。

「わたしが知り合ったとき、オリーはもう退職していたの」とローラ・フェイはつづけた。

「退職した警官だったのよ」

「警官と結婚したのかい？」

「退職した警官よ」とローラ・フェイは訂正した。

わたしはグラスに手を伸ばして、手のなかでゆっくりとまわした。「それじゃ、退職した警官は退職後は何をしているのかね？」とわたしは訊いた。

「来るものは拒まず、というところね」とローラ・フェイは答えた。「狩りとか釣りとか。

野球観戦とか。そういう男の人がやることとならなんでもよ」彼女は自分の夫をずいぶん温かい目で見ているようだった。「古い事件の再捜査とか」ちらりと笑みがよぎった。「それについては、わたしもいろいろと学んだわ」

「たとえば？」とわたしは訊いた。

「そう、たとえば捜査のやり方ね」ローラ・フェイは軽やかに答えた。「それと、法律的なことも。たとえば、殺人には時効はないとか。だって、一度人を殺したら、その人は死んだままなんだから。だから、殺人を犯した人は、当然ながら、永遠に一分も安心できなくなるってこと。いつ逮捕されるかわからないとずっと思ってなくちゃならないんだから。少なくとも、法律上はそう考えられているということね」彼女はコースターの赤い縁をぼんやりといじっていた。「あなたもそう考えているの、ルーク？」

わたしはうなずいた。「そうだね」とわたしは答えた。

ローラ・フェイの笑みは妙に取って付けた、道化師の笑みのように見えた。「それから、物の考え方も。オリーに会うまでは、わたしはそういうことについては知りもしなかった。古い事件をどうやって調べるかとか。どんなふうに捜査するか。どんな質問をするのか。どうやって捜査の輪をちぢめていくのかとかも」

わたしは親指と人差し指で挟んだグラスのステムをまわした。「それじゃ、法の執行についてかなりの教育を受けたわけだ」とわたしは軽い口調で言った。

「そうよ」とローラ・フェイは答えた。「頭がいいの、オリーは」

わたしの目は、ホテルの回転ドアから入ってきた背の低い、ずんぐりとした男に惹きつけられた。ダークブラウンのスキー・ジャケットを着て、ラウンジに向かって歩きながら、耳覆い付きの茶色いツイードの帽子を脱いで、袖にたたきつけ、大理石の床に冷たいしずくを撒き散らした。

「あなたとおなじような頭のよさじゃないけれど」とローラ・フェイはつづけた。「本とかそういうものは書いたことがないし。でも、とにかく、頭がいいのよ」

男はラウンジの入口まで来ると、ジャケットを脱いで、案内係が席に案内してくれるのを待った。

「狐みたいに頭がいいってことね」と、相変わらず軽やかな口調で、ローラ・フェイはしゃべりつづけた。「人の目を見て嘘を見抜くとか。そういう種類の頭のよさ」

案内係が現れて、男を本人が指示した薄暗い片隅に案内した。男は腰をおろしたが、鉢植えの羊歯《しだ》の葉陰に隠れて顔は見えなかった。

「いま、こんなふうにあなたに向かってべらべらしゃべりつづけていることが、わたしには信じられないわ」とローラ・フェイは言い、それ以上は魂を凍らせるような打ち明け話を封じようとするかのように、指先を唇にあてがった。「まるで友だちになったみたい」

「友だち」と、彼女に注意を戻しながら、わたしは繰り返した。「そうだね」

「ひたすらしゃべりつづけるなんて」とローラ・フェイは誇張気味に言った。「ふだんはそんなことはしないんだけど。オリーはわたしをだんまり屋って呼んでいたくらいだから。なんでも自分のなかにしまい込んでいるから。どういう意味かわかるでしょう？　どんなに不満を感じても、どんなに怒っていても」

「怒っているようには見えないけど」とわたしは言った。

「あら、それが秘密なのよ、そうじゃない、ルーク、そうは見えないようにすることが？」わたしが答える前に、彼女は笑った。「ともかく、わたしはこう言ったの。〝オリー、もしもわたしがしまい込んでいるすべてを外に出したら、世界中が大火事になるわよ〟ってね」彼女はふたたび笑ったが、今度はそれほど心からの笑いではなかった。「それからは、彼はわたしをドラゴン・レディと呼ぶようになったわ」そこまで話してしまうと、彼女はちょっと口をつぐみ、それから言った。「男を殺す女のことを警察では何て呼んでいるか知っている？」

「いや」

「ブラック・ウィドーよ」とローラ・フェイは言った。「そういうタイトルの映画があるわ。あの女優が出ているんだけど。何という名前だったかしら？」彼女は片手を上げた。「待って、言わないで。そう、Dではじまるんだけど。デブラ。デブラ・ウィンガー。彼女が連邦捜査官の役を演じているの」

「そう？」

「そうよ。彼女、なかなかよかったわ。ブラック・ウィドーという名前がどこから来ているか、知っている？」

「蜘蛛《くも》じゃなかったかな？」

「そう、蜘蛛なのよ。でも、特別な種類の蜘蛛で、交尾をしたあと、雌が雄の首を嚙み切ってしまうの。もちろん、雄はそんなことになるとはすこしも知らずに、ただ雌の上に乗って――」やりすぎたことをふいに悟ったこどもみたいに、彼女は口をつぐんだ。「こんなにぺらぺらおしゃべりするなんて、わたしらしくないわ」彼女はふたたび手を口にあてがって、しばらくそうしていたが、やがて手を下ろした。「全然わたしらしくない」彼女はテーブルの上に目をやった。「このアップルティーニだわ。こんなふうにわたしをおしゃべりにしているのは」それから、わたしのグラスに向かってうなずいた。「そのワインがあなたをおしゃべりにしているように。そうじゃない？　というのも、なんとなく――これは間違っているかもしれないけど、ルーク――なんとなく、あなたもそんなにおしゃべりじゃないような気がするから」

わたしはにやりと笑った。「まあね、しかし、知っているだろう、イン・ウィーノ・ウェーリタスと言われているのを」

ローラ・フェイはラテン語が訳されるのを待っていた。

「ワインのなかに真実がある、という意味さ」とわたしは言った。

ローラ・フェイはちょっと椅子の背にもたれて、片方の肩をまわすと、目に見えない唇のささやきに耳を澄ますかのように、首を右側に傾けた。「彼はほんとうに頭がよかった」と彼女は言った。「だれよりも頭がよかったわ、ルーク」

12

かつてはわたしもそうだった。だれよりも頭がよかった。その頭のよさを母から受け継いだのはあきらかだった。

その卒倒の発作のあと、母は二日間病院にとどまった。わたしがバラエティ・ストアのおそろしく無秩序な倉庫から取ってきて、母に渡した赤いパジャマを着て。それに着替えているあいだ、父とわたしは病室の外の薄暗い廊下に立っていた。

わたしが母の病室に戻ったとき、父は警戒するようにわたしの顔をうかがったが、わたしが彼の安っぽい閨房についてはなにも言わずにいると、ほっとした顔をした。

「パジャマはべつに問題なく見つかったかね?」と、その数分後、廊下に立っているときに、父が訊いた。

「うん」

沈黙が流れ、そのあいだ、わたしたちは黙って向き合って立っていた。不義を働いている父は廊下の片側に、わたしはその向かい側に。

しばらくして、父が言った。「心配ない、ルーク。母さんはよくなるさ」

わたしの脳裏をよぎった考えは剃刀《かみそり》みたいに鋭かった。ほんとうは死ねばいいと思っているくせに。

しかし、もうひとつの考えはわたしには最後まで浮かばなかった。母さんにそう言ってやるがいい。

水曜日の午後、わたしたちは母を家に連れ戻した。母は弱っていたが、いつものように、元気なふりをして見せた。母はそれまでの一生ずっと幸せな顔を装ってきた――とわたしには思えた――ので、突然平衡が崩れても、その精神力や優雅さの下に横たわる悔恨が顔を出すことはなかった。退院する前に、母は本人の言う〝平服〟に着替えた。とはいっても、それはふだんから着ている質素なもので、おそらく父が仕入れた割安な商品の山から抜き出したのだろうが、なんの変哲もない無地の青いドレスだった。母は髪を梳かして、白粉《おしろい》をはたき、軽く口紅まで塗ったので、父のベッドに戻るこの最初の夜に、多少は性的なサービスをするつもりなのだろうか、とわたしは陰険にも勘ぐった。

家に着くと、父とわたしは注意深く両側を歩いて、ひび割れたコンクリートの小道を危なっかしく歩く母を支えた。母は端が欠けたセメントの段をのぼり、網戸がずたずたに破れた裏のドアから、狭苦しいキッチンに入った。数カ月後には、そこで血の海のなかに倒れている父を発見することになったのだが。

「すぐベッドルームへ上がりたい?」とわたしは母に訊いた。

「いいえ」と彼女は答えた。「読書室へ」

それは名前から想像される立派な部屋には遠く及ばない、小さなくぼみのような小部屋で、わたしが学校から帰ってくると、母はしばしばそこで、かならず膝の上に本をのせて、たいていはぼんやりと夢見るような目をして、わたしを待っていたものだった。母のことを語るとき、わたしはいつも彼女を神話化している、とジュリアから言われたが、たしかに、母を理想化してきたことは認めなければならない。しかし、そうしたのは父との対比の上でのことだった。わたしの頭のなかで、このふたりはあまりにもかけ離れた両極の位置を占め、ほとんどおなじ宇宙に存在するとは思えないほどだった。わたしにとっては、母の知識と品性だけが、父の頑ななまでの無知と平凡さに対抗する、唯一の釣り合いおもりだった。

実際、わたしは何度となく、母がまったく別の男といっしょにいるところを想像したものだった。もっと優雅で、教育のある、母がつかまされた冴えない夫よりもっと彼女にふさわしい連れ合いと。ときには、このもうひとつの理想的な家族が架空の居間に、壁に本棚が並ぶ部屋にいるところを想像した。完璧な家族。いつもわたしたち三人だけだった。わたしと母とその理想の男性。背が高く、一分の隙もない服装、完璧なマナーで、その言葉や仕草のひとつひとつに深い教養がにじみ出ている……。

もしかすると、母もおなじ夢を、少なくとも似たような夢をもっていたのかもしれない。というのも、母の遠くを見るようなまなざしのなかに、ときおり想像上の人生がちらつくのが見えるような気がしたからだ。雨の日に、ミスター・クラインの本をギュッと胸に抱きしめて、窓の外を眺めている姿には、なにかに思い焦がれているような気配があった。ある角度から見れば、テネシー・ウィリアムズの戯画に見えたかもしれないし、事実、ジュリアはかつてそう言った。しかし、わたしが実際に見たもっと別の角度から見れば、母の憂鬱で夢見がちな性格は長年の個人的な悲劇の結果であり、彼女はその余波のなかで生きていて、そこから逃れるためにはグレンヴィルから逃げだすしかないと思われた。それだけに、その数日後、わたしがミス・マクダウェルとあの運命的な話し合いをしたとき、母の人生が決定的な教訓として脳裏に浮かび、わたしの頭のなかで執拗に〝母の二の舞を踏むんじゃないぞ〟という命令が繰り返されたのだった。

「なにか読んでくれない、ルーク？」と、きれいに拭かれたサイドテーブルに本が山積みになっている小部屋に陣取ると、母はわたしに言った。

「いいよ」とわたしは言った。「何にする？」

母はちょっと考えてから、言った。「ディケンズがいいわ。ジョーがピップを訪ねていく場面」

『大いなる遺産』は二階の本棚にあることをわたしは知っていた。母のベッドルームとバスルームのあいだの短い廊下に置かれているその本棚には、母が実際に所有しているわずかな本がきちんとアルファベット順に並べられていた。

「じゃ、取りにいってくる」と言って、わたしは階段に向かったが、まだのぼりきらないうちに、父が低い声でうなるように言うのが聞こえた。「それじゃ、おれはバラエティ・ストアに戻るぞ」

〝バラエティ・ストアへ戻るがいい〟と、わたしはむかむかしながら考えた。〝あの尻軽女のところへ〟

わたしが母の読書室に戻ったときには、父はすでに立ち去っていた。そのおかげで、わたしは父がいるといつも感じさせられる重圧から解放された。

「二、三ページだけ」と、わたしがかたわらに椅子を引き寄せると、母が言った。「そうしたら、わたしはすこし眠るわ」

わたしは、自分にとっていまでもあらゆる文学作品のなかでもっともやさしさのこもる場面のひとつを読んだ。痛ましいほど控えめな生まれの卑しいジョー・ガージェリー。ジョーの粗野な物腰と田舎訛りのしゃべり方に困惑し、なんとか追い払いたいと思っている高慢なピップ。やがてジョーがふらふらと階段を下りて、自分にはほとんど理解できないロンドンの喧噪のなかに姿を消すと、彼はほっと胸を撫で下ろすのだった。

その場面はほんの二、三ページで、そこを読みおえると、わたしは本を閉じた。

いつもなら、朗読が終わると、母とわたしは読んだ箇所についてちょっと意見を交換するのが習慣だったが、このときは、彼女はしばらくなにも言わずに、わたしの顔をじっと見つめた。

「わたしは人生で自分がいる位置より高貴な心をもっている、とミスター・クラインは言っているけど」と、やがて母は言った。「あなたもそうよ」彼女は震える手をわたしのほうに伸ばした。「それを活かすのよ、ルーク。それを活かすのを何物にも邪魔させないことね」

というわけで、わたしは初めからふたつの重要なものを母から受け継いでいた。母とおなじ知能と悲劇である。この前者が後者を免れるための唯一の手段だった。頭のなかでそんな陰鬱な思いをめぐらせているとき、ローラ・フェイがしばらくつづいていた沈黙をいきなり破った。

「あなたのＩＱはどのくらいなの？」

突然降って湧いたようなローラ・フェイの質問に、わたしはちょっとギクリとした。その三カ月前、あの開拓者の毛布を見ているとき、ジュリアが発した質問みたいに。

「見当もつかないな」いまは亡き母の記憶の重みを依然として感じながら、わたしは穏やかに答えた。

「テストしたことが一度もないの？」

「ああ」

「テストしなくても、自分がどんなに頭がいいかわかっているからでしょう、違う?」

その質問のなかのなにかがわたしをすっかり現在に引き戻した。これはわたしを引っかけよう、なにかを暴き出そうとする質問なのだろうか、とわたしは思った。ひとつだけ確かなのは、どう答えても謙虚な答え方にはならないだろうということだった。とすれば、はぐらかすしかないだろう。

「まあ、それは頭がいいというのがどういう意味かによる」とわたしは答えた。

「ミス・マクダウェルも知っていたんでしょう?」とローラ・フェイが訊いた。「お父さんがそう言っていたわ」

「どうして父がそんなことを知っていたんだ?」とわたしは訊いた。

「ある日、先生がバラエティ・ストアに来たからよ」とローラ・フェイは答えた。「ミス・マクダウェルはほんとうにあなたに興味をもっている、とお父さんは言ってたわ」彼女は右手を挙げ、人差し指と中指を絡ませて、妙にエロティックな仕草をして見せた。「好意を寄せているって。ちょっとおかしいと思ったみたい」

「おかしい?」とわたしは聞き返した。「どうしておかしいと思ったりするんだい?」

「先生との話からそう思ったんでしょう、たぶん」とローラ・フェイは答えた。「店先に立って、長いこと話していたわ。彼女が帰ってしまうと、ダグが戻ってきて、あれはあなたの先生のひとりだと言ったの。ほんとうにあなたに興味をもっていて、本気で後押ししようとしているって。それから、〝なんだかちょっとおかしいな、ローラ・フェイ〟と言ったの」

「ミス・マクダウェルは、わたしがハーヴァードへの奨学金が取れると思っていたんだ」と、突然地に堕ちた英雄を弁護する気になったかのように、わたしは言った。「わたしに奨学金を申請するように勧めてくれた。そのどこがおかしいんだ？」

「あなたの言うとおりね、ルーク。べつにすこしもおかしくはないわ。あなたのお父さんが何を感じて、そう言ったのかわからない」

「なにも感じなかったに決まっている」とわたしは言った。「そもそも、父はだれかのどこかがおかしいと気づくような人じゃなかった。微妙な気配などわからなかったんだ」

「気配？」とローラ・フェイは訊いた。「何の？」

「わかるだろう、どこかおかしいとかいうことさ」とわたしは言った。「ミス・マクダウェルは生徒を援助することに興味をもっている先生だった。それだけさ」

　実際のところ、彼女は本気でわたしに注目し、わたしの将来に興味を示して、大学の奨学金が取れる可能性について話してくれた初めての先生だった。〝わたしはどこかの田舎《カウ・》大学《カレッジ》の奨学金のことを言っているんじゃないのよ〟と、あの日の午後、教室のなかに立っているとき、彼女はつづけた。〝そうじゃなくて、ほんとうの大学、もしかするとアイヴィ・リーグ、ひょっとするとハーヴァードの奨学金だって〟ハーヴァード。

ミス・マクダウェルがそれを持ち出す前は、そんな可能性は考えたこともなかったけれど、それがひとつの目標になるまでに時間はかからなかった。やがて、ミス・マクダウェルが教えてくれた奨学金がわたしの第一の目標になり、あたかも聖杯であるかのように、わたしはそれを追いもとめることになった。それなくしては、進学の希望はもてないことがわかっていたからである。

「ミス・マクダウェルはわたしには可能性があると思っていた」とわたしはローラ・フェイに言った。「そして、それがどんな可能性であるにせよ、グレンヴィルでは実現できないことを見抜いていたんだ」

「グレンヴィルで実現できることなんてある？」とローラ・フェイは言って、ほがらかそうに笑った。「なにもないわ、そうでしょう？」彼女はアップルティーニを一口飲んで、グラスを置くと、残り少なくなったその中身をじっと見つめた。「早く飲みすぎるわね」と彼女はつづけた。「むかしは食べるのも早すぎたものだけど」彼女はわたしの顔に目を向けた。「動物みたいな食べ方だったし、覚えてる？」

「覚えてる？　いや」

「でも、それに気づいたのはあなたなのよ」とローラ・フェイは言った。「わたしが動物みたいな食べ方をすることに。牛みたいにモグモグやるって言ったのは」

「そんなことを言ったのかい？」とわたしは訊いた。

「知っているはずよ」とローラ・フェイは言った。くだくだ言い逃れをする嘘つきを辣腕の警官が問い詰めるような、ちょっと容赦ない口調だった。「自分がそう言ったのを知っているでしょう、ルーク」

もちろん、彼女の言うとおりだった。それを胸のうちで認めると、その瞬間の光景が驚くほど鮮明によみがえった。それはわたしがバラエティ・ストアの奥に父のその場しのぎの愛の巣を見つけた二週間後のことだった。わたしはデビーを腕につかまらせて、学校から直接店に寄った。わたし好みの体にぴっちりした服を着た彼女を、父からよく見える店先に待たせておいて、中央の通路をレジに立っている父のほうに歩いていった。商売が商売だったので、レジの引き出しがひらいているのを見たことはまれにしかなかったけれど。

「ハーイ、ルーク」と父は言って、店先に目を向けた。窓から射しこむ逆光のなかに浮かび上がったデビーは、入口をふさいでいるだけのキイキイいうブックスタンドを暇そうにまわしていた。「デビーはじつにすてきな娘《こ》だ」と父は言った。「おまえは彼女と結婚するべきだな」

わたしは乾いた笑い声をあげた。それからいきなり、その場の勢いに駆られて、乱暴にもこう言った。「ただやらせてくれるからといって、どうということもない娘と結婚しなきゃならないわけじゃない」

父の目つきが険しくなった。「そんな言い方はないだろう、ルーク」と彼は言った。

「どういうこともない娘だなんて。デビーのことをそんなふうに言うものじゃない」

わたしは母を裏切っている男から道徳的な教えを受けるつもりはなかった。朝早く店へ出かけて夜遅くまで戻らず、母を一日中二階のベッドルームにひとりで横たわらせておくような夫からは。そうやって母がかけがえのないエミリー・ディキンソンを読んでいるあいだ、その夫であるわが愛しの父親は、解体したダンボール箱を積み重ねた上でローラ・フェイ・ギルロイと転げまわっているのだから。

父の薄汚れた欲望の対象が、いきなりわたしの視界のなかに泳ぎ出た。ブロンドで、大きな胸をしたローラ・フェイ。片手でスカートのしわを伸ばしながら、もう一方の手には紙の皿を持ち、その皿にのせてあったものを口いっぱいに頬張って、彼女は店の奥から悠々と現れた。

「動物みたいな食べ方をするんだな」とわたしは非難するように言った。「牛みたいだ」

父はわたしをにらみつけた。「口のきき方に気をつけろ、ルーク」と彼は警告した。

「口のきき方に気をつけるんだ、聞こえたのか？」

わたしはさっと後ろを向くと、通路を後戻りして、いかにも自分の所有物だと言わんばかりにほとんど乱暴にデビーに腕をまわした。その間ずっと、後ろを振り向こうともしなかったが、店を出てからちらりと横目で見ると、父の隣にローラ・フェイが立っており、父がそっと腕を上げて、やさしく、悲しげに、彼女を引き寄せるのが目の端から見えた。

いま、二十年後、彼女はふたたびわたしの前にいた。髪は、毛糸のキャップから突き出している幾房かは、かなり色褪せて下手に染めた奇妙な色合いになっており、口元にはしわが寄っている。かつては輝いていた肌はほとんど艶がなく、彼女の魅力はいまやすべて消え失せて、まさに時の残酷さを示す実物教育の見本みたいなものだったが、目のなかのなにかに傷ついているような光だけは変わらなかった。

「すまなかった」とわたしは言った。「あんなことを言うべきではなかった。あんな……残酷なことを」

「いいえ、あなたの言うとおりだったのよ」と、べつに問題はないと言いたげに軽く手を振りながら、ローラ・フェイは言った。すこしも怒っているわけではなかった。「たしかにそういう食べ方をしていたんだもの。動物みたいな。牛みたいな」

「それでも、あんな言い方をするなんてやさしさが欠けていた」

「でも、いつもやさしくしてばかりはいられないでしょう?」と、ローラ・フェイはかわいらしく言った。「それに、人は……懲らしめられる必要がある。そうは思わない、ルーク?」

わたしが答える前に、彼女はふたたびグラスを取って、あざやかな緑色の液体をそっとまわすと、唇に運んで、ゆっくりと飲み、それからグラスをふたたびテーブルに戻した。「人には戒めが必要なのよ、違う？」彼女は聖母マリアみたいにやさしく、寛大に両腕をひろげた。「さもなければ、自分がどんな悪いことをしているかけっしてわからないから」

グラスのなかにはまだわずかに飲みものが残っていた。ローラ・フェイはしばらくそれをじっと見つめていた。井戸か水晶玉を、まだ発見すべきものがある、なにかが出現するはずの深みを覗いているかのように。永遠に覗いていなければならない、けっして答えが出てくるはずのない深淵を覗いているかのように。

「で、ミス・マクダウェルだけど」と、あきらかにわたしたちの会話のなかの以前の場所にわたしを引き戻そうとして、彼女は言った。「彼女はあなたに興味をもっていた。あなたに注目して、ハーヴァードへの奨学金のことを教えてくれた。そうあなたは言っていたわね」

「そのとおり」

「そして、彼女はおかしくなかったけど、あなたのお父さんはおかしいと思った」

しかし、実際のところ、父はミス・マクダウェルの何を見て、おかしいと思ったのだろう、とわたしは首をかしげた。わたしには見えなかった微妙な気配。完璧に隠されていた気配。暴露されてみれば、あまりにも悲しく、個人的なことだったので、いまでさえ、わたしはだれにも口外するつもりはなかったが。

「ミス・マクダウェル」とわたしはささやくように言った。その息のなかにふたたび、彼女から放たれていた暗いエネルギーを感じた。「そうだった」

13

ミス・ガートルード・ジェシカ・〝トルーディ〟・マクダウェルは、そんな名前にもかかわらず、南部の小さな町の物語によく出てくる、野暮ったいオールドミスの教師ではなく、外見も態度もとても若々しかった。ただ、ちょっと奇妙なところがあって、まるで年齢や成熟を敵対的な風景、遠くで待ちかまえている、ドラゴンが住むにちがいない風景と見なしているかのようだった。そんなふうに、彼女は自分自身を自分の世代やそのひとつ前の世代より、むしろ自分が教えている世代に属する人間だと思っているようだった。ということになれば、当然ながら、学校の目上の教師たちからはよく思われるはずもなかった。

わたしがよく覚えているのは、彼女がゲームやダンスパーティにかならず参加する先生だったことで、自分自身の世界にいるより、自分が選んだ仕事上いつもかたわらにいることになったティーンエイジャーの世界にいるほうが居心地がよさそうに見えることだった。ときおり、ゲームの最中にいきなり騒々しくはしゃぎだして、ふいに口をつぐんであたりを見まわし、あわてて自分の少女っぽい陽気さにブレーキをかけていた。なんだか自分を牢獄に閉じこめているような、自分が自分自身の管理人になり、絶えずフェンスやゲートの戸締まりを見まわっているようなところがあった。

わたしは浮き浮きした気分で、また褒められるのだろうと期待して、彼女の教室に行ったのだが、ミス・マクダウェルの態度にはいつもの励まし以上のものがあった。実際のところ、彼女にはどことなく人を不安にさせる切迫感があり、言葉や動作のひとつひとつに芝居がかったところがあって、わたしの顔をちらりと見てはすぐに目をそらしたり、わたしの周囲をまわって歩きながらだんだん接近してきたりした。わたしはなんだかちょっとおかしいと思った。少なくともわたしの頭のよさにこんなにも熱狂し、わたしが向上するためにやる必要があることはなんであれすべてやらなければ、絶対にやらなければならないと、こんなにまで猛烈に駆り立てるなんて。

「二度目のチャンスはないのよ、ルーク」と、その話のなかであるとき、彼女は断言した。「自分の才能は活かさなければならない。さもなければ、それを捨ててしまうことになるんだから。自分と自分の望みのあいだにどんな邪魔物も入れないこと。たとえ人間でも。両親でも、だれでも。規則でも。たとえ規則でさえも。規則に何がわかるっていうの？実際、なにもわかってやしないのよ。人間だってそうだけど、もちろん」

その日彼女が言ったことはなにもかも奇妙か、さもなければ不穏当だった。しかし、それよりもなによりも、わたしにはっきりわかったのは、ミス・マクダウェルがわたしの人生の流れを変えることを自分の義務だと決めこんでいることだった。わたしの人生の展望をひろげ、たとえ一時的にせよ、わたしの両親からその役割を取り上げて、それ以降は、「世界対わたしたち」ということになると言っていることだった。

「感情に振りまわされてはいけないわ」と彼女は言った。それはつまり、父や母に対する愛情からこの町に縛りつけられることを受けいれてはならないという意味だった。

「それはあなたを縛りつけるだけだから」と彼女は言った。「いいこと、ルーク、大切なのはどこまでも飛躍することなのよ」

それは午後の遅い時刻で、ミス・マクダウェルの教室の高い窓から陽光が射しこみ、明るい光線のなかにおびただしい埃が渦巻いていた。

「ばかな人たちは未来は見えないという」とミス・マクダウェルは言った。「でも、じつは見えるのよ。自分のまわりを見まわしさえすれば。そこにあるのがあなたの未来なんだから……自分でそれを変えようとしないかぎりはね」

彼女はつかつかと窓際に歩み寄り、あまり遠くないメイン・ストリートに群がる低い建物を指さした。

「あそこにあるのがあなたの未来よ、ルーク、目に見える未来」とミス・マクダウェルは言った。「あなたはお父さんの店で働くことになり、ある時点で、その店を受け継ぐことになるでしょう」

彼女の話を聞いているうちに、自分の未来のわびしい軌道が目に浮かんだ。まずバラエティ・ストアの商品陳列係に、それから店の店員になる。やがて、ある程度経営にも携わるようになり、その役割は父のそれが縮まるにしたがって大きくなって、最後に父が土に戻ったとき全権を掌握することになる。

「人は人生で自分に値するものを手に入れられるわけではないのよ、ルーク」とミス・マクダウェルは言った。「それで満足することにしたものしか手に入れられない。だから、あなたがグレンヴィルで満足してしまうなら、あなたにはグレンヴィルしか手に入らないことになる」

彼女は窓際から離れて、さっと後ろを向き、芝居がかった足取りで通路を歩いてくると、ぐんぐんわたしに近づいて、気詰まりなほどすぐそばに立ち止まった。わたしたちの体はほんの数センチしか離れていなかった。

「ほとんどの人には選択の余地がないけれど」とミス・マクダウェルは切迫した口調で言った。「あなたにはあるわ、ルーク」彼女はこめかみを指で軽くたたいた。「これがあるから」

それから、不思議な変貌を遂げて、ふいに顔つきが柔和になったが、その柔らかさのなかに彼女の悲しい、傷つきやすい部分が透けて見えるような気がした。

「あなたはハンサムでもあるわ、ルーク」と彼女は言った。「それを利用することもできるわよ」

一瞬、わたしたちは見つめ合い、ミス・マクダウェルの目のなかでなにかがかすかに震えた。そのピクピクするような動きを目をしばたたいて振り払うと、彼女は不安な夢から醒めた人のような顔をして、さっと後ずさりした。「二度とこういうことはしませんからね」と、彼女はふたたび鋼《はがね》のような自制心を取り戻した口調で言った。そして、もう一歩後ろにさがると、ふいにすっと向きを変えて、自分の机に歩いていき、その背後に坐って、出席簿をあけ、さっと赤鉛筆をにぎった。それからは、ひらいた出席簿から目を離そうとせず、名前の列をずっとたどっているだけだった。「もう二度とこういう話はしませんからね」

実際、二度とそういうことはなかったので、わたしが最後に先生を見かけたのは、フットボールの野外席に坐って、フィールドで戦い、ぶつかりあっている若い男たちを見下ろしている姿だった。かすかに背を丸めて、両腕で膝を抱え、暖かい春の空気にもかかわらず寒さをこらえているように見えた。

「ともかく、ミス・マクダウェルはあなたに注目したわけね」とローラ・フェイが言って、わたしを束の間の沈黙から誘い出し、もとの話題に引き戻した。「注目されるのはすてきなことだわ」

彼女がわたしの父に惹かれたのもこの注目されることの快さだったのだろうか、とわたしは思った。ウディと別れ、生きている親類もなく、友人もなく、ひとりで生きていたときには、ほとんどどんな言葉でも慰めになり、ほとんどどんな愛撫でも快かったのではないか？　ちょうどいまのわたしが——と、その瞬間、わたしははたと悟ったのだが——そういう注目を快く感じるかもしれないように。

「だれかに頭がいいと思われるのはすてきなことだわ」とローラ・フェイはつづけた。「偉大なことができるとか、最高の学校に行けると思われるのは」

わたしはのちにわたしの手のなかで震えることになったハーヴァードからの手紙を思い出した。改まった公式的な文章、成功を祈るという結びの表現、装飾的だが落ち着いた控えめの赤いレタリング。ハーヴァードという単語がどんなに魔法じみて見えたことか。

「そうだね。人生でそういう人に出会うのはすてきなことだ」とわたしは同意した。「あの先生はどうしたんだろう」

「先生は殺されたわ」と、ローラ・フェイはぞっとするほどぶっきらぼうに答えた。「旦那さんに殺されたの」

わたしはあんぐりと口をあけた。「ミス・マクダウェルが殺された？　いつ？」

「十年前よ」とローラ・フェイは答えた。「グレンヴィルでは大きなニュースになったわ。殺人事件は……あのとき以来だったから」

「わたしの父の事件以来？」とわたしは訊いた。

ローラ・フェイはうなずいた。

「べつに口にするのを遠慮することはない」とわたしは彼女に言った。「わたしたちはふたりとも何が起こったか知っているんだから」

ローラ・フェイは黙ってわたしの顔を見つめ、一度目をそらしたが、ふたたび視線を戻した。「ともかく、彼女は旦那に殺されたの」

わたしは自分のグラスから一口飲んだ。「それじゃ、教えてくれないか。なぜ先生は殺されたのか？」

「浮気をしたからよ」とローラ・フェイは答えた。それからすこし間があいて、彼女はほんとうにそれ以上話したくなさそうな顔をした。ちょうどジュリアがときどき猥褻なジョークを言うのをとても嫌がったみたいに。「ショッキングな事件だったのよ、ルーク」とやがて彼女は言った。「そもそも相手が生徒のひとりだったから」

それでは、父が見たのはほんとうだったのか、とわたしは思った。

「グレンヴィル高校の四年生だった」とローラ・フェイはつづけた。「十八歳だったから、合法的ではあったんだと思うけど、少なくとも法律上はね。でも……」

「なんて……奇妙なんだろう」とわたしは言った。

「最近ではクーガーと呼ばれているのよ」とローラ・フェイはわたしに教えた。「年下の男と付き合う女は。そういう記事を読んだことがあるわ」

「まあ、生徒を相手にすべきじゃないだろうな」とわたしは軽い口調で言った。「しかし、中年のちょっとした浮気は、相手が自分より若くても、べつにたいした害はないだろう？」

ローラ・フェイは暗い目でわたしをじっと見つめた。「とても大きな害があることもあるわ」と彼女は言った。

ローラ・フェイの目のなかに、父の殺人事件のぞっとする要素がひとつずつ浮かんでくるような気がした。椅子から跳ね上がった父の体、胸の穴から噴き出す血、ちょっとした浮気がもたらすことのある、恐ろしく、むごたらしい、取り返しのつかない危害。

「で」とわたしは穏やかにつづけた。「旦那はどうなったんだね？」

「終身刑よ」とローラ・フェイは答えた。「最後まで自白はしなかったけど、警察は彼だと判断したの。彼女が……その……会っていた少年のせいで。夫にちがいないと判断したの」

「なるほど。きみも言っていたからね。そういうケースでは犯人はたいてい決まっているって」

「家族のだれかなのは確かだわ」とローラ・フェイは言った。「むかしオリーが言っていたとおりなのよ。〝ローラ・フェイ〟と彼は言ったわ。〝危険はすぐそばにある。テープと〝わたしは空の向こうに坐っているんだ〟ってね」人生の恐ろしい真実をこどもが初めて発見したときみたいに、彼女の顔は陰鬱な現実の影を帯びた。「しかも、本人はそれを知りさえしないんだから」硬くなった顔にひびが入るみたいな笑みを浮かべた。「ほんとうに頭がいいのでないかぎり」彼女は頭を振って、まだ残っていた陰鬱な影を顔から振り払った。「ともかく、グレンヴィルから抜け出す道を教えてくれたのはミス・マクダウェルだったんでしょう、違う？」

ひとつの時間から抜け落ちて別の時間に入りこんだかのように、わたしはいつのまにかハーヴァードからの封筒を見つめていた。とても分厚い、豊かさが詰まっているように見える封筒を。いままさにひらこうとしている美しい大きな花を。

「ミス・マクダウェルが予想したとおり、あなたは立派なアイヴィ・リーグの大学に行った」とローラ・フェイは勝ち誇ったように宣言した。「そういう夢は、品物を見ないで買い物をするのに似ているわね。あなたにはあなたの夢があったんでしょうけど、ルーク？」

わたしは自分の部屋でその封筒をあけようとしていた。だが、そのとき父が家にドスドス入ってくる物音がして、階下からわたしの名前を呼ぶ声がしたので、わたしは手を止めた。この地方特有の、カントリー・シンガーみたいに間延びした鼻にかかる発音で、母音を長々と引き延ばし、gの音を呑みこんでしまうのが父のしゃべり方だった。〝ルーク、

こっちィ来い《クミーア》″

「そのあと、あなたにとってはもちろんすべてが二度とおなじではなかったでしょう」とローラ・フェイは嘘偽りなくうれしそうにつづけた。

「そう、そのとおりだった」

「そして、あなたは二度とグレンヴィルには戻らなかった」と彼女は愉快そうに付け加えた。

わたしはバスがぐいと動きだすのを感じ、あえぐようなエンジンの低いうなりが消えていくのを感じた。

「そう」とわたしは言った。「二度と戻らなかった」

「振り返ることもしなかったんでしょう、もちろん」ほかの人のはるかに幸運な人生を心から祝福するかのように、ローラ・フェイはいちだんとうれしそうにつづけた。「だって、あなたが言ったように、そんなことをしても何にもならないもの」ローラ・フェイは意気揚々として声を張り上げ、グラスを高々と掲げた。「それじゃ、グレンヴィルからの脱出を祝して、ルーク」

ローラ・フェイの乾杯がほんとうにわたしを祝福するためなのか確信をもてず、わたしはためらいがちにグラスを上げた。

「愛おしい古きグレンヴィルに」と、グラスをちょっと強くわたしのグラスに当てながら、ローラ・フェイは満足げに言った。そして、唇を裂くような笑みを浮かべ、一面に張った氷に走る亀裂みたいな笑みをたたえたまま、もう一度、今度はもっとゆっくりと、漠然とした、悲しい、懐かしさをこめた声で乾杯を繰り返した。「愛おしい。古き。グレンヴィルに」

〝犯罪現場でもあるグレンヴィルに〟とわたしは胸のなかでつぶやいた。

第三部

14

もしかすると、彼女は初めから知っていたのかもしれない。わたしたちが早くから飛びついて追いかける夢は、ほんとうは、彼女が言うように、品物を見ないで買い物をするようなものだということを、ローラ・フェイは初めから知っていたのかもしれない。値段に見合うものかどうかも知らずに、宝探し袋に手を突っこんで品物をつかむようなものだということを。

愛おしい古きグレンヴィル。

この言葉を聞くと、わたしは即座に、ミス・マクダウェルとの話のあと、意気揚々とバラエティ・ストアへ向かったことを思い出した。かかとに羽が生えたような気分で、わたしはグレンヴィル高校から雑踏にはほど遠いわが町のメイン・ストリートへ出る歩行者用通路を急いだ。わたしの頭にあったのは北部へ行って、有名な大学で教育を受けることだけではなかった。すでに心に決めていた偉大な作品を書くことまで空想していた。凍りついた土地を初めて開墾したニューイングランドの農民たち、南部の黒土を耕した奴隷や小作人たち、中西部の一大穀倉地帯で穀物を収穫した労働者たち、町々の高層ビルを溶接した鉄鋼労働者や鉄骨職人たち、どうすればそういう人々の体験の内側に入りこむ方法を学べるのだろう。この向こう見ずな野心を実際に実現できるかもしれないと思うと、わたしは息もつけないほど興奮して、父の店の不ぞろいにペンキが塗られた正面に向かって、ものすごい勢いで歩いていった。

「ハーイ、ルーク」と、わたしがドアから入っていくと、父が言った。

「ハーイ」とわたしは言ったが、それ以上はなにも言わなかった。というのも、数分前にミス・マクダウェルから聞かされたきわめて重要な話も、父にはなんの衝撃も与えないだろうことが、わたしにははっきりわかっていたからだ。

「きょうはたくさんやることがあるぞ」と父は言った。

そう言うと、父はなんの面白味もない日常的な仕事を列挙した。床を掃き、家庭用品の棚の商品を補充し、おもてのウィンドウにクリスマスの電球を飾りつけ、その日たまったダンボール箱を解体して、裏の小道に運んでいき、町の清掃車が収拾してくれるように積み重ねておくこと。

それから二、三時間のあいだに、わたしはすべての仕事を片付けたが、もはやそれが自分の宿命だと思いながらやっていたわけではなかった。自分の運命はもっと別の場所にあり、すでにそのもうひとつの人生に向かっているのだと、わたしは燃えるような確信を抱いていた。何と言っても、ハーヴァードがあり、奨学金があり、いまや手が届きそうな気がするあの記念碑的なライフワークがあるのだから。その午後、バラエティ・ストアの仕事をしているあいだじゅう、ミス・マクダウェルの言葉がわたしの頭のなかを飛び交っていた。わたしは非常に頭脳優秀であり、大いなる将来が待っていて、意志の力さえあれば、もっと大きな活躍の場に登場できるだろうという言葉が。ふいに、わたしはもはやグレンヴィル高校でいちばん優秀なこどもではなく、アラバマ州で、南部で、アメリカで、世界でいちばん優秀なこども……かつて存在したなかでいちばん優秀なこどもになっていた。日がすっかり傾くころには、わたしはミス・マクダウェルから言われたすべてを自分でも確信していた。勉強さえすれば、集中して努力すれば、彼女の情熱的なアドバイスに従えば、いずれそのうち自分が夢見る偉大な作品が書けるようになるにちがいなかった。

ただひとつだけ問題がある、とわたしは思った。わたしにはやらなければならないことがあったからだ。毎日午後、学校からバラエティ・ストアへの決まりきった道をたどり、店に着いたら、それからの二、三時間は、父から言いつけられるつまらない用事を片付けなければならなかった。

しかし、この問題への答えは単純だった。わたしはそういう些末な仕事からは免除される必要があるということだ。ミス・マクダウェルから言われたことを母に話さなければならないだろう。母から父に話をして、わたしが勉強に集中して、あの貴重な奨学金を獲得することの重要性を説明してもらい、放課後のわたしの仕事を免除するように説得してもらうようにしなければならなかった。

母がそうしてくれることに疑問の余地はなかった。だから、その日の夕方には、その日がバラエティ・ストアで働く最後になるだろう、とわたしは確信していた。

そして、実際、そのとおりになったのだが、それはわたしが母に話したからではなく、母が父を説得したからでもなかった。

〝ルーク、こっちィ来い〟

これほど単純な言葉はなく、わたしはすでにいやというほど何度も聞かされていた。〝ルーク、こっちィ来い。この木枠を動かすのを手伝ってくれ。ルーク、こっちィ来い、このごみ箱を外に出してくれ。ルーク、こっちィ来い、これをやってくれ。ルーク、こっちィ来い、あれをやってくれ〟

その凡庸な呼びかけで父から些末な命令をくだされなかった日は、ほとんど一日も思い出せなかった。そのたびに、わたしは文句も言わずにそれに応えて、なんでも命じられたとおりにした。

「ルーク、こっちィ来い。言いたいことがある」

父は店の奥に、わたしはおもてのほうにいて、サンタクロースを棚に並べているところだった。一銭の儲けにもならないほど安い値段をつけて、わたしがそれを指摘しても、けっして値段を上げようとしなかった人形を。

「ちょっと待って」とわたしは大声で言うと、見栄えをよくするために小さなピラミッド形に積んだ天辺《てっぺん》に最後の人形を置いた。

わたしが振り向いて父と向き合ったときには、父はそれまで奥でやっていたことをほぼ終えていたようだった。

その日の午後、わたしの目に映った父はどんな姿だったか？　背の高い、どこかぎこちない男。脚が不釣り合いなほど長かったので、ズボンのベルトが腰ではなく、胸のまんなかよりすぐ下に巻かれているように見えた。彼は自分で作ったひょろ長い陳列台の前にいたが、これはいちおう四角く見える箱をいくつも並べて、そのなかに手当たり次第に安物のミニカーや万年筆やヘアカーラーやプラスチック製の裁縫道具を入れたものだった。

「ルーク、こっちィ来い」と、今度は大きな荒れた手を振って、父は繰り返した。

そのそばへ行ったとき、わたしは父がやっていることからちょっとだけ目を離して、なにかしら別の月並みな命令をくだし、すぐにもとの作業に戻るのだろうと思っていた。

しかし、そうはせずに、父はまず自分がやりかけていたことを終えると、体の向きを変えて、正面からわたしと向き合った。

「もう放課後にここに来なくてもいいぞ、ルーク」と彼は言った。

わたしは聞き間違えたのかと思った。「え？」

「もうここに働きに来る必要はないと言ったんだ」と父は繰り返すと、後ろを向きかけた。

「でも、それじゃ、だれが……ぼくの仕事をするの？」

「女の子を雇ったんだ」と父は言った。

ちらりと笑みを見せてそう言うと、彼はふたたび店の奥のほうを向いた。

「女の子？」とわたしは訊いた。

「だから、おまえは学校からまっすぐ家へ帰っていい」と父は言った。「もうここに来る必要はない」

わたしはひどく驚いて、父を見つめた。「どうすれば女の子を雇う余裕ができるの？」とわたしは訊いた。

「それはおまえが心配することじゃない、ルーク」と父は答えた。事務的な口調だったが、はぐらかそうとしているようなところがあった。なんだか秘密の動機があるような気がしたが、それが何かは見当がつかなかったし、もうこの店の雑然とした雰囲気のなかで働かなくてもいいのだと思うと、それ以上しつこく穿鑿する気にはなれなかった。父の衝動的なやり方はむかしからいつも独特で、本人とおなじように一貫性がなく、熟慮した形跡はほとんど見られなかった。

「きょうがここで働く最後の日だ、ルーク」と父はきっぱりと言った。

「わかった」とわたしは言って、曖昧に肩をすくめた。

このわたしの反応に、わたしがそれ以上質問しなかったことに、父はあきらかに胸を撫で下ろしたようだった。彼は店の前のほうにある時計にちらりと目をやった。「きょうは早めに切り上げていい」と彼はつづけた。「もう帰っていいぞ」

「いますぐ？」とわたしは訊いた。「でも、人形は、ぼくが――」

「人形のことは気にしないでいい」と父は言った。「夕食にはちょっと遅れると母さんに言ってくれ」

わたしたちは、父とわたしは、いつもいっしょに車で家に帰っていた。一日の終わりに古い配達用ヴァンのなかに坐り、ピーナッツ・レーン二〇〇番地に向かうことがなくなるのかと思うと、とても奇妙な気持ちだった。この束の間のドライブにすこしでも面白いことがあったわけではないし、わたしたちはたいてい一言も口をきかなかったのだが。それにもかかわらず、その日バラエティ・ストアからひとりで出ていくとき、わたしは父から離れていくような気がした。だから、ドアのところまで行くと、わたしは立ち止まって振り返った。

「待ってもいいんだけど」とわたしは言った。

「いや。先に帰れ」

「ほんとうに？」と、有罪を宣告された被告に弁明する最後のチャンスを与える判事みたいに、わたしは訊いた。

父は首を横に振って、そのまま仕事をつづけた。「そうだ、先に帰るがいい、ルーク」と彼は言った。「わたしは新しい娘《こ》を待たなければならないから」

15

その〝新しい娘〟がいまわたしの向かい側に坐っていた。ホテル・ラウンジの抑えた照明のなかに浮かんだ顔。そうやっていると、ローラ・フェイは、完全に肉体的な存在であるにもかかわらず、依然としてすこし幽霊みたいに見えた。体はずっしりと椅子にのり、目の下にはかすかなたるみのきざしがあって、もはやあきらかに時間は彼女の味方ではなかったし、ある意味では、目の前のグラスみたいに空っぽだったが。

「もう一杯どうだい？」とわたしは訊いたが、遠慮するのではないかと思っていた。ちらりと時計を見て、お代わりにはもう遅すぎると言うのではないかと。

「いいわ」とローラ・フェイは言った。

わたしはウェイトレスを呼んで、お代わりを注文した。

そのあと、飲みものが来るまで、わたしたちはなんということもないおしゃべりをつづけ、今度は、とくに何にも乾杯せずに、黙ってグラスを合わせた。

「前から訊きたいと思っていたことがあるんだが」と、グラスを置くと、わたしは言った。

「前からきみを知っていたのかい？　わたしの父は。雇う前からきみを知っていたのかな？」

ローラ・フェイは首を横に振った。「いいえ」と彼女は答えた。「知っていたと思っていたの？」

「どうなんだろうと思っていた」とわたしは答えた。「ただ、あまりにも唐突だったから。突然きみを雇ったやり方が。わたしは何年もあの店で働いていた。それから、ある日とつぜん、もう働かないでいいと言われたんだ。だから、当然ながら、いろんなことが起こったあとで、もしかすると、父はきみがあの店で働くようになる前から知っていたのかもしれないと思ったんだ」

「トムリンソン保安官からもおなじことを訊かれたわ」とローラ・フェイは言った。「わたしはあなたのお父さんとはあの店に雇われた日以前には一度も会ったことがなかった、とわたしは答えた。わたしは店に行って、仕事を探していると言ったんだけど、たぶんかわいそうだと思ったんでしょうね。ウディとは別れて、仕事もなかったから」

わたしはかすかに身を乗り出した。「しかし、父は実際のところ人を雇える余裕はなかったんだよ。店はほとんど儲かっていなかったんだから」

「そうね。でも、ダグはお金のことだけを考えているわけじゃなかったから」とローラ・フェイは言った。

わたしはちょっぴりばかにするような笑いをもらした。「うむ、たしかにそのとおりだ。たとえば、あのしゃれたクリスマスの人形だが、あれはかなり高価なものだったのに、輸送や在庫その他の費用を考えると、けっして儲からないほど安い値段だということを父はけっして理解しなかった。わたしは毎年そう言っていたのに、彼にはわからないようだった」

「あら、わかっていたのよ、ルーク」とローラ・フェイは言った。「あの人形では損をしていることを知っていたわ」

「それじゃ、なぜ値段を上げなかったんだい？」とわたしは訊いた。

「グレンヴィルのたくさんの女の子たちがほんとうにすてきなクリスマスの人形をもらえるようにしたかったからよ」とローラ・フェイは答えた。「だから、とても安い値段をつけて、大勢の人が買えるようにしていたの。銀行家や弁護士だけじゃなくて、たくさんの人たちが買えるように」彼女は笑った。「ダグはこどもにはあまかったから」

「このこどもにはそうじゃなかったけど」とわたしは言った。「自分の息子には」

ローラ・フェイはなんとも言わなかった。しかし、沈黙が流れるなかで、それは彼女があまりふれたくない話題だと察したので、わたしはそれ以前の話題に話を戻した。

「しかし、きみを雇ったのは」とわたしは言った。「実際かなりお金がかかったはずだ。必要のない従業員を雇うなんて。なぜそんなことをしたんだろう？」

ローラ・フェイはあきらかに答えるのを躊躇していたが、わたしはさらにしつこく追及した。

「なぜなんだろう？」とわたしは繰り返した。「きみに対する下心がなかったのなら、なぜそんなことをしたのだろう？」

「だれか別の人が欲しかったのかもしれないわ」と彼女は用心深く言った。「あの店にだれかほかの人が」彼女はいちばん近い窓に目をやった。「寒くなってきたわね。雪になりそうだわ」

わたしは天気のことなど話題にする気はなかった。

「なぜ父はほかの人間を欲しがったのだろう？」とわたしは執拗につづけた。「わたしがどんな雑用でも言われるとおりにやっていたのに。ウィンドウを拭いたり、掃除をしたり。頼まれたことはなんでもやっていたのに」

「知ってるわ」とローラ・フェイはそっと言った。「あなたはとてもよく働いていたようね、ルーク。どんなことを言いつけても、あなたはやってくれた、とダグはいつも言っていたわ」

「それなら、なぜわたしを入れ替えたんだろう？」

ローラ・フェイは落ち着かなさそうに椅子の上で身じろぎした。「それは、あなたのやり方のせいだったのかもしれないわ、ルーク」と彼女は言った。「お父さんはそれが気にいらなかったのかも」

「どういう意味なんだい、そのわたしのやり方というのは？」とわたしは訊いた。

ローラ・フェイは罠にはまったような顔をした。わたしの断固たる訊き方から、これ以上はぐらかすことはできないと覚悟したものの、それでもあきらかに答えるのをしぶっていた。

「あなたが彼に感じさせたやり方よ」もはや隠しきれなくなった情報をあきらめて小出しにするかのように、彼女は言った。

「どんなふうに感じさせたと言うんだい？」とわたしは訊いた。

「哀れな男みたいによ」とローラ・フェイは認めた。「人生の落伍者みたいに。人はそんなふうに感じたくはないものよ、ルーク。鈍いとか、不器用だとか、自分が何をやっているのかわかっていないとか。あなたのお父さんはそんなふうに見られたくなかったのよ。とくにあなたからは」

だから、言わんことじゃない。美術館の壁に並ぶ暗いスケッチみたいに、バラエティ・ストアで働いた長年のあいだに、わたしが父に向けたおびただしい批判的なまなざし、ほとんど聞こえないくらいの腹立たしげなため息、ほとんど見えないくらいの首の振り方が目に浮かんだ。そういうすべてがはっきりと伝えていたのだろう。わたしが彼をいかに無能だと思っていたかを。いかに不器用で、いかに下品で、いかに服装がだらしなく、彼のただひとつの人生がいかに退屈で、面倒で、月並みで、通り一遍だと思っていたかを。わたしの評価がいかに過酷であり、父がそれにいかに苦しめられていたかをふいに悟ったことが、わたしの目のなかに表れたにちがいない。というのも、ローラ・フェイの目にそれが映っているのが見えたからである。

「でも、それは変わったにちがいないわ」と、血の流れる傷口を止血する看護師みたいに、彼女は急いで言った。「もしも彼が生きていれば」

もしも彼が生きていれば。

あの夜、わたしがすぐ横に立っていたかのように、ピーナッツ・レーンのわが家のキッチンの窓から銃弾が撃ちこまれる音が聞こえた。父の体が後方へ跳ね上がり、床に投げ出されて、胸から間欠泉みたいに血が噴き出し、そのアーチが心臓の鼓動が弱まるとともに小さくなっていくのが見えた。

「しかし、そうはならなかった」とわたしは静かに言ったが、そう言ったとたんに、奇妙な感覚が体を走り抜けた。かすかになにかが生き返ったような、ごく細い、長いあいだ麻痺していた神経がふいによみがえったかのような感覚が。

ローラ・フェイはわずかに顔をうつむけた。「そうね」と彼女は言った。「そうはならなかったわ」

沈黙がわたしたちを包みこみ、それはそれまでのどの沈黙より長くつづいた。やがて、わたしがさっと、ほとんど気楽な余談の口調で沈黙を破った。「きみがバラエティ・ストアに働きにきた最初の日の午後」

「わたしはきみを見かけたんだ」とわたしは言った。

驚いたのは、この初めて見たときのさりげない回想がローラ・フェイをとても喜ばせたことだった。一瞬、彼女ははるかむかしの、人生にあまり悩みのない時期の自分自身を、まるでむかしの恋人みたいに、思い出しているようだった。

「午後の遅い時刻だった」とわたしはつづけた。「五時ごろだったかな。ほかの店はみんな閉まりかけていた。たぶん、だからきみに気づいたのかもしれない。その時刻にグレンヴィルを歩いている人はほとんどいなかったから」

「わたしはどこにいたの？」こどもみたいにただ無邪気に知りたがっているそぶりで、ローラ・フェイが訊いた。

「通りをすこし行ったところ」とわたしは答えた。「サンフォードとメインの交差点あたりかな」

「サンフォードとメイン」とローラ・フェイは繰り返して、ちょっとした計算をしているようだった。「わあ。あなたは記憶力がいいのね、ルーク。五時ごろだったって言ったわね？」

「そのとおり」

「あれは、もちろん、十二月だったわ」とローラ・フェイ。「そう、十二月の中旬だった。もうすぐわたしの誕生日だったから」今度はもうすこし長く考えてから、つづけた。「五時ごろで、十二月なかばだったとすれば、ほとんど暗くなっていたはずよ。しかも、サンフォード・ストリートはバラエティ・ストアから一ブロック以上離れている」彼女は芝居っけたっぷりに目を細めて、ちょっときつい口調で言った。「だとすれば、どうしてそれがわたしだとわかったのかしら、ルーク？」

彼女は敵対的証人に対する弁護士みたいに質問を発した。あたかもあらゆるレベルでわたしに挑戦するかのように、あきらかに目をキラリと光らせて。その気分の変化が飛行物体のように襲ってきたので、わたしはちょっとふらつきながら、ぎこちなく身をかわすことしかできなかった。

「それは、ええと――」

突然、ローラ・フェイが大声で笑った。激しく噴き出すような、銃身から発射されたような笑い声だった。「あなたは《十二人の怒れる男》を見た？」と彼女は訊いた。「ヘンリー・フォンダが出ている映画で、すべてが陪審室で起こる話なんだけど」

「見ていないと思う」とわたしは警戒しながら答えた。常軌を逸した口調の変化のせいで、ぐらついた感覚から依然として立ち直ろうとしながら。

「法廷ドラマは好きじゃないのかしら？」とローラ・フェイが訊いた。

「とくに好きじゃない」と、ローラ・フェイはなぜこんな奇妙な話題を会話に持ちこんだのだろうと首をかしげながら、わたしは答えた。

「でも、好きになるべきよ、ルーク」とローラ・フェイはわたしに言った。「とっても勉強になるんだから」

「それじゃ、もっと見るようにしたほうがいいかもしれない」とわたしは他人行儀に言った。

「ともかく、あの映画のなかで陪審員たちが考えだすのが、さっきのような疑問点なの」と、映画ファンがお気にいりのシーンを思い出すときの、いかにも無邪気に面白がっているような口調で、ローラ・フェイは言った。「そして、映画の最後では、被告は有罪にはならないのよ。みんなが犯人だと思っていた男は、じつは無罪だったの」彼女は奇妙なくらい愉快そうに笑ったので、ふざけてわき腹を小突かれるんじゃないかという気さえした。「わたしはあの映画のヘンリー・フォンダの真似をしてみただけなの。あの日の午後、あなたが通りで見かけたのがわたしだと、どうしてわかったのか知ろうとしただけよ」

「でも、ほかのだれでありえたというんだい？」ローラ・フェイの突然見せた芝居っけに束の間動揺させられたことにかすかな困惑を感じながら、それでも失地を回復しようとして、わたしは尋ねた。「あの時刻には、通りにはほかにはだれもいるはずがなかった。そうだろう？　それに、きみが来るはずだって父から聞いていたこともあるし」

「わたしが来るはずだって？」

「新しい娘が来るはずだって」とわたしは言った。「あの日の午後、店に来ることになっているって」わたしはすこしだけ自信を取り戻して、ゆっくりと椅子の背にもたれかかった。さっきは突然のことで驚かされたが、ローラ・フェイの法廷ドラマの真似事のなかで、わたしはいまでは平常心を取り戻していた。「だから、きみ以外のだれでありえたと言うんだい？」とわたしは訊いた。

一瞬、わたしたちの視線が絡み合った。それから、ゆっくりと引き下がるように、彼女は視線をそらして、座席のなかでほんのかすかに身をちぢめた。

「もちろん、あなたが見たのはわたしだったのよ、ルーク」と彼女は認めた。「わたしは明るいブルーのスカートに白のブラウスという恰好で、スカートに合わせた色のリボンを首に巻いていた」敵対的な弁護士がいまや個人的な秘密まで打ち明けられる親友になっていた。「あのリボンのことだけど、ちょっとブルーを加えたほうが物を知っているように、仕事の経験とかがありそうに見えるんじゃないかと思ったの」ひどく悲しげな、失望のにじむ笑みを浮かべた彼女は、こなごなに砕け散った夢そのものに見えた。「もしかすると、わたしが大学に行っていて、頭がよくて、教育があるように見えるかもしれないって」

わたしはさっと片手を振って、そういう考えを振り払った。「きみに教育があると思ったら、父は雇わなかったにちがいない」

「雇わなかったにちがいない？」と、ほんとうに驚いている口調で、ローラ・フェイは訊いた。「なぜ？」

「なぜなら、父は教育にはなんの関心もなかったからさ」とわたしは答えた。「わたしが単に教育のために大学に行きたがっているかもしれないとか、地元の田舎大学ではなくて、いい大学に行きたがっているかもしれないとか、父は考えたこともなかっただろう。わたしが本を書きたいと思っているとか、大きな夢をもっているとか、そういうことは考えたこともなかったと思う」

「考えたこともなかった」と、ローラ・フェイは考えこむように繰り返したが、それに反論しようとする気配はなかった。「そうなの」

「実際のところ、父はなにひとつ考えてはいなかった」とわたしはつづけた。父に対するわたしのかつてのきびしい評価がふたたび頭をもたげていた。深いところまで染みこんでいて、いつになっても何度となく浮かんでくる染みみたいに。「自分になにか起こったら、母がどうなるかさえ考えていなかったんだから」

ローラ・フェイは目を伏せた。その罪を悔いているような仕草は自分がやったすべてに対して責任を取ろうとしているかのようだった。「そういうことはなにひとつ起こらなかったんでしょうね」と彼女はそっと言った。「もしもわたしがいなければ」彼女はバラエティ・ストアに雇われたことがもたらした恐ろしい結果を考えているみたいだったが、それから、唐突に、それを別の光のなかに置いてみたようだった。「でも、もっと別の見方をすれば、なんだかおかしいわね、そうじゃない、ルーク？」

〝おかしい〟？

その言葉そのものが、それまでのわたしたちの会話の流れからすれば、葬式に道化師が現れたかのように荒唐無稽だった。

「あっという間に、まわりじゅうがあなたを攻撃しはじめたりするんだから」まるであらゆる悲劇の核心に、予想もしなかった腹の皮がよじれるような滑稽さを発見したかのように、ローラ・フェイは言った。「ずっとなにかをやってきて、自分が何者で、それがどういう結果になるか知っているつもりで、ずっとやってきたのに、あるとき突然、なにもかも変わってしまうんだから」

わたしの心の奥底で、牢番の鍵の束みたいに、なにかがジャラジャラいっている感触があった。

「あっという間に、永久に変わってしまうんだから」と、ローラ・フェイは棘《とげ》のある言い方でつづけた。「橋から転落する車みたいに」

16

〝橋から転落する車みたいに〟と、わたしは頭のなかで繰り返した。ローラ・フェイの言葉が輪縄みたいにわたしの首を締めつけた。そうやって締めつけられながら、わたしは頭のなかで考えていた。こなごなに砕けた窓ガラス、キッチンの床に倒れた父の死体、そしてそのあとに起こったすべて。最初の殺人からジュリアの別れの言葉までなにもかも。**あなたの過去が過去になったら、ルーク、わたしに電話してね。**しかし、どこからそれは、〈ルークの旅路〉ははじまったのだろう？

運命の変わりやすさについて、たとえば自動車事故や飛行機事故で、人生がいかに急変してしまうかについて、ローラ・フェイがしゃべりつづけているあいだ、わたしはそれほど微妙ではなかった自分の人生の変化について考えていた。

もちろん、大きかったのはミス・マクダウェルがハーヴァードという名前を出したことだったが、もしわたしが彼女の言ったことに注意を払わなかったとしたら、どうなっていたのだろう？　バディ・マクファーランドみたいに、わたしになんの能力もなく、野心もなかったとしたら？　初めは母が読んでくれ、のちには自分で読んだ本からなんの影響も受けなかったとしたら？　偉大な人物が存在し、偉大な人物や大いなる出来事について本を書いた人たちがいて、人間の生活の全体像を描き出すことをライフワークとした人々がいることを知らなかったとしたら？

そして、もしもだれかがある時点でわたしを押し止め、わたしの頭を冷やして、物事を客観的に見られるようにしてくれたとしたら、あるいは、ただ一言警告してくれていたら？　だれかが〝気をつけろよ、ルーク〟と言ってくれていたら、どうなっていただろう？

わたしは耳を貸そうとしなかったにちがいない。ローラ・フェイが人生のヘアピン・カーブについて延々としゃべりつづけているいまでさえ、自分が聞こうとしなかっただろうことははっきりしていた。いま、彼女は新しい例をあげながら、世界のグロテスクなほどの偶然性について、大小さまざまな偶発事件について話しており、彼女の口から止めどなく言葉が流れ出ていた。病気、突然死、偶然の出会い、人生の軌道を狂わせるあらゆる予想外の紆余曲折。

いや、わたしは耳を貸さなかっただろう。なぜなら、わたしは夢のような野心と過激な期待の熱に浮かされていたからである。父が新しい娘を雇うことにしたおかげで、バラエティ・ストアでの仕事から解放されて胸を撫でおろしながら、その晩わたしが家に着いたときにも、その熱気はまだ燃えつづけていた。

期待でほとんど息もつけないくらいのありさまで、わたしがドアから飛びこんでいくと、母は皿を洗っていた手を止めた。

「どうしたの、ルーク？」

「ミス・マクダウェル」とわたしは言った。「ミス・マクダウェルと話をしたんだ」

そう切り出すと、わたしはミス・マクダウェルがわたしに言ったことを委細もらさず報告した。わたしには才能があり、ハーヴァードに行けるかもしれず、奨学金さえ取れるかもしれないこと。わたしには進むべき道があり、その道はいつかわたしの夢の実現へつながるかもしれないこと。そういうすべてがわたしのなかから迸《ほとばし》り出て、あたりにあふれ、わたしの母を呑みこんだ。わたしの言葉の一言ひとことを母がしっかりと吸収し、この夢を共有して、ふたりで団結してそれを追求するつもりであることが、その目のなかに読みとれた。

やがて、わたしがすべてを話しおえると、母は流しから離れて、わたしを腕のなかに引き寄せた。「あなたはもう出発しているのよ、ルーク」と彼女は言った。そして、わたしの大いなる野心を封じこめるかのように、わたしにまわした腕に力をこめ、そうやってかたく抱擁したまま、それ以上はありえないほど重みのあることを言った。「どんなことがあってもあきらめるんじゃないよ、ルーク。どんなことがあってもけっしてあきらめるんじゃない」

そのあとも、わたしたちはいつまでも話しつづけた。わたしがボストンへ行くときのバス、住むことになるだろう学生寮、できるにちがいない新しい友人たち。話しているうちに、わたしの将来が温室の花みたいにひらいたが、やがて、ライフルの銃撃みたいに凄まじい音を立てて、父が到着し、ズシズシ歩いてくる姿が見えた。父は裏のポーチを横切って、裏庭に面した大きな窓の前を通ったが、裏庭には数週間前に彼が積み上げた、ふぞろいなコンクリートブロックの山ができていた。

「ああ、ダグ」と、わたしを放して、父のほうを向いた母が言った。「ルークはハーヴァードへ行くのよ。先生のひとりが奨学金が取れると言ったんですって」

「それはよかった」と父は言って、ちらりと笑みを浮かべたが、すぐにそれを忘れたように、あたりに漂う匂いを嗅いだ。「ジャガイモか」と彼は言い、顔に笑みがひろがった。

「どんなふうに料理しているんだ、エリー?」

「わたしの言ったことが聞こえたの、ダグ?」と、母は強い口調で言った。「ルークがハーヴァードへ行くのよ」

ハーヴァードが何を意味するのか、父によくわかっていないのはあきらかだった。事実、彼が言ったことからすれば、わたしがそこへ行けるのは才能ではなく、単に運がよかったからで、四枚目のエースを引いたようなものらしかった。

「ほう、それは運がよかったじゃないか」と父はわたしに言った。

「ルークがとても優秀だからよ、ダグ」と母が彼に教えた。「運とは関係のないことよ」

そう言われてようやく、父はもっと違った反応をすべきだったこと、この知らせを聞いてもっと感激すべきだったことを悟った。それでも、どんな反応を期待されているのかさっぱりわからないのは明白だった。

「ルークがすごく優秀だからか、なるほど」と彼は繰り返した。彼はわたしのほうを向いて、バラエティ・ストア用の笑みを見せた。「そうだな」と彼は言った。「優秀だからだ、ルーク。運がよかったからじゃない」

「だから、人生について考えるときには、運を考慮に入れる必要があるのよ」と、人生の苦難について延々と語ってきた最後に、ローラ・フェイは宣言した。「もちろん、努力もしなくちゃならないけど」と彼女はつづけた。「アーノルド・パーマーが言ったことを忘れないことね」そこで彼女はふいに口をつぐんだ。「だれだか知っているでしょう、ルーク？　アーノルド・パーマーって？」

「ゴルファーだろう」と、わたしは半分あてずっぽうで答えた。

ローラ・フェイは、この一片の知識をたがいに共有していることが、おなじ自然科学の分野に興味をもっているふたりみたいに、わたしたちの結びつきを強めることになると考えたようだった。「そう、ゴルファーよ、そのとおり」と彼女はうれしそうに言った。「彼が言った有名な台詞がオリーの口癖だった。でも、この場合、言ったのはほかのゴルファーだったかもしれないわ。だから、実際にそう言ったのはサム・スニードか、ボビー・ジョーンズだったかもしれないけど、ともかく、有名なゴルファーだった」

「それで、その有名なゴルファーのひとりが具体的には何と言ったんだい？」とわたしは訊いた。

「ゴルフは運のゲームだけど、練習をすればするほど、運がよくなるものだって」この引用――あるいは、それをわかりやすく言い換えたもの――を自分の知的兵器庫に保有していたことを彼女が喜んでいるのはあきらかだった。「そのとおりでしょう？　そうは思わない、ルーク？」

「うむ、そのとおりだと思う」

ローラ・フェイは自分の飲みものを一口飲んだ。「でも、あなたは一度も運に頼ったことはなかったんでしょうね？　それが最良の態度なのよ。運に頼ることはできないんだから。欲しいもののためには努力しなきゃならないんだから」

運命の女神からの激しい攻撃についての話、運によってもたらされる善や悪についての話はそれで終わったらしく、そこからわたしたちの会話の焦点は哲学から伝記へ、偶然のいたずらから努力の結果へと移っていった。

「あなたは奨学金のためにものすごく懸命に勉強したんでしょう、ルーク？」とローラ・フェイが訊いた。「それを取ることが、あなたの将来全体への鍵だったから」

「ああ、猛勉強したよ」とわたしは言った。

実際、わたしはそうしたのだ。

優秀な成績を保たなければならなかったし、エッセイを書き、申請書類に記入し、推薦状を確保しなければならなかった。わたしはグレンヴィル市長にまでわたしのための推薦状を書いてもらった。これだけ高い地位の公務員からの推薦があれば、ハーヴァードの入学審査や奨学金審査委員会に影響があるのではないかと、愚かにも考えたからである。

「でも、母が手伝ってくれた」とわたしは付け加えた。

母はこの作業に全精力をそそいで、夜遅くまで書いたり書きなおしたりしてくれた。何度も何度も草案をつくって、そのあいだずっと細心の注意をはらい、どんなにささいな文法的なポイントも見逃さず、わたしのエッセイにあれこれのディテールを採り入れるように提案したり、文章が完璧に明瞭かどうかを確かめてくれた。母はわたしのエッセイのタイトルまで考えてくれたのだった。「時の感触――歴史がいかに感じられたか」

「それは滑稽なほど壮大な野心だった」とわたしはローラ・フェイに白状した。「奨学金をもらってハーヴァードへ行くなんて。わたしのエッセイまでが仰々しかった。でも、わたしの考えは理解してもらえた。わたしが読者に感じてもらいたかったのは、人々が畑や平原でどんなふうに感じていたか、彼らに吹きつけた風やジリジリ焼けるような太陽、歴史の具体的な手ざわりだった」

ローラ・フェイはうなずいた。「つまり、ふつうの人々がどんなふうに感じていたかということね」と彼女は言った。「たとえば、働いているときに」

「そう。その感触そのものなんだ」とわたしは言った。「機械のレバーとか。鍬《くわ》や箒《ほうき》の取っ手とかの」

わが若き日の野心のばかげた不可能な仰々しさがわたしに重しみたいにのしかかってきた。「無茶苦茶なアイディアだった」とわたしは認めた。「歴史ではなくて詩みたいなものだった。しかし、それは母のせいではなかった。ぼくがあのエッセイを書くために、母はどんなことでもやってくれた。それから、いっしょに郵便局まで行ってくれて、そういうすべてを発送した。入学願書。奨学金の申請書。そういうすべてを」

「お母さんが最大のサポーターだったのね」とローラ・フェイが言い放った。

「ただひとりのサポーターだったんだ」とわたしは言った。

わたしの答えが両刃の剣であり、こう宣言することで、わたしに注目し、わたしを信じ、わたしの若き日の夢を追求するようにうながしてくれた人々のなかから父を除外したことを、ローラ・フェイははっきりと見て取った。

「母はわたしとおなじくらい一生懸命やってくれた」とわたしはつづけた。

そして、それは成果をあげたのだった。

はるかな歳月を経て初めて、わたしはあの大成功の高揚感を、実現しかけた夢のきらめきを思い出した。

その封筒が到着したのは四月だった。わたしはすでに数週間前から郵便物をチェックしていた。父がペンキのしたたる不恰好な文字でファミリー・ネームを書きつけた、くたびれた古い郵便受けの暗い口に、何度も手を差しこんでいた。そして、たくさんの請求書をめくったものだった。電気、ガス、住宅ローン、さらに、いまでは自宅に請求書を送ってくるようになっていた、バラエティ・ストアの数多くの得体の知れない債権者たち。

だが、突然、そういう世俗的な要求の束のなかに、弁護士事務所のレターヘッドの付いた手紙と第四種郵便の芝刈り機の広告のあいだに、それが挟まれていた。〈ハーヴァード大学〉

それは薄っぺらな封筒ではなかった。ミス・マクダウェルによれば、不合格の場合だけが薄い封筒だということだった。

合格だった。合格したことはすぐにわかった。

わたしは身震いしたか？　震えたりはしなかったような気がする。しかし、強烈な満足感がわたしの体を走り抜け、それに押されるようにひび割れたコンクリートの通路を歩いて家に入った。母はいつものように仕事をしていた。このときは裁縫道具を手にして、父のどうしようもなく汚れたフランネルのシャツのひとつを繕《つくろ》っていた。「母さんがあけるべきだと思うんだ」

「来たよ」とわたしは言って、まだあけてない封筒を渡した。

手のなかから父のシャツが滑り落ちたが、母は封筒を受け取ろうとはしなかった。「なぜ自分であけないの、ルーク？」

「これはぼくのであるのとおなじくらい母さんのものでもあるからさ」とわたしは言った。

母はわたしの手から封筒を受け取って、封を切り、その最初の行を読みだした。〝この度は、大変悦ばしいことに……〟

母は結局最後まで読めずに、泣きだしてしまった。

ホテルのラウンジでのヒリヒリするような一瞬、母と共有したその勝利の記憶が、〝ルーク、わたしはほんとうにあなたを誇りに思うわ〟と言ったときの母の涙声が、そういうすべてが、その後に起こったどんなことにも劣らずリアルに感じられた。わたしを誇りに思う母のあふれるばかりの喜び。畏れ多いほど深いやさしさ。自分の内心の声にしたがって、わたしをグレンヴィルから脱出させ、北部へ行かせて、教育を受けさせ、偉大な本を書けるようにするためには、どんなことでも、ほんとうにどんなことでもしてくれるつもりだった母。

記憶によみがえったその瞬間の昂揚がいまだつづいているかのように、その日そのあと、自分が喜びにみちた夢想状態でずっとふわふわしていたことを思い出した。わたしはボストンへのバスの旅路を想像して、その途上目にするはずのワシントンのナショナル・モールやニューヨークの伝説的なスカイライン、そのほかのいろんな場所を目に浮かべた。ハーヴァードのキャンパスをぶらつく、いつも小わきに本を抱えている自分。真剣で確固たる信念をもつ賢者の卵。このばかげた空想では、教授たちはみな蝶ネクタイをして眼鏡をかけており、クラスメートたちはハンサムな青年と美しい女性ばかりで、教授も学生もそろって輝かしい卓越したなにかを追求しているのだった。われら少数者たち、われら特権的な少数者たち、われらひとにぎりの同胞たち。

その長い一日のあいだ、わたしは事実上グレンヴィルの味気ない通りからはるか上空に舞い上がっていた。わたしの将来はもはやその通りに引きずり下ろされることはなく、その鉛のような重さに押しつぶされることはないという気がしていた。デビーの家に行ったころには、わたしの背中には翼が生えていた。

「そう」と、わたしの手からその封筒を渡されると、彼女は言った。中身を読むまでもなく、わたしがどんな知らせをもってきたのかはすぐにわかった。わたしの顔が光り輝いていたからである。「合格したのね」と彼女はつづけた。

「そうだよ」

彼女は手紙を読んで、それからわたしの顔を見た。目がキラキラ光っていた。「よかったわね、ルーク」と彼女は言った。「ほんとうによかったわ」

もちろん、彼女はそれが何を意味するか知っていた。彼女のキラキラ光る目が現実を物語っていた。

「いつ出発するの？」と彼女は訊いた。

「まずその前に、奨学金を取らなくちゃならないんだ」とわたしは彼女に言った。

彼女は手紙をわたしに差し出した。「あなたなら取れるわよ、ルーク」と彼女は言った。

ふいに、彼女が望んでいたが、けっして口に出さなかった、ありえない将来のことがちらりと脳裏をよぎった。わたしたちの関係を秋の枯れ葉とともに舞い散る運命にある、ありふれた高校生同士のロマンスにはしたくないという彼女の思い。彼女はふたりの関係が深化して成熟し、わたしが彼女を愛するようになって、いっしょに連れていくのはむりだとしても、少なくとも、帰るまで待っていてくれと言ってほしいと思っていた。ほかの少年たちが戦争に行くみたいに、わたしがハーヴァードへ行くのを見送りたい。そして、勝利を勝ち取った暁には、戻ってきて彼女を自分のものだと主張してほしいと思っていた。わたしが大学の願書に記入し、エッセイを書き、奨学金を申請するあいだ、彼女はそういう期待を抱いていたし、それが実現する可能性が低くなり、ついには消えてしまっても、彼女の思いはむしろ強烈なものになっていたにちがいなかった。

「なにもかもあなたの望みどおりになるでしょう」と彼女はつづけた。入学許可の手紙がふたりのあいだに宙吊りになったその瞬間、彼女は陥落必死の城砦で、遠くに敵の大軍が集結するのが見え、もはやどんな希望もないにもかかわらず、最後まで抵抗しようとしている人みたいに見えた。「なにもかもあなたの望みどおりに、ルーク」

その瞬間、デビーの胸にはさまざまな思いが渦巻いていたにちがいないが、それにもかかわらず、彼女はわたしにはなにも要求しなかったし、なにも期待していないように見えた。彼女は「あなたのことはけっして忘れないわ、ルーク」と言っただけだった。

「ぼくもきみのことは忘れないよ」と、彼女を腕のなかに引き寄せて、わたしは言った。

しかし、わたしは忘れてしまった。

17

「デビーと連絡を保っているべきだった」と、現在に戻ると、わたしは言った。「彼女は……忘れられてしまったと感じたにちがいない」

わたしが唐突にわたしたちの会話の以前の地点に逆戻りしても、ローラ・フェイはすこしもあわてなかった。たぶん、たびたび横道にそれるこういう会話に慣れているのだろう。

「デビーはいい娘だったわ」と彼女は言った。「とても心やさしい娘だった」彼女は肩をすくめた。「でも、人はいつのまにか離れていくものでしょう、そうじゃない、ルーク？」

わたしはジュリアのことを考えた。彼女はなんとか連絡を保とうとしているのに、自分がどんどん彼女から離れていこうとしていることを。彼女はいまでもちょっとしたニュースを知らせる手紙をくれた。自分のアパートに新しい家具を入れたとか、特別な親しみを抱くようになった患者がいるとか。

「でも、あなたはデビーとか、グレンヴィルの人たちとは連絡を保ってはいられなかったのよ」とローラ・フェイは断言した。「自分のことに集中しなければならなかったから、そうでしょう、ルーク?」

「そう」とわたしは言った。「わたしは集中しなければならなかった」

画面がスクロールするように、ハーヴァードに合格したあとの日々が脳裏に浮かんだ。まもなくグレンヴィルを出ていくことが確実になると、それ以外のことはなにも考えられなくなった。希望はしばしば魔法みたいに非現実的なものを産み出すものだが、わたしは自分の将来が花ひらき、本を書いて、称讃され、賞を受ける様子を思い描いていた。

出発を見越して、わたしは新しい服を買った。ほとんどはカジュアルなものだったが、ダークスーツと何枚かのワイシャツ、地味なくすんだ色合いのネクタイも二本買っておいた。グレンヴィルに一軒しかない委託販売店で、真鍮の金具のついた古い革製スーツケースを見つけた。革に疵があり、真鍮の部分は擦りきれていたけれど、ある長い午後のあいだじゅう、わたしはそれをいろんな場所に持っていくところを想像した。ゲティスバーグやリトル・ビグホーン、ローウェルの工場やアイオワの農場。この旅行鞄はアメリカ国内だけではなく、フィヨルドや熱帯雨林にまで行くことになるかもしれない。青い洞窟や砂漠の荒野を見ることになり、世界を知ることになるだろう。そして、その世界を——わたしがまだ知らないなんらかのやり方で——描写したあとは、その大いなる旅路の象徴として、わたしの生涯の仕事を記念する貴重なものになるだろう。滑稽にも、わたしはそれがどこかの博物館のガラスケースのなかに陳列されているところさえ想像した。リンドバーグの空っぽの飛行服みたいに、歴史そのものが刻みこまれた展示品として。

「動機が鍵なんだって」とローラ・フェイが言った。「むかしオリーに言われたわ。動機づけが必要だって」

いきなり思考の流れを遮断されて、わたしははっとして、あわてて口ごもった。「失礼。何と言ったんだい？」

「動機が鍵だということよ」とローラ・フェイは平然と繰り返した。「オリーから教わったの」

先ほど入ってきて、羊歯の葉陰に坐っていた男が、やけに大きな音を立てて咳払いした。わたしはちらりと目をやったが、緑の葉で分断され、再配置された、おぼろげな横顔がかろうじて見えただけだった。

「何の鍵？」と、ローラ・フェイの顔に視線を戻して、わたしは訊いた。

「すべてのよ」とローラ・フェイは言った。「もちろん、オリーがそう言ったときには、殺人事件のことを話していたんだけど」

「殺人事件？」ベッドルームの窓のすぐ外からカサコソいう音が聞こえたかのように、気がかりな電流がわたしの背筋を走った。

「そう、殺人よ」とローラは答えた。「オリーが教えてくれたのは、動機が見つかれば、犯人を見つけられる可能性が大きいということなの」彼女はさらになにか付け加えようとしたが、途中でやめて、わたしの顔を訝しげに見つめた。「ちょっと前に、あなたは何を考えていたの？」と彼女は訊いた。「なにか熱心に考えている顔をしていたけれど」

彼女が話を以前の話題に引き戻したので、わたしは内心ほっとした。「自分がどんなふうに集中していたかってことを考えていたんだと思う」とわたしは答えた。「ハーヴァードへ行くために、という意味だけど。奨学金を獲得するために」わたしは肩をすくめた。「結局は、奨学金はもらえなかったんだけど」

「奨学金がもらえなかった？」とローラ・フェイは聞き返した。彼女は驚くと同時に妙に納得したような顔をした。予想外であると同時にひそかに謎を解き明かすニュースを聞かされた人みたいに。「それはショックだったでしょう」

「そう、ショックだった」とわたしは言った。「それに多くが、実際のところ、すべてがかかっていたんだからね。わたしの将来全体が。奨学金なしには、ハーヴァードに行ける手立てはなかったから」

「そうね。でも、あなたはハーヴァードへ行った」と、わたしに自分の幸運を思い出させるかのように、彼女は言った。それから、LA検視官事務所のバッグを椅子の背からぐいと外して、わたしの本を引っ張り出すと、数年前にジュリアが撮ってくれたわたしの小さなモノクロ写真の下に略歴が記されているページをひらいた。「ほらね」彼女は本をまわしてわたしのほうに向けたので、わたしは自分自身の困惑した目と目を合わせることになった。「ハーヴァード大学学部および博士課程修了」

「そうさ」とわたしは言って、本の向きをもとに戻した。「しかし、しばらくはまったく望みがなくなったと思えた」

「そうね。そうだったんでしょうね」とローラ・フェイは言って、ピシャリと本を閉じると、バッグのなかにしまいこんで、それをふたたび椅子の背に戻した。バッグは毛皮みたいにだらりとぶらさがった。「それはいつわかったの、ルーク？　奨学金がもらえないということは？」

わたしはその瞬間をはっきりと覚えていた。

二通目の手紙が来たのは最初の手紙の二週間後で、今度はまったく異なる書き出しだった。〝大変残念ながら、本学は……〟

わたしは読んでも信じられず、あまりにも明瞭かつ簡潔に述べられている恐ろしい事実が受けいれられなかった。ルーカス・ペイジに奨学金が与えられないなんて。

ほんの二週間前にもそうしたように、わたしはその今回はまったく異なる知らせを母のところへ持っていった。母は庭仕事をしているところだった。

かすかなうめき声をもらして立ち上がると、母はわたしのほうに振り向いたが、その瞬間、わたしの顔に恐ろしい苦悩を見て取った。

「どうしたの、ルーク？」

わたしは手紙を渡して、「奨学金が取れなかったんだ」と言った。

母はその手紙を読んだ。黙って読んで、読みおえてからもしばらくは黙ったままだった。わたしに言う適当な言葉を探しているのだろう、とわたしは思った。すこしでもわたしを元気づけられる、わたしの目のなかの絶望の大波に対して、たとえどんなにもろくても、多少は支えになる言葉を。やがて、母は「ああ、ルーク」と言うと、芝生用椅子《ローンチェア》にどすんと腰をおろした。

それは聞いたことがないほどやさしい声だったが、わたしの内側のすべてを焼き尽くす炎を鎮めるにはなんの効果もなかった。すべての希望が失われたわけではないとか、わたしの大いなる野心を実現するほかの方法があるかもしれないとか、この焼けつくような瞬間に、わたしの永遠の破滅が宣告されたわけではないと考えることはすこしもできなかった。

母はそういうすべてを見て取ると、即座にわたしの内奥でガラガラ崩れかけているものを支えようとした。

「もしかすると方法があるかもしれないわ、ルーク」と母は言った。

「方法？」

「それでも行ける方法が」

「どんな？」

「わからないけど」と母は認めた。「お父さんに相談してみましょう」

それほどばかげた提案はないだろうと思ったが、深い絶望の底に沈みこんでいたわたしは、たとえ藁《わら》にでもすがろうとせずにはいられなかった。

父は二時間後に帰ってきた。袋に詰めて担いできた焚きつけをいいかげんにガレージに放りこんでから、母とわたしが陰鬱な顔をしてキッチンテーブルの前に坐っているところへドスドスと入ってきた。

「夕食は何だい、エリー？」コンロにつかつか歩み寄ると、そこにあった鍋のふたをあけて、覗きこんだ。

「まだ夕食の支度はしていないのよ、ダグ」と母が言った。

非常に奇妙なことになっていると父が思ったのはあきらかだった。彼は鍋のふたを戻して、「そうか」となんだかまごついているようないつもの口調で言った。それから、母とわたしのほうを振り向いて、わたしたちがひどく不安な顔をしているのを見て取った。

「どういうことなんだ？」と父は訊いた。

「ルークが奨学金を取れなかったの」と母は力なく言った。

「ほう、そうなのか？」と父は聞き返して、わたしに向かってうなずいた。「よし、それじゃ、こう言われているのを知っているな。前進が困難になっても、タフ《タフ》な男は前進する」

「どういう意味なの、それは？」とわたしが訊いた。

「計画を変えなければならないという意味だろうな、ルーク」

わたしは陰鬱なため息をもらした。「たとえば、父さん？」

「たとえば、どこかほかの大学へ行くとか」と父は言った。

「どこかほかの？」

父はうなずいた。「そう、どこかほかのさ。この近くの大学とか」

「たとえばどこ？」

「まあ、たとえばジュニア・カレッジとかだな」と彼は答えた。「山の上にあるようなやつさ」

わたしの耳のなかにミス・マクダウェルの声が鳴り響いた。〝わたしはどこかの田舎大学の奨学金のことを言っているんじゃないのよ〟

「マウンテン・コミュニティのこと？」とわたしは大声で言った。「あんなの田舎大学《カウ・カレッジ》じゃないか！」

「カウ・カレッジ？」と父は訊いた。あきらかにそんな言い方は聞いたことがなかったらしく、説明をもとめるように母の顔を見た。

「マウンテン・コミュニティになんか行くものか！」とわたしは叫んだ。

「どうして駄目なんだ?」と父が訊いた。「バディ・マクファーランドはあそこへ行くんだぞ」

「バディ・マクファーランドだって?」とわたしは悲鳴のような甲高い声で言った。

「そうか。わかったよ」と父は口ごもり気味に言った。「それなら、またバラエティ・ストアで働いてもらってもいい」彼の顔に大きな笑みがひろがった。「店の名前を変えてもいいぞ。〈ペイジと息子のバラエティ・ストア〉って」

そのとき、わたしは思った。〝それが父の望みなんだ。ずっとそうなることを望んでいたんだ。ぼくがなにごとかを成し遂げ、何者かになるのをあきらめることを。ぼくも……彼みたいに、何でもないものになればいいと思っていたんだ〟

その瞬間、父に対してずっと感じていた軽蔑心が、父に認められたいというひそかな願いの残滓《ざんし》とともに、激しく燃え上がる憎しみになった。

「ぼくはここを出ていくよ」とわたしは嚙みつくように言った。「もう我慢できない」

わたしは椅子からさっと立ち上がって、荒々しく家を出ていった。夜のなかへ、うちのおんぼろフォードが置いてある薄暗いガレージのほうへ。

「どこへ行くの、ルーク?」と、母がキッチンの窓から叫んだ。

「遠くへ行くだけさ」とわたしは振り向きもせずにどなった。

わたしはそうしたかった。ただどこか遠くへ、とても遠くへ、果てしもなく遠いどこかへ行きたかった。だれもわたしを知らない場所へ、わたしが何を考え何をしているかだれも気にかけず、わたしの望みのない望みになどだれもこれっぽっちも興味をもっていない場所へ。

18

「あなたのお父さんはあなたが奨学金を取れなかったとは言わなかったわ」とローラ・フェイは言った。彼女は依然として驚いているようで、決定的な証拠を知らされなかった捜査員みたいに、その事実を知らされなかったことで裏切られたような顔をしていた。

「わたしにとってそれがどんなに重要なことか、父にはけっして理解できなかったからさ」とわたしは説明した。ふたたび父に対する憤りが硬化して、わたしはその殻に包みこまれるような気がした。「それなしにはハーヴァードに行けないことが」わたしは肩をすくめた。「もちろん、そもそも、わたしがなぜそこに行きたがっているか理解できなかったんだけど」首を横に振って、「さもなければ、マウンテン・コミュニティなんて言いだせるわけがないんだから」。

ローラ・フェイに向かってそういうすべてを語る気になったのは、じつに奇妙なことだった——奨学金が取れなかったことや、それに対する父の反応、荒々しい足取りであの古いおんぼろフォードに向かったとき、わたしがとらわれていた憤激に至るまで語るなんて。

しかし、物語のこの部分については、わたしは現実に起きたことだけしか語らないように注意した。じつは、わたしの憤激はその後何週間もつづいたのだが、それは仄めかしもしなかった。実際のところ、そのとき以降、わたしは父に対して二度と愛情ややさしさをこめた言葉をかけたことがなかった。わたしたちのやりとりはせいぜい肩をすくめたり、ちらりと目を合わせたりするくらいで、わたしのほうからは憎々しげにそうするだけだったので、しまいには父も無関心になり、最後の何日かは、わたしのことはまったく目に入らないように振る舞っていた。

「あなたはかなり自棄になっていたにちがいないわ」とローラ・フェイが言った。「そんなに激しく望んでいたものを失えば、だれだって頭がどうかしてしまうもの」

「そう、そうだったかもしれない」とわたしは認めた。

「そういうときには気をつけなければならないのよ」とローラ・フェイはつづけた。「《ドクター・フィル》という番組で見たことがあるんだけど、そこに出てきた人が言っていたわ。先を読んで行動《プロアクティヴ》しなければならないんだって。もちろん、この言葉は知っているでしょう?」

わたしはうなずいた。

「大きすぎるプレッシャーにさらされていると感じるときには、先を読んで行動する必要があるのよ」とローラ・フェイはつづけた。「なんとかしなければ、爆発してしまうというようなときにはね。あなたはそんなふうに感じていたんじゃない、ルーク？」

「そう、たしかにそんなふうに感じていた」

そう認めると、ローラ・フェイはそれを告白と受け取ったようだった。心のなかで組み立てていたジグソーパズルのひとつの切片があきらかになったかのように。

「それで、その夜、家を出たあと、どうしたのかしら？」とローラ・フェイが訊いた。

そう質問したとき、彼女の口調は会話から取り調べのそれに変わっていた。まるで警察の捜査の時系列に沿った行動《タイムライン》の一覧表のようなものを作ろうとしているかのように。その複雑さと相互参照のやり方もたぶんオリーから教わったにちがいなかった。

「わたしはドライブに出かけた」と、なにも恐れず率直に答えていることを強調して、わたしは言った。「最後にはデビーの家に行ったけど」

もちろん、デビーはわたしを見て驚いた顔をした。一目わたしを見ただけで、なにかひどく悪いことが起こったことを悟ったのだ。

「どうしたの、ルーク？」と彼女は訊いた。

「乗れよ」とわたしは言った。「ともかく乗るんだ」

彼女は言われたとおりにした。数分後、まだ一部残っていたかつての鉱山道路に入ると、そのポンコツ・フォードの後部座席で、わたしは彼女と激しく乱暴にセックスした。一突きごとにもっと深く、もっと激しく、怒りに駆られて、愛も歓びもなく、彼女の気持ちを気にもかけずに、強姦するようなセックスをした。彼女の目にひどく不安そうな光が浮かんでいることに気づいたのは、体を離したあとだった。

「ときどき、あなたが怖くなるわ、ルーク」と彼女はささやいた。

その記憶の寒々とした空気を振り払うと、わたしは目をしばたたいて、ローラ・フェイの顔をしっかりと見つめた。「わたしたちはドライブに行ったんだ」とわたしは彼女に言った。「デビーとわたしで。ディケイター・ロードへ」

「ダグが殺された晩にあなたが車で出かけたのとおなじ場所ね」とローラ・フェイが言った。

「どうして知っているんだい？」

「あなたが言ったのよ、たしか。それに、トムリンソン保安官からも聞いたと思うわ」とローラ・フェイは軽い口調で答えた。「スピードを出していたんでしょうね、もちろん。そんなふうに動揺していたのなら」

わたしは数週間後におなじ道路を走ったときのことを思い出した。デッド・マンズ・カーブの橋に近づいたとき、デビーは恐怖に目を見ひらいた。

「ああ、スピードを出していた」

「でも、デビーがあなたを落ち着かせたにちがいないわ」

ふたりで話をしたとき、デビーがそういうすべてを語り、ローラ・フェイはいまその事実を再確認しようとしているのだろうか、とわたしは思った。

「そう、そうだった」と、事実からできるだけ離れないように注意しながら、わたしは言って、それからワインを一口飲んだ。「ともかく、しばらくいっしょにドライブしてから、わたしは家に帰った」

わたしはグレンヴィルの家へ帰った。その途中、バラエティ・ストアの前を通ったが、驚いたことに、父の配達用のヴァンが店の前に停まっていた。店内の明かりはすっかり消えて、奥の倉庫から一筋、細い光がもれているだけだった。それを思い出すと、わたしはここでしか答えを聞けない質問をせずにはいられなかった。

「きみは夜まで父といっしょに店に残ったことはなかったのかい？」とわたしはローラ・フェイに訊いた。「店を閉めてから、という意味だけど」

ローラは首を横に振った。「いいえ」彼女はわたしがその答えを信じていないと思ったようだった。「それはなかったわ、一度もね、ルーク」それからさらに強調するようにつづけた。「わたしたちがいっしょにいたのは」彼女は身を乗り出して、声をひそめた。「店でだけだったし、やったのは仕事だけだったのよ、ルーク。仕事だけだった。いっしょにやったのはそれだけよ」

「どういう意味だい、仕事だけだって？」

「仕事しかやらなかったということよ、ルーク」ローラ・フェイはきっぱりと断言した。

「ウディが遺書に書いたようなことはやらなかったの」

わたしは心の底でなにかが崩れかけるのを感じた。崩れかけはしても、まだなんとか持ちこたえてはいたけれど。

「きみが言っているのはきみとわたしの父は一度も……？」とわたしは訊いた。

「わたしが言っているのは、あなたのお父さんとわたしのあいだにはそういうことはなかったということよ」とローラ・フェイは議論の余地を残さずに断言した。「たとえウディがあの遺書に何を書いたにしても、彼がそう書いたという理由で、トムリンソン保安官やグレンヴィルのほかの人たちがどう思っていたにしても」

わたしは彼女の顔をじっと見つめた。わたしが驚かされたのは、彼女がそれを否定したからだけではなく、そのときの彼女があまりにも真摯《しんし》に見えたからだった。その真摯さを見て、わたしはそれがほんとうなのかもしれないという恐るべき事実に思い至った。

「ウディは自分が書いたとおりのことを信じていたんだと思う」とローラ・フェイは言った。「でも、彼は勘違いしていたのよ。あなたのお父さんとわたしは、仕事以外にはなにもいっしょにやったことはなかったの」

わたしは父が解体したダンボール箱で作ったベッドを、テントみたいにその上に合板を差し掛けて、閨房の屋根にしていたことを思い出した。

「しかし、彼が作ったあの小さな寝室はどういうことだったんだろう？」とわたしは用心深く訊いてみた。「あそこできみと――」

「どんな寝室のこと？」

「倉庫にあったやつさ」とわたしは答えた。「ダンボール箱の上にシーツを掛けて、その上に合板を渡して、差し掛け小屋みたいにしてあった」

ローラ・フェイは、わたしが何のことを言っているのかさっぱりわからないという顔をした。

「ある晩、わたしは倉庫へ行った」とわたしは説明した。「母が病院に運ばれて、パジャマが欲しいというので、バラエティ・ストアの裏の倉庫に取りにいったんだ。そのとき、壁に合板が立てかけてあるのを見つけた。内側にダンボール箱が重ねてあった。解体したダンボール箱が。それにシーツがかぶせてあった」

ローラ・フェイはわたしをじっと見つめていた。雲のなかになにかの形を見分けようとするかのように。疾走する馬か、帆船か、彼女には見えないけれど、わたしが見せてくれるかもしれないものを。

「ベッドだった」とわたしは強調した。「あるいは、少なくともベッドみたいなものだった。ともかく、それはいかにも父が作りそうなものだった。ばらしたダンボール箱を重ねてシーツをかぶせ、その上に古い合板を差し掛けて――」

突然、ローラ・フェイがショッキングなほど激しく笑いだして、わたしをギョッとさせた。「ああ、あれ！」と彼女は叫んだ。「そう言えば、思い出したわ。テントみたいなやつでしょう」彼女はふたたび耳障りな笑い声をあげた。「あれはベッドなんかじゃないわ、ルーク。ベッドですって？　あなたはあそこでわたしたちが……」彼女はほとんど荒々しいほどの勢いで首を横に振った。「あなたのお父さんはいつもあんなふうにして、片付けたつもりになっていたのよ。なんでもあたりに散らかしたまま、知ってるでしょう？　そうね、ただ古いダンボール箱があったから、その上にシーツを投げ出しておいただけだと思うわ。それをあなたが見つけたのよ。彼はわたしたちのためにベッドを作ったりはしなかったわ」彼女はふいに笑いをぐっと抑えこむと、わたしの顔をじっと見て、「なぜなら、わたしたちはいっしょにベッドに入ったことはなかったからよ」と冷ややかに断言した。濡れ衣を着せられていた人が、事実を、すべての事実を、事実のみを語ることによって、陪審員を納得させようとするかのように。「いまだかつて」と彼女はおごそかに付け加えた。「ただの一度も」

わたしはそれを信じなかった。信じられなかった。自分の青春時代にただ一度だけ経験したこのうえなく強烈な、人生を揺るがしたイメージが蜃気楼のようなものでしかなかったなんて、その瞬間には、とても信じられなかった。

「それじゃ、あのプレゼントはだれのためだったんだ？」とわたしは詰問した。

ローラ・フェイは、わたしがいきなりラテン語でしゃべりだしたかのように、狐につままれたような顔をした。

「あの……構造物の内側にあったんだ」とわたしは言った。「ピンクの包装紙で包んだ小さな箱で、青いリボン飾りがついていた。小さいカードがあって〝最愛の人へ〟と書いてあった。あれはきみのためじゃなかったのかい?」

ローラ・フェイのまなざしに言いようのないやさしさがにじんだ。「いいえ、ルーク」と彼女は言った。「あれはあなたのお母さんのためだったのよ」

わたしは信じられないという顔をした。それを見ると、彼女はさらにこれが証拠だと言わんばかりにひとつの事実を付け加えた。

「彼はお母さんのために小さなダイヤの指輪を買ったの」と彼女はわたしに告げた。「婚約したときにあげられなかったから。もう一度結婚の誓約をするつもりだ、とお父さんは言っていたわ。結婚したトレントンにお母さんを連れていくんだって。二度目の結婚式をするために。そういう計画だったのよ。それは大きな秘密なんだって言っていた。わたしに指輪を見せてくれて、あの日、お母さんがお昼を持ってくるときに見つからないように、隠しておくと言っていたわ」

「いつのことだい?」

「お父さんの誕生日だったわ」とローラ・フェイは言った。「あの日は、特別なランチを作って、お店へ持ってきてくれることになっていたの。お母さんが来ることがわかっていたから、あの箱を隠したのよ」

その小さなピンクの箱が、いつものようにじつにいい加減に、父がそれを押しこんだばかげた場所が目に浮かんだ。しかし、そのときになっても、わたしにはどうしても信じられなかった。父のグロテスクな浮気話はすべてわたしがかってに想像した作り話だったとは。

「その指輪はどうなったんだい？」とわたしは訊いた。

「お母さんが病気になったとき、お店に返したのよ」とローラ・フェイは答えた。「二度目のハネムーンはむりだとわかると、たぶん経済的に苦しかったんでしょうけど、ミスター・クラインのお店に返したの」

「ミスター・クライン？」

「指輪を選んでくれたのがミスター・クラインだったの」とローラ・フェイは言った。「知っているでしょう、サンフォード・ストリートにあるクラインズ宝石店」

わたしは黙って彼女の顔を見つめた。

「ミスター・クラインは親切だったわ」とローラ・フェイはごくさりげなく言った。「ダグにお金を返してくれたんだもの」そう言うと、彼女はグラスから一口飲んだ。そして、自分がもたらした驚くべき事実が、平原の空を覆い尽くした嵐雲みたいに、いまやわたしの頭上で雷鳴をとどろかせているとは想像もしていないかのように、彼女はつづけた。

「それはともかく、話のつづきを聞かせてよ。あなたは車で走りまわって、それからデビーを乗せた。それから、ふたりでドライブに行って、そのあと彼女を家まで送ったのよね」

わたしは過去に遡るべく深々と息を吸った。心の底では、古い基礎が崩れだし、支えていた梁《はり》が軋むのを感じていたけれど。「そのとおり」とわたしは言った。「すべてその順序のとおりだった」

ローラ・フェイはわたしに褒められてうれしそうな顔をした。「そういうふうに順序立てて考えるように、オリーから教わったの」と彼女は満足げに言った。それから、羊歯の葉陰で不気味なほどじっとしている男にちらりと目をやったが、そんなふうに気を散らした自分に苛立ちを感じたかのように、さっとわたしの顔に視線を戻した。「それで、デビーを車から降ろしたあと、あなたは家へ帰ったのね？」

「そうだ」

フォードの窓から吹きこむ夜の空気がよみがえり、バラエティ・ストアの明かりの消えた店先が流れ去るのが見えた。店の前には、父の配達用ヴァンが、埃まみれのラバみたいに停まっていた。

「家に帰ったとき、父はいなかった」とわたしは言った。「わたしはすぐ寝に行こうかと思ったけれど、あらゆる希望が粉微塵になって、まだひどく気が転倒していた」

ローラ・フェイは、ほんとうに悲しそうな厳粛な面持ちでわたしを見守っていた。

「母はいつもそこに坐って本を読むのが好きな、あの小さなくぼみにいるものと思っていたが、そこにはいなかった。ということは、すでにベッドに入っているはずで、わたしもそうしたいところだったが、眠れないのはわかっていた。奨学金が取れなかったことで、依然としてひどく打ちのめされた気分だった」

わたしはそのころバークの『フランス革命の省察』を読んでいる途中だったが、とわたしはローラ・フェイに説明した、いつかそういう偉大な作品を書けるという希望がまったくなくなったと思うと、それを読みつづける気にはなれなかった。だから、自分の部屋と母の部屋のあいだにある書棚のひとつを見にいった。そして、オースティンやブロンテに指をふれ、ディケンズやジョージ・エリオットの背表紙に指を滑らせて、最後には、名前は知らなかったが、タイトルがそのときの自分の精神状態にぴったりだった本を選んだ。

「『リチャード・フェヴェレルの試練』という本だった」とわたしは言った。「本棚のいちばん下の段からそれを引き抜いたとき、棚の奥からカタンというかすかな音が聞こえた」

ローラ・フェイが夢中になって見つめていることが、わたしをおおいに刺激した。一瞬、わたしはかつてそうなることを夢見ていた偉大な物語作家の、その語り口や物語の流れが読者を虜《とりこ》にする作家の、片鱗にふれたような気がした。

「その本の背後に小さな金属製の箱があったんだ」と、いまや自分の声にかすかな緊張感をにじませながら、わたしは言った。「鍵はかかっていなかったので、当然、わたしはなかを覗いた」そこでちょっと、芝居がかった間をあけてから、わたしはつづけた。

しかし、それをあけたちょうどそのとき、とわたしはローラ・フェイに語った、母のベッドルームのドアがひらく音が聞こえた。わたしが振り向くと、母がすこし離れたところに立っていて、その箱をじっと見つめていた。

「あけてごらん、ルーク」と母は言った。

わたしが言われたとおりにすると、母が前に出て、そのなかから札束を取り出した。

「これはあなたのものなのよ、ルーク」と彼女は言った。「あなたがまだ小さかったころから、ずっと貯めていたの」母は薄暗い空気のなかで、そっとお金を振った。「お父さんからもらった食費のなかから貯めたのよ。あなたがいつかグレンヴィルを出ていくとしたら、そのとき必要になるだろうと思って」その金を箱のなかに戻しながら、母はつづけた。「多くはないけれど、役に立つはずだったのに」母は果てしなく疲れた顔をした。まるで体から生命力がすっかり流れ出してしまったかのように。「もうベッドに戻らなくちゃ」と彼女は言った。

「わかった」

母はわたしをやさしく見つめた。「まだあなたが行ける方法があるはずよ、ルーク」と彼女は言った。

わたしは悲しげに首を振った。「いや、母さん」とわたしは言った。「もう終わったんだ」

わたしがその夜の出来事を語りおえたとき、ローラ・フェイはすっかり夢中になった目をしていた。もしかすると、あの彼女独特の人を喜ばせる言い方で、〈ルークの旅路〉のもっと別の挿話を聞かせてくれと言いだすのではないかと思ったが、彼女はそうはせずに、椅子の背にもたれかかった。「警察ではそれをハバード婆さんの横領と言うのよ」と彼女は言った。

「何だって?」

「ハバード婆さんの横領」とローラ・フェイは繰り返した。「旦那から食料やなんかのために渡されるお金から、奥さんがこっそり盗むとき、警察ではそれをそう呼ぶの」

わたしは思わず羊歯の背後の男をちらりと見たが、即座に母を弁護せずにはいられなかった。「わたしは母がやったことを盗みと呼ぶつもりはないが」とわたしは言った。

ローラ・フェイはちょっと考えてから、「そうね。わたしもそうは呼ばないわ」と言った。「ともかく、ちょっと違うわね」彼女はホテルのロビーに目をやった。いまや人影がますます少なくなり、ほとんどの椅子が空っぽだった。「オリーはいつもそれを逃走資金と呼んでいたわ。というのは、そんなふうにお金をごまかす女の人は、オリーが言うには、逃げだすために使うつもりなんだって」

「逃げだすって、何から?」とわたしは訊いた。

「旦那から」とローラ・フェイは答えた。「家族から。生活そのものからよ」

わたしは笑った。そういう非難から母を弁護する必要があるという思いが依然として残っていたので、ちょっとわざとらしい笑い方ではあったけれど。「母は逃げだそうとはしていなかった」とわたしは言った。

「そうね、ルーク」とローラは言った。「もう遅すぎたから」

「遅すぎた? 何をするのに?」

「何を夢見ていたにせよ、それにはもう遅すぎたってこと」とローラ・フェイは冷ややかに答えた。

わたしは最後のころの母の姿を思い出した。手が届くものにはなんでもつかまりながら、危なっかしげにすり足で歩いていた母を。

「そうだね」とわたしは悲しそうに認めた。「母にはもう遅すぎた」

「でも、あなたには遅くなかった」とローラ・フェイは明るい口調で言った。「あなたには遅すぎないことをお母さんは知っていた。少なくとも、その晩、彼女があなたに言ったことが正しかったとすれば。もっと別の方法があるはずだった。それはハーヴァードへ行く別の方法という意味でしょうけど、あなたはそれを見つけたんでしょう、結局?」

わたしはうなずいた。「そうだ」とわたしは静かに言った。「別の方法があったんだ」

そう認めると、あらためてあの小さな金属製の箱が、母の逃走資金の下にきちんとたたまれていた書類が目に浮かんだ。それから、ふいに、父が殺された夜の母の姿が記憶によみがえった。裏庭の、ガレージから一、二メートルのところに立っていた。トムリンソン保安官のパトカーのライトを浴びて、針金みたいに痩せた体が明滅していた。血だらけのタオル地のバスローブにくるまって、ふだんはきちんとピンでまとめている髪がほつれ、乱れた髪が背中に垂れていた。母のほうに歩いていきながら、ひとりの女性というよりは、悲劇的なロマンスの登場人物を、悲惨な人生に弄《もてあそ》ばれて、すべてを失った、失意の登場人物を見ているような気がした。

「母さん？」とわたしは言った。

母は振り向いたが、一瞬、わたしを見て心から驚いたような顔をした。

「母さん、だいじょうぶ？」

「ルーク」と母はささやくように言った。「いたのかい？」

「何が起こったの？」

宵の口によくそうするように、と母は言った、彼女は二階で本を読んでいた。〝パン〟という音がして、そのあと〝なにかが床に落ちたような、ズシンという音〟が聞こえたのだという。彼女はベッドから起き上がって、階段を下り、キッチンを覗くと、リノリウムの床に父が仰向けに倒れていた。目は見ひらいていたが、光がなく、胸に穴があいて、口から血を吐いていた。

トムリンソン保安官が数メートル離れて見守るなか、わたしたちは暗闇のなかに立っていたが、その瞬間、父の死という現実を母はほんとうに強烈に感じたようだった。母が感じたのはそれだけではなかったようだが。

「驚いていないようだね、ルーク」と母は穏やかに言った。

「驚くって？」とわたしは訊いた。「何に？」

「これに……」母はちょっと口をつぐんで、それから、口からひとしずくの毒をしたたらせるかのように、その言葉を口にした。「人殺しに」

母はそれ以上なにも言おうとせず、トムリンソン保安官がわたしたちのほうにやってくるのを待っていた。

「今度のことをどんなに気の毒に思っているか、とても言葉では言い表せないよ」とトムリンソンは言って、その大きな、絶えず容赦なく探りを入れている目を母からわたしへ、それからまた母へと向けた。「ひどいものだ」彼はしばらく母を見つめていたが、やがてその視線をわたしに移すと、「ひどいものだ」と繰り返した。

「そのとおりです」とわたしは言った。

彼はさらにちょっと母とわたしの顔を見守っていたが、わたしたちの陰鬱な姿になにかしら落ち着かないものを感じたようだった。

「何をやってもダグが戻ってこないことはわかっている」と保安官は言った。「しかし、ふたりに知っておいてほしいのは、犯人を見つけるまでわたしはけっしてあきらめないということだ」彼はこの宣言が染みこむのを待ってから、帽子に軽く手をふれた。「それじゃ、おやすみ、ふたりとも」

そして、彼は立ち去った。母とわたしはふたりだけ裏庭に、それからそのあとは狭い居間に取り残された。古い肘掛け椅子には母のドイリーがかかり、擦りきれたソファの背にも母が編んだ毛布がかかっている居間に。床のど真ん中には——いまさら驚きもしなかったが、なんの考えもなく、とんでもない場所に脱ぎ捨てたものだが——父の埃だらけの作業靴が投げ出されている居間に。

「もう寝たほうがいいよ、母さん」と、わたしは急に命令口調になって言った。とうとうわたしが一家の主になってしまったのだから。

母は例のようにふわりと立ち上がると、ゆっくりと階段をのぼって寝にいった。わたしはその狭苦しい居間にひとり坐って、数週間前の夜のことを考えていた。煮えたぎる憤激と失望に心を閉ざしたまま家に戻ってくると、わたしは重い足取りで二階へ上がり、母の書棚から本を引き出して、そこに母が隠していたお金を発見したのだが、母がそれを箱に戻したとき、札束の下に隠されていた書類がちらりと見えた。その記憶の重みが、父が殺されたその日に、自分にのしかかってくるのをわたしは感じていた。〈ルークの旅路〉はもうひとつの暗鬱な曲がり角に差しかかっているようだった。

19

「きみは知っていたのかい？」という質問がいきなりわたしの口を突いて出た。

ローラ・フェイはその唐突に炸裂した質問にびっくりした顔をした。「何のこと？」

わたしはふたたび母のベッドルームの外側の薄暗い廊下に立っていた。金属製の箱を手に持って、母がわたしのために取っておいた札束の下から、非常に公式的に見える書類が覗いている。〈ウォード生命災害保険〉

「〝別の方法〟のことさ」とわたしは答えた。

ローラ・フェイは訳がわからないようだった。

「生命保険だよ」とわたしはつづけた。

ローラ・フェイは依然として、わたしが何のことを言っているのかさっぱり理解できないようだった。

「父にかかっていた生命保険」とわたしは言ったが、いまや、あらがいがたいほど強烈に浮かび上がった陰鬱な憶測は放棄する気になっていた。もしかすると、トムリンソン保安官に保険証券のことを教えたのは、ミスター・ウォードやミスター・クラインではなくてローラ・フェイ・ギルロイではないかと思ったのだが。「二十万ドルの保険のことさ」

ローラ・フェイは首を横に振った。「いいえ、ルーク。なぜわたしが知っているかもしれないの？」

「父から聞いたかもしれないと思ってね」

「ダグはそういうことについてはなにも言わなかったわ」とローラ・フェイは請け合った。「あなたが奨学金を取れなかったことさえ言わなかったのよ、覚えている？」

その点については反論の余地はなかったし、この問題についてそれ以上追及する方途も見つからなかったので、わたしは言った。「あの小さな金属製の箱に入っていたんだ。わたしがハーヴァードに行くとき渡してくれるつもりで母がお金を貯めていた箱のなかに。その箱を見つけた夜、わたしはそれがそこに入っているのを見たんだよ」

ローラ・フェイは、ものすごく面白いことを思いついたような顔をした。「あなたは《深夜の告白》という映画を見たことがある？」と、彼女は興奮して尋ねた。

わたしは首を横に振った。

「古典的な映画なんだけど」とローラ・フェイは告げた。「フレッド・マクマレイとバーバラ・スタンウィックの。ターナー・クラシック・ムーヴィーズでときどきやっているわ。保険の話なんだけど。と言うか、ただの保険じゃなくて、保険証券のひとつの条項のことだけど。倍額支払いという。事故で死亡した場合、倍額の保険金が支払われるという意味よ」

「なるほど」とわたしはちょっと皮肉っぽく言った。

「それは殺された場合にさえ支払われるの」とローラ・フェイは楽しそうにつづけた。

「保険がかかっている人が、という意味だけど」

「そうかね？」とわたしは冷ややかに言った。

「でも、《深夜の告白》みたいな殺人の場合には駄目なのよ」とローラ・フェイはつづけた。いかにも楽しそうな様子で、お気にいりの映画について話している映画ファンそのものだった。「受取人が殺人犯人だったことが保険会社にばれてしまった場合にはね。そうなると、すべてが変わってしまうの」

「そうだろうね」とわたしはそっけなく言った。

「エドワード・G・ロビンソンがそれを発見するのよ」とローラ・フェイがわたしに教えた。「映画では彼が保険会社の調査員なの」彼女はかすかに体を動かしたが、目がキラキラ光っていた。「わかるでしょう、《深夜の告白》では、奥さんが旦那を殺すのよ」と彼女はつづけた。「愛人の手を借りて」

「彼らは捕まるのかね？」とわたしは訊いた。

「あら、もちろんよ」とローラ・フェイは答えた。「かなり早くね。でも、たとえ何年も何年も経ってからでも、彼らは依然として捕まったかもしれないわ」

「殺人については時効がないからね」とわたしが言った。

「そのとおりよ、ルーク」とローラ・フェイが言った。「ほんとに、あなたはなにひとつ忘れないのね、そうじゃない？」

「いや、もちろん、わたしだっていろんなことを忘れるよ」とわたしは請け合った。

彼女は笑みを浮かべたが、冷ややかな笑みで、目のなかに暗い光がちらついていた。

「あなたのお父さんの保険金受取人はだれだったの、ルーク？」と彼女は訊いた。

「母だよ」

受取人が母以外だったとすれば、それこそ非常に奇妙なはずだった。それにもかかわらず、彼女はなにかしら疑わしい点を見いだすのではないかという気がしたが、そんなことはなかった。彼女はむしろ父がやったことにあきらかに心を動かされているようだった。

「お父さんがお母さんのためにそういう用意をしておいたのはとてもいいことだったわね」と彼女はやさしい口調で言った。「さもなければ、もっと大変だったでしょうから」

しかし、もちろん、それは母には非常に大変だった。そう思ったとたんに、父の葬儀の日の情景が目に浮かんだ。母とわたしは、ふたりとも強烈な感情に揺すぶられながら、墓の横に立っていた。

その時点では、トムリンソン保安官はローラ・フェイのことはなにも知らず、ウディ・

ギルロイの別居中の妻への悲痛な電話のことも、彼女が彼のもとに戻るつもりはないと最後通告したこともまったく知らなかった。ローラ・フェイは涙ながらではあったが、きっぱりと彼にそう告げていた。ウディは半狂乱になり、愛する妻がなぜ彼の懇願を拒否しつづけるのか問い詰めた——自分は善良な人間ではなかったか、ちゃんと生活費を稼いでいなかったか、自分は彼女に首ったけで、彼女を取り戻すためならどんなことでも、ほんとうにどんなことでもするつもりでいるではないか?——ウディは哀れにも延々と懇願しつづけ、ローラ・フェイは最後には電話を切ってしまったのだが。

母とわたしがそういう経緯を聞かされたのは、父の葬式から数日後、わが家の居間に坐っているときだった。そのときには、ウディもやはり死んでおり、トムリンソン保安官はその時点ではウディが泥酔して、取り留めもなく書きつけた三ページにわたる遺書のことを完全に意識していた。そのなかで、彼が父を殺した動機は父がローラ・フェイを誘惑したからだ、とウディは言っていたのである。

そのあいだじゅう、母はじっと体をこわばらせて坐っていた。トムリンソン保安官は、母からなんとか反応を引き出そうとしたのだろう、哀れにも取り乱したウディとローラ・フェイの最後の電話の、その運命的な瞬間をわたしが想像できるほど、じつに細かく説明してみせた。

でも、なぜなんだ、ローラ・フェイ? どうしておれのところに戻ってきてくれないんだ?

それはできないわ、ウディ。

でも、どうして?

ともかくできないのよ。

でも、ローラ・フェイ……。

ともかくできないわ。

そう言うと、ローラ・フェイは電話を切ったのだろう。

おそらくローラ・フェイとウディのあいだでは、何度もそういう会話が——それほど唐突に終わったわけではないにしても——交わされたのだろう、とわたしはずっと想像していた。ローラ・フェイはウディの擦りきれた神経をなだめて、自殺を思い止まらせようとしたようだった。トムリンソン保安官によれば、ウディはそれまでにも何度となく——かならずしも酔ったうえではなく——自殺するぞと彼女を脅していたのだという。

「問題はウディがひどく動揺していたことなんです」と、ピーナッツ・レーンの狭苦しい居間の暗がりにわたしたちが坐っているとき、トムリンソン保安官が母に向かって言った。

「ダグのことで」

母の目がさっと焦点を結んだ。「ダグのことで?」

「そうなんです」と、トムリンソン保安官は苛立たしげに答えた。

「なぜダグのことで彼が動揺していたのかしら?」と母が訊いた。

「それは、これは言いたくはないんですがね、ミセス・ペイジ、しかし、いずれ死因審問で公になることだから、お耳に入らずには済まないでしょう」そこで、トムリンソン保安官はちょっと口をつぐみ、その間に、彼は――とりわけ女性に対しては――紳士的で控えめな、古き南部の保安官になっていた。「じつは、ウディが銃で自殺する前に長い遺書を残していて、どうやらダグとローラ・フェイ・ギルロイが……関係をもっていたらしいんです」

母は体をこわばらせ、膝に置いていた両手の片方を、床すれすれにだらりと垂らした。吊し首になった男みたいに。

「関係?」

「ウディによれば、男と女の関係だったというんですが」とトムリンソン保安官は穏やかに言いながら、目は母に向けて、じっと反応をうかがっていた。

母は保安官には無表情な視線を投げかけ、一度もわたしのほうを見ようとはしなかった。

「わたしはそんなことは信じません」と母は言った。

「まあ、むりもないことだと思いますが、ミセス・ペイジ」とトムリンソン保安官は静かに言った。「しかし、ふつうは、人がなんの理由もなしに人を殺すことはないんですよ」

保安官は母がそれに答えるのを待っていたが、母は黙って彼を見つめているだけだった。

「ミセス・ペイジ」と保安官は言った。「あえてお聞きしなければならないんですが、ご主人とこの娘のあいだにそういうことがあるかもしれないと、多少でもお考えになったことはありませんか？」

「ありません」と母はこわばった口調で言った。「いまも言ったとおり、保安官、わたしはそんなことは一言も信じません」

「そうかもしれませんが、まあ、しかし――」

「保安官、知っていることはもうすべてお話ししました」と、母はにべもなくさえぎった。母が多少でも礼儀にもとることをするのを見たのは、このときただ一度だけだった。「これ以上のお話は遠慮させていただきたいんです」

〝遠慮させていただきたい〟なんとぴったりの言葉だろう、とその当時わたしは思った。なんと母らしい言い方だろう。

トムリンソン保安官は、長年おなじ人間どもの犯罪や不品行と付き合ってきた男らしく、あきらめた顔をした。「ふむ、聖書にもあるように、人生はまさに涙の谷間ですな」

そう言うと、彼は立ち上がってドアに向かったが、わたしが見ていると、最後にもう一度部屋じゅうを見まわす前に、おもての部屋をぐるりと見て、それから両親の寝室へと通じる階段を眺めた。「銃声を聞いたとき、あなたは二階におられたんですね？」と彼は訊いた。母に向けられた質問だったが、そう訊いたとき、彼は母の顔を見てはいなかった。

「そして、それを聞いたあと、すぐに下りてこられたんですね？」

「そうです」と母はしっかりとした口調で答えた。

保安官は母のほうを向くと、帽子のつばに軽く手をふれた。「それじゃ、おやすみなさい、ミセス・ペイジ」

それは父が殺されてからまだ一週間しか経っていないころで、あまりにも多くの血が流れたあとの寒々とした空気のなかでは、母は自分やわたしの将来についてはなにも口にしなかった。そんなことを話すのは父の死への冒瀆であり、少なくとも母の考えによれば、多少はウディの死に対する冒瀆にもなるかのように。

しかし、その夜、母の心は垂れこめた暴力の雲から抜け出し、その後自分の身に降りかかったスキャンダルからも抜け出して、それでもあすはやってくるし、それに立ち向かわなければならないという容赦のない現実を見据えていた。

「あなたは計画を変える必要はないのよ、ルーク」と母は言った。

母が言っていたのはわたしが自慢にしていたハーヴァード行きの計画、数週間前に奨学金が取れなかったことでぶち壊しになった計画のことだった。

「いまはお金があるんだから」と彼女はつづけた。それから、わたしの顔をじっと見て、「こういうすべてからあなたが抜け出すのに充分なお金が」と言った。

わたしが口をひらきかけると、母は唇に一本の指をあてがって、「なにか食べたほうがいいわ」と言った。

「なにか食べたほうがいいだろう」と、ふいに空腹を感じて、わたしは言った。

わたしはローラ・フェイのグラスがほとんど空になっていることに気づいた。

「それに、飲みもののお代わりも」とわたしは付け加えた。

わたしは体をひねって、ウェイトレスを呼ぶと、あらためてローラ・フェイに注意を戻した。「それで、何の話をしていたんだっけ？」とわたしは訊いた。「映画だったかな？」

「《深夜の告白》よ」とローラ・フェイは答えた。「でも、映画の話をする必要はないわ、ルーク。あなたはたぶんあまり映画には行かないんでしょう」

「以前は行ったんだがね」とわたしは言った。「ジュリアは映画が好きだったから。週末ごとに行ったものだ。しかし、ジュリアが――」

わたしはそう言いかけて口をつぐんだ。かつてジュリアが部屋に入ってくるたびに感じたパワーそのままに、彼女が心に浮かんだからである。そのイメージから、わたしはハーヴァードのキャンパスを初めていっしょに散歩した日のことを思い出した。それは秋の日で、枯れ葉がわたしたちをかすめ、彼女は一瞬立ち止まって、枯れ葉が転がっていくのを見守った。〝どうすることもできないのね〟と彼女は言った。〝《武器よさらば》のイタリア兵の捕虜みたいに〟わたしは即座にその場面を思い出した。中庭の、処刑されることになっている壁に向かって歩いていく哀れな兵士たち。あたり一面におびただしい枯れ葉がなす術もなく渦巻いていた。そのときだった。わたしがジュリアを見たのは。立ち止まって、じっと彼女を見つめ、彼女の心が物事を結びつける愛らしい、とてつもなく複雑なやり方に驚いたのは。そのときそこでだった。自分の出した結論にわれながら驚きながら、〝きみに決めた〟とわたしが思ったのは。

「ジュリアが出ていってからは行っていない」とわたしは言った。

ローラ・フェイはそっと笑みを浮かべた。わたしがときどきふいに過去に入りこみ、そこでしばらくぐずぐずしてから、ほとんどギョッとしたように、いきなり現在に引き戻された時間旅行者《タイム・トラベラー》みたいに戻ってくることに、いまでは慣れていたからだろう。「離婚はとても辛かったんでしょうね」と彼女は言った。

わたしは黙ってうなずいた。

「わたしはウディと離婚しようとさえしなかった」彼女は目をそらして、窓のほうを眺めた。「人は最後にはだれかが必要なのよ。たぶん、それが人生でいちばん重要なことだと思うわ」

「なぜそれがいちばん重要なんだい?」とわたしは訊いた。

「あなたが死ぬときいっしょにいてくれるくらい、だれかがあなたのことを気にかけてくれていると感じる必要があるからよ」と彼女は言った。「そういうときまでずっといっしょにいてくれるくらい、あなたがその人にとって大切だったと思えることが」

「そう、たしかにそのとおりだ」とわたしは言ったが、同時に、わたしのそばにはだれもいないだろうという過酷な事実を認めざるをえなかった。

「だから、あなたにとっては辛いことだったにちがいないと思うの」とローラ・フェイはつづけた。「ジュリアを失ったことは」彼女は心から同情しているような笑みをもらした。「あなたは彼女に電話すべきなのよ、ルーク。彼女はまだあなたを愛しているにちがいないわ。なぜかわかる？　なぜなら、一度しか人を愛せない人がいるからよ。ジュリアはそういう人だという気がするし、じつは、あなたもそうなんじゃないかと感じるの」

ローラ・フェイがこの苦痛に満ちた、と同時にかすかに甘みのある話題をさらにほじくり返そうとするのではないかと心配したが、さいわいにもウェイトレスが現れて、彼女は口をつぐんだ。

「飲みもののお代わりをもう一杯ずつ。それから、なにか食べるものも欲しいんだが」とわたしはウェイトレスに言った。「何があるのかな？」

ウェイトレスはありきたりなバーのメニューを列挙した。

「わたしがまとめて注文しようか？」と、ウェイトレスがようやく口を閉じると、わたしはローラ・フェイに訊いた。

ローラ・フェイはうなずいたが、突然頭が重くなったかのような、濃密な液体のなかで上下に揺れているかのような動きだった。

わたしはわかっていると言いたげな笑みを浮かべた。「どこかに行っていたんだろう、違うかな？　ちょっと過去に行っていたのかい？」

彼女は静かにかぶりを振った。「いいえ」と彼女は言った。「未来へ行っていたの」

あまりにも寒々とした答え方で、目にも声にも悲しみがにじんでいた。彼女が自分の未来のどんな侘しい状況を垣間見たにせよ、わたしはローラ・フェイの人生のそういう側面にふれることは避けて、ウェイトレスに注意を戻した。

「カラマーリのリング揚げをもらおう」とわたしは言った。「それから野菜とディップも」わたしはテーブルの向かい側でじっとしているローラ・フェイのほうを見て、「そんなところでいいかな？」と訊いた。

ローラ・フェイがちらりと唇に浮かべた笑みには、いたずらっぽさも楽しんでいる気配もなかった。「それでいいわ、ルーク」と彼女は答えた。

「もしもきみがなにかほかのものを……」とわたしは言ってみた。

彼女は黙って首を横に振った。

わたしはウェイトレスのほうを向いて、「ようし」と言った。「いまのところは、それで全部だ」

ウェイトレスは、泡を立てて蒸発したかのように、さっと姿を消し、あとに残されたスペースは真空みたいに空っぽに見えた。わたしは視線をローラ・フェイに戻すしかなかった。

彼女はかすかに左に寄って、LA検視官事務所のバッグを見つめていた。そこに描かれている、滑稽にも見える人体の輪郭をいかにも陰鬱そうにじっと見ている。

彼女が何を考えているのかはわからなかった。わかっているのは、自分が彼女を――できることなら――元気づけたいと思っていること、そうやって自分もすこし元気になれば、明るい夏の風に乗って、この最後の会話の結末にまで無事にたどり着けるかもしれないということだった。

「それじゃ」と、できるかぎりの快活さを掻き集めて、わたしは言った。「ちょっとなにか食べることにしようか」

20

数分すると料理が来たので、わたしはイカのバスケットをローラ・フェイのほうに押した。「これを試してみなくちゃ」と、わたしはちょっぴりはしゃいだ口調で言った。

ローラ・フェイは疑わしげな目でそれを見た。博物館の噴水のあの娘の像もそうだったが、わたしが毒入りの料理を勧めているかのように。「何なの？」

「カラマーリだ」とわたしは答えた。「イカだよ」

ローラ・フェイはいやな顔をした。「イカ？　あの『海底二万マイル』に出てくるみたいな？」

「いや、それとはちょっと違う。本物のイカはずっと小さいんだ」わたしはバスケットをもうすこし彼女に近づけた。「ひとつ試してごらん。この衣もほんとうに美味しいよ」

「ひとつ試してごらん」とローラ・フェイは繰り返し、ふいに予想外にもクスリと笑った。それまでの暗鬱な空気に割れ目ができて、もれ出たような笑いだった。「どうしたことかしら、ルーク。わたしはもうアップルティーニを試したのよ」彼女の気分はもう一段楽しくなったようだった。「今夜はあらゆるものを試しているような気がするわ」

「しかし、試すのはいいことだ、と思うけど」とわたしは言った。

「たとえイカでも？」とローラ・フェイは冗談めかして言った。

いまや彼女はすっかり元気になったようにも見えたが、同時に、どこか無理をしているようでもあった。このいま見せた、あまり根拠があるとは言えない陽気さは、彼女が心のなかの全エネルギーを注いでようやく押し上げた重りであるかのように。

「そうさ、たとえイカでも」

ローラ・フェイは事実上その勧めを断ることはできないと思ったらしく、ゆっくりとためらいがちな動作で、あきらかにちょっと気持ちが悪いが試さざるをえないものに手を伸ばすように、イカのリングをひとつつまみ上げて、そろそろと口に運んだ。「どうしようかしら」と彼女は言った。

「さあ」とわたしは言った。「思いきって試してみて」

ローラの目のなかで、わかったというように、なにかがキラリと光った。「わかった。食べるわ」と彼女は言って、パクリと指の先からイカを口に入れた。

「さあ、どう思う？」彼女がゆっくりと噛むのを見守りながら、わたしは訊いた。

彼女は驚くと同時にうれしそうな顔をした。先ほどまでの暗鬱さの名残は、それを隠そうとする努力といっしょに、経帷子《きょうかたびら》が脱げ落ちるように、彼女から剝がれ落ちた。「フライドポテトみたいな味ね」

「似ているね、たしかに」

「ただ嚙みでがあるけど。フライドポテトと輪ゴムをひとつにしたような感じで」

「ゴムみたいな歯ごたえがあるのは事実だ」とわたしは認めた。「でも、なかなかいい味だろう、そうは思わないかい？」

ローラ・フェイはふたつめのイカリングを口に放りこんで、食べた。「そうね」

「ソースをつけてみるといい」とわたしは言った。

躊躇することもなく、彼女は三つめのイカリングを赤いソースに浸けて、口のなかに放りこんだが、ちょっとぎこちない手つきだったので、赤いソースがひとしずく唇に残った。

わたしはそれを指摘した。「唇にソースが付いているよ」

彼女は白いナプキンを口に持っていって唇を拭き、その赤い染みにちらりと目をやったが、一瞬、邪悪な呪文で金縛りになった女みたいに、じっと動きを止めた。

「何を考えているのかな？」とわたしが訊いた。

ローラ・フェイはそれには答えなかったが、あきらかになにかに苦しんでいるようだった。

「どうしたんだい？」とわたしは訊いた。

「ダグのことよ」と彼女は小声で言った。父の名前をポツリと言って、目をキラリと光らせた。「なにもかもとても申しわけなかったというだけよ、ルーク」

自分でも驚いたことに、ローラ・フェイが心から悲しんでいる様子を見て、意外にも、わたしは心を打たれた。事実、わたしは長いあいだどんなものにもそんなに心を動かされたことがないほど、感動した。

「きみのせいじゃない」と言って、わたしはそっと肩をすくめた。それから、イカのリングをひとつつまむと、黒後家蜘蛛《ブラック・ウィドー》が何も知らない雄の首を嚙み切るみたいな勢いで、それを嚙んだ。「わたしも父を愛せればよかったんだけど、そうはできなかった」

「そうね。そういう感情はすべてお母さんに向けられていたんでしょうね」とローラ・フェイは穏やかに言った。今度は彼女がわたしを気づかう番になったかのように。「お母さんはあなたにとてもやさしかったから」

ふと口にされる何気ない一言が心の暗い歯車を動きださせることがあるが、わたしはふいにはっきりとその歯車が回転するのを感じた。

「母が死んだとき、わたしは麻痺してしまったんだ」とわたしは静かに言った。「内側が、という意味だけど。わたしの心は麻痺してしまった」そうするつもりはなかったのだが、わたしは両手を上げて、指先を見つめた。「なにも感じなくなってしまったんだ」

「そう、凍りついてしまったのね」とローラ・フェイは言った。「人が死ぬと、そんなふうになることがあるわ」

延々と広がるその凍てついた原野をローラ・フェイといっしょに横断したくはなかったので、わたしはもっと最近のことに心を向けようとした。博物館からホテルまで歩いたとき、クリスマスのイルミネーションで飾り立てた家々の前を通ってきたが、それが逃げ道になりそうだった。

「きみは誕生日が来たばかりなんだろう、違うかい？」

ローラ・フェイはあきらかに驚いたようだった。「どうして知っているの？」

「あのクリスマスの人形さ」とわたしは言った。「バラエティ・ストアで売っていた。あるとき、わたしが店に行くと、きみが人形を眺めていて、〝もうすぐわたしの誕生日なの。クリスマスに近い誕生日なんてほんとうに嫌だわ〟と言ったんだ」

「いまでも大嫌いよ」とローラ・フェイは言った。それが不公平だと思う気持ちをいまでも克服できずにいるようだった。「誕生日がクリスマスに近すぎると、別々のプレゼントをもらえないんだから」きびしい現実に抗議して、というよりは、あきらめてそれを受けいれたような肩のすくめ方だった。「弟は四月生まれだから、いつも完全に別々のプレゼントをもらっていた。誕生日とクリスマスに。でも、十二月十五日はクリスマスに近すぎるから、わたしはいつも一度しかもらえなかったの」

「それはじつに不公平だ」とわたしは言った。

「そうよ、でもまあ、それが人生なんでしょうね」とローラ・フェイは言った。「自分の生まれる日を選ぶことはできないから」

「ほかの大部分だってそうだけど」とわたしは運命論者の口ぶりで言った。

「あら、そんなこと信じていないくせに、ルーク」と、小さく笑って、問題にならないというように手を振りながら、ローラ・フェイは抗議した。「あなたがそんなことを信じているはずはないわ。もしも信じていたら、あんなふうに物事を自分の手で切り開こうとはしなかったはずだもの」

「わたしがどんなふうに物事を自分の手で切り開いたというんだい？」とわたしは訊いた。

「一生懸命勉強して、いい成績を収めることによってよ」とローラ・フェイは言った。

「それこそほんとうに、ルーク、あなたは自分の手で人生を切り開いたのよ。お父さんがいつもあなたについて感心していたのはそこだったわ」

父がわたしのどこかに感心していたなんて疑わしかったが、わたしはあえてなんとも言わなかった。

「彼はよくわたしに言ったものよ。〝ルークについてひとつ言えるのは、あの子は自分が何を望んでいるか知っていることだ〟って」ローラ・フェイは勢いづいてつづけた。「あの子はそれを手に入れるだろう。どんなものにもけっして――」

わたしは嫌悪感の大波に呑みこまれるのを感じた。自分の過去に対してだけでなく、この先待っているにちがいない侘しい未来に対しても。わたしは自分が犯してきたすべての誤りのことを思った。わたしのぞっとする計算違い、わたしが落ちたありとあらゆる罠、無意味な学位、気の抜けた授業、無味乾燥な文章、ジュリアを失ったこと。彼女のいない人生にはなにも残されていなかった。だからこそ、わたしはこんなふうにセントルイスにやってきて、こともあろうにローラ・フェイ・ギルロイと向かい合っているのだった。どうやら彼女がわたしの打ち明け話に耳を傾けてくれるただひとりの友人らしかった。

「ああ、やめてくれ!」とわたしは鋭い口調で言った。「そんな話は聞きたくない!」

彼女はふいに口がきけなくなったかのように、わたしの顔を見つめた。混乱と緊張が妙に入り交じった目をしていた。

「いや、すまない」とわたしはあわててつづけた。「ただ、父がわたしをどう思っていたかはよく知っているし、実際、わたしは父が――」わたしはそのあとをつづけられなかった。〝思っていたとおりの人間だったのだ〟という言葉がわたしの心を焦がしていたのだが。

ローラ・フェイは、悪いことをしてしまった幼い少女みたいに、依然としてひどく緊張した顔をしていた。

わたしは身を乗り出した。「わたしは父に反発したわけでさえなかったのかもしれない。自分はすべての急所を押さえている、万事用意が整っている、きちんと準備ができているんだから、なにもまずいことが起こるわけはない――ただそう考えていただけなのかもしれない」

「でも、なにも悪いことは起こらなかったんでしょう、ルーク？」とローラはためらいがちに訊いた。「なにもかもあなたの望みどおりになったんでしょう」

「かならずしもそうじゃなかった」とわたしは白状した。「つまり、思いどおりにいかないこともあったということだ。自分では確信できないこともあるから」わたしは恐ろしい重みがのしかかってくるのを感じた。「自分ではコントロールできないこと、自分では……」

わたしはちょっと口をつぐんだが、そのあいだに自分が激しく渦巻く混沌に取り巻かれたような気がした。偶然のいたずら、未知のヴェールに覆われたもの、汚れたガラス越しに必死に覗こうとするのだが、けっして見ることのできない未来。

「予想もできないこと、ふいに起きることがあるからね」とわたしはつづけた。「天からの贈り物であると同時に呪いでもあるものが」

「どういうこと？」とローラ・フェイが訊いた。

「人は自分の運命には盲目だということさ」とわたしは答えた。

ローラ・フェイの目が輝いた。「それはプロメテウスの言葉じゃなかったかしら？」と彼女は訊いた。

彼女がそんな名前を引き合いに出したことに驚いて、わたしはローラ・フェイの顔をじっと見た。わたしが驚いた顔をしたのを彼女ははっきりと見て取った。

「ヒストリー・チャンネルで見たのよ」とローラ・フェイは説明した。「ギリシャに関するシリーズをずっとやっていたの。ギリシャ神話についての。たしか、岩に縛りつけられて、鳥に突かれたのよね」

「そのとおり」

「いつも番組の最後にすばらしい言葉が紹介されるの」ローラ・フェイは、自分にも知識があることを示せるのがあきらかに得意らしく、ふいに楽しそうな口調になってつづけた。「たしかこんな言葉だったわ。〝偶然は準備のできていない人の唯一の希望である〟」

「それはプロメテウスではなくて、パスツールだ」とわたしは訂正した。「その引用句は〝偶然は準備のできている人の味方をする〟というんだ」

ローラ・フェイは首を横に振った。「わたしはなにひとつちゃんとわかっていないのね」彼女は笑った。「オリーはよくわたしに言ったものだったわ。〝よく見なくちゃいけないよ、ローラ・フェイ。ディテールを見逃さないようにしなきゃいけないんだ〟って」

彼女は楽しそうに目を輝かせた。「それじゃ、あなたはその言葉をどこかで読んだことがあるのね、ルーク？　その……何という名前だったかしら？」

「パスツール」とわたしは言った。「知っているだろう、牛乳なんかの低温殺菌《パスツーリゼーション》というのを。そのルイ・パスツールだよ」

「ルイ・パスツール」とローラ・フェイは繰り返した。「あなたはどこでその言葉を読んだの?」彼女のまなざしがかすかに異なる影を帯びた。「『バートレット』?」

「いや、『バートレット』じゃない」と、攻撃されて弁護するかのように、わたしは答えた。「たぶんパスツールの伝記で読んだんだと思う」

またもやローラ・フェイの気分が変わり、今度は疑問の余地なく楽しそうな熱気が感じられた。「あなたはバイオグラフィー・チャンネルを見る?」と彼女は訊いた。

「いや」

「わたしは好きなんだけど、オリーは好きじゃなかったの」とローラ・フェイはしゃべりだした。「オリーとヒストリー・チャンネル。まあ、それこそぴったりなんだけど。なかでも、戦争物ならばね。いろんな戦いや兵器。とくに銃の話なら」彼女はこどもみたいにうれしそうな笑みを浮かべた。「彼はわたしに銃の撃ち方を教えてくれたのよ。もう言ったかしら?」

わたしは首を横に振った。

彼女はLA検視官事務所のバッグを持ち上げて、それをドシンとテーブルの上に置いた。「わたしは銃の所持許可証までもっているのよ」

わたしは銃撃を受けたかのように、びくっとして身を引いた。「そこに銃を持っているのかい?」

ローラ・フェイは、ジョークでちょっと脅かしてやったとでも言わんばかりに、思いきり笑った。「あら、ルーク」と彼女はばかにしたように言った。「なぜわたしがセントルイスに銃を持ってきたりするのよ？」彼女はバッグのなかに手を入れて、小さな金属製の薬入れを取り出した。「お薬の時間よ」彼女は容器のふたをあけて、緑色のカプセルをつまみ出すと、水なしで飲みくだした。

「それは何なんだい？」とわたしは訊いた。

「抗鬱剤」とローラ・フェイは答えた。「わかるでしょう。ローラ・フェイを抑えておけ。ローラ・フェイを爆発させるな」彼女は片手を振った。「ともかく、オリーはわたしが銃を持つべきだと言っていたわ。女性はすべて銃を持つべきだって」

「しかし、そのアドバイスには従うべきじゃないと思うが」とわたしは言った。「とりわけ、つまり、その……鬱状態になることがあるのなら」

ローラ・フェイのおどけたところがすっと掻き消えた。「そうね。でも、世の中にはほんとうに悪い人もいるから」と、薬の容器をバッグに戻しながら、彼女は断言した。「わたしたちがわが身を守らなければならないような人たちが。どこにいるかわからないもの」彼女はそこで間をおいて、わたしのほうに目を上げた。「人殺しどもが」

束の間、沈黙が、どこか重苦しい沈黙が流れたが、やがて彼女はふたたびにっこりと笑った。「オリーは口径9ミリのオートマチックがそういう仕事には最適だって言うの。そのベイビーには十九発弾が入っているから」彼女はぼんやりとバッグをさすったが、目はわたしから離さなかった。「かなり威力があるのよ」

「そうらしいね」とわたしは陰気に言った。

「どうしたの、ルーク？」とローラ・フェイが訊いた。

わたしのクスクス笑いにはかすかに苛立ちがにじんでいた。「いや、ただ、もしもこれが――わたしたちの会話が――お芝居だとしたら、こういう言葉があるんだよ。第一幕で銃の話が出たら、芝居が終わるまでにかならず発砲されることになるってね」

ローラ・フェイが浮かべた笑みはすこしも安心できるようなものではなかった。

「ともかく」と彼女は言った。「射撃練習場で、〝ローラ・フェイ、オリーがその9ミリのオートマチックをわたしの手に持たせて、言ったの。〝ローラ・フェイ、もしもだれかがきみに暴力をふるおうとしたら、その悪いベイビーをその男に向けて、引き金を引いて、跳ね上がらないようにしっかり持っていればいい。そうすれば、そのごろつきは二度とだれにも悪さをしないだろう〟ってね」彼女はLA検視官事務所のバッグの飾りになっているチョークで描かれた人体の輪郭をそっと指先でなぞった。「あなたはあまり銃を撃ったことがないんでしょう？」

「ああ、あまりない」

わたしは一度だけ父とハンティングに行ったときのことを思い出した。父は彼の唯一の武器である、玩具《おもちゃ》みたいな、擦りきれた古い22口径について、どんなに熱心に基本的なことを教えようとしてくれたことか。わたしたちは森へ行き、赤粘土の崖っぷちを歩いて、濁った小川の岸に出た。そこで、父はどうやってボルトを引き、シェルを装塡して、ボルトを閉め、狙いを定めて、発射するかを教えてくれた。その日は小鳥がたくさんいて、わたしは頭上の枝から枝へと飛びまわる小鳥に向けて、何度も何度も銃を発射した。しかし、そのいつ果てるとも知れない午後の銃撃のあいだじゅう、わたしは一発も当てられず、最後には、父はわたしの腕からライフルを引き取った。「おまえはハンティングには向いていないな、ルーク」と父は言い、森の外へ通じる小道を顎で示した。「そろそろ帰ったほうがいいだろう」帰り道ずっと、わたしは自分の無能さに苦しんでいたが、父はそれに輪をかけるようなことはなにもせず、実際のところ、ずっとわたしの肩にやさしく手をまわして、この小鳥やあの小鳥を指さしては、ときおり「こんなにきれいなものをだれが殺したがるだろう？」とそっとささやいたりしたものだった。

「なんでもないわよ」と、わたしがそれ以上なにも言わないのを見て取ると、ローラ・フェイは言った。「射撃は、という意味だけど」彼女は一瞬黙りこんで、わたしを包みこんだ暗闇の深さを測ろうとしているようだった。「実際、簡単よ。ただちょっと引くだけだもの。そのあとは……」

いきなり胸が張り裂ける思いを抱いて、わたしはそこにいた。虚空のなかの第三の目みたいに、犯罪のすべてを目撃した証人みたいに。父が後ろにのけぞりながらテーブルに手を伸ばすところが見え、恐ろしい光景全体がフィルム・ノワールのシーンみたいに目に浮かんだ。墨みたいに真っ黒な血がシャツに染みて、床にしたたり落ち、もっとあとにちがいないが、トムリンソン保安官が大の字に倒れた死体を覗きこむように立って、あれこれ考えたり、質問しているのが見えた。

「そのあとは、徹底的な捜査になる」とわたしは思わず口走った。

ローラ・フェイは訝しげにわたしの顔を見た。

「急にトムリンソン保安官のことを思い出したんだ」とわたしは説明した。「ずいぶんいろいろ質問されたから」

「ああ、彼」とローラ・フェイは言うと、体をひねって、バッグをもう一度椅子の背に掛けた。「彼はとても綿密に調べたわ」

わたしはこの年老いた保安官がのちにその血塗られた夜の出来事を詳細に語ったときのことを思い出した。彼が調べ上げたタイムライン、秒単位でのウディの動きのすべて、そして、最後に、油断なく期待をこめた目でわたしを見て、自分の報告のなかのちょっとした事実がわたしの心に引っかからなかったかどうか見抜こうとした。

「わたしはかなりきびしく取り調べられたわ」とローラ・フェイはつづけた。「わたしとウディのこと、わたしとあなたのお父さんのこと、お父さんとあなたのことについて」

「わたしのこと?」

ローラ・フェイはうなずいた。

「あなたたちの仲はどうだったかとか、そういうことよ」

しばらくあとで、わたしがバラエティ・ストアの在庫調べをしているとき、トムリンソン保安官がやってきたことを思い出した。ちょっと挨拶に寄っただけで、わたしがどうしているか、だいじょうぶかどうか確かめたかっただけだというふりをしたが、彼が帰る直前にした質問は、いかにも老獪な保安官がしそうな質問だった。〝ところで、ルーク、奨学金のほうはどうなっているんだね?〟

「むかしから不思議だったのは、彼がどうやってあんなにも多くのことを知っていたのかということだ」とわたしはローラ・フェイに言った。「わたしたちについて、という意味だけど。父と母についても。わたしについても」

ローラ・フェイは目をそらして、ぼんやりと指先でグラスをいじっていた。

「たとえば、彼はわたしが奨学金に応募したことを知っていたけど」とわたしはつづけた。「どうやって知ったのか不思議だった。母はそのことについては一言も言っていないし、もちろん、わたしも言わなかったのだから」

ローラ・フェイの右手が、巣に戻る小さな蟹みたいに、左手のなかに入りこんだ。

「わたしが言ったのよ」と彼女はそっと告白した。「あなたが奨学金をもらえることになったって保安官に言ったの」彼女は首を横に振ったが、それがどういう意味かわたしにはよくわからなかった。「とても強引になることがあるのよ、トムリンソン保安官は。しかも、ふたりも死んだ事件を抱えていたんですからね、ルーク。〝知らない〟と言っても引き下がろうとはしなかったわ。彼はありとあらゆることを知りたがった。あなたのお父さんに敵がいなかったかとか。ウディがあの遺書を書いて、拳銃で自殺するまでに丸四日経っていたから、そのあいだには商売上の問題だったのかもしれないと考えたんだと思うけど、お店についてあれこれ訊かれたわ。お父さんがお金を借りていた相手かもしれないとか。彼は動機を探していた。たくさんの人を調べていたわ」

「たとえばだれを？」とわたしは訊いた。「父の商売関係以外では」

「たとえば、あなたよ、ルーク」とローラ・フェイは答えた。「あるいは、あなたのお母さんとか。わたしは知っていることを話しただけだけど。あなたのお母さんはとてもいい人だとか。あなたもいい人で、頭がよくて、奨学金をもらって学校に行くことになっているとか。あなたが奨学金を取れなかったことは知らなかったから」

「じゃ、きみは協力的だったんだね」とわたしは言った。「知っていることはすべて彼に話したんだ」

ローラ・フェイはためらいがちにうなずいた。あきらかにこの話題を警戒してはいるのだが、避ける術《すべ》はないと思っているようだった。

「わたしたちの家族について保安官が非常によく知っていることはわかっていた」とわたしは言った。「知らなかったのは、その情報の出所がきみだったということだ」

ローラ・フェイは肩をすくめた。「だって、あなたのお父さんはおしゃべり好きだったし、わたしたちはずっといっしょにお店にいたから。お父さんは仕事をしながらいろんなことを話したのよ」

「そして、どうやら、彼が好んで話したのは自分の家族のことだったらしいね」父が家族の生活の内密な部分を他人に話していたことに憤懣を感じながら、わたしは言った。

ローラ・フェイは目を伏せて、一見底のないアップルティーニの緑色の液体を覗いていた。しばらくはそのまま、なにか考えているようだったが、やがて、ふいに目を上げたとき、そこにはキラキラした、ほとんどいたずらっぽい光があった。「事実だけですよ、奥さん」と彼女は深い、ばかなことは許さないという声で言った。

「え？」

彼女は首をかしげて、きびしい目でわたしを見つめた。「事実だけですよ、奥さん」と、彼女はもう一度、今度は笑いながら繰り返した。「《ドラグネット》のフライデー部長刑事よ。ケーブルテレビのあるチャンネルで、ずっと通して再放送しているの」彼女はふたたび、今度はちょっとしゃがれ声で笑った。「ダム＝ダ＝ダム＝ダム、ダム＝ダ＝ダム＝ダム＝ダーンというのがテーマソングよ。オリーが大声でこれをうたうと、番組がはじまるしるしで、わたしは家のどこにいても、大急ぎで駆けつけたというわけ」

わたしは会話がずいぶんおかしな方向に脱線したものだと思っていたが、ローラ・フェイがテレビ番組のテーマで呼ばれ、廊下やキッチンから走りだし、最後のダーンの前までにソファに着地するというイメージは、それよりもっと滑稽だった。

「わたしは警察物が大好きなの」とローラ・フェイは宣言した。「とくに《ドラグネット》が。警官が実際に仕事をするやり方という点では、この番組のほうがリアルだ、とオリーは言っていたわ」

「どういうところが？」と、次の会話のテーマが《ドラグネット》にまつわる諸々になるのはあきらかだったので、わたしは訊いた。

「退屈だからリアルなのよ」とローラ・フェイは言った。「オリーによれば、警察の仕事はほんとうに退屈なことがあるんだって。たくさんの偽の手がかりをチェックしなければならないし、人々は年中嘘をつくから。だれが事実を話していて、だれがそうではないかを見抜くのがうまくならなければならないし。それに人間の中身を見ると、かなりひどいことがある。人の心のなかを覗くと、という意味だけど。オリーがそう言っていたのよ。〝ローラ・フェイ、人間の心のなかはあまりきれいなものじゃないんだよ〟ってね」彼女は短い笑いをもらした。「オリーが『バートレット』に入るとしたら、それが彼の言葉になるでしょうね」彼女は肩をすくめた。「でも、いまも言ったように、警察の毎日の仕事はかなり退屈なことがある、とオリーは言っていたわ」

「しかし、彼は警察の仕事みたいなことをつづけていた、ときみは言ったじゃないか」とわたしは指摘した。「退職したあとにも。古い迷宮入りの事件を調べていたと」

ローラ・フェイはうなずいた。「そうよ。つづけていたわ」

「それじゃ、彼はそれが面白いと思っていたにちがいない。そうだろう？」

「彼はあるひとつの事件が面白いと思っていたの」とローラ・フェイは穏やかに言った。

「ひとつだけかい？」

「そう、ひとつだけ」彼女の上を雲が通りすぎたかのように、ローラ・フェイの表情がかすかに暗くなった。「彼はそれに取り憑かれていたのよ」男がひとり入ってきたので、彼女は目を上げた。どうやらホテルの客らしく、丁寧に折り目のついたパンツにオープンカラーのシャツといういでたちだった。それから、彼女はわたしに視線を戻し、異様なほどじっと動かない目でわたしを見た。「人はなにかに取り憑かれる必要があるでしょう、そうは思わない、ルーク？」

「そうかもしれない」とわたしは弱々しく答えた。

ローラ・フェイの次の質問は奇妙なくらい直接的だった。「あなたは何に取り憑かれているの？」

21

わたしたちの心は幽霊屋敷である。

ローラ・フェイの質問を聞いたとき、わたしの頭に浮かんだのがこれだった。わたしの心は幽霊に取り憑かれた館であり、ジュリアは最後にはそこに住むことをあきらめて――あくまでこの比喩をつづけるとすれば――恐怖映画のヒロインみたいに、玄関のドアから飛び出していったのだった。

そういう幽霊屋敷の最初のイメージとして、わたしは父のことを、いろんな恰好をした父のことを考えてもおかしくなかった。通りの雑踏を縫って、安全にわたしを向こう側に渡そうとしている父。あの擦りきれた古い22口径を無頓着に肩に担いで、森からわたしを連れ帰ろうとしている父。ばかげたことにバラエティ・ストアの入口に置いた、キイキイ軋るラックにペイパーバックを並べようと苦闘している父。毎日減っていく領収書を、あのジリジリするほどのろまな、うわの空のやり方で、ふと別のことを考えてしまうので、何度となく初めからかぞえなおしている父。そして、最後に、胸に穴があいて、キッチンの床に大の字に倒れている父。目を見ひらいて、裏のドアをにらんでいた。ドアのフレームはぶざまに傾《かし》いでいたが、それは自分で不器用に取り付けたせいだった。わたしの目の前に浮かんだのが母の幽霊だとしてもおかしくなかった。わたしの青春の夢を理解してくれ、それを追求するように励ましてくれて、どんなものにも邪魔されないようにしろとずばりと警告してくれたただひとりの人。くぼみのような部屋で本を読んでいる母。南軍戦没者記念碑までわたしを散歩に連れていく母。父が殺された夜、裏庭に立っていた母。あるいは、その夜そのあとで、自分のベッドルームに向かって階段をのぼっていく母。青白い右手がすり減った手摺りをにぎっていた。

わたしの青春の死に至るドラマの主役から離れて、ミス・マクダウェルを思い浮かべてもよかったかもしれない。野外席にぽつんとひとり坐って、バスケットボールのユニホームを着たハンサムな若者たちを見下ろしていた姿。いまではわたしも知っているが、おそらく心を騒がせる衝動に苦しめられていたのだろう。

あるいは、わたしの心に浮かんだのがデビーであってもおかしくなかった。とりわけ、グレンヴィルを出ていくというわたしの夢がまもなく実現することがはっきりしたあの春の日、「あなたのことはけっして忘れないわ、ルーク」とそっとささやいた彼女。

あるいは、哀れな、頭がおかしくなったウディ・ウェイン・ギルロイを思い浮かべても不思議ではなかったかもしれない。クウィック・バーガーのボックス席にひとりで坐っている、途方にくれた孤独な男。わたしが彼に気づくと、向こうもわたしに気がついて、手を振ってわたしを呼び、わたしがボックス席の向かい側に滑りこむと、こう訊いてきたものだった。〝あんたの親父さんがバラエティ・ストアをやってるんだったな、そうだろう？〟

だが、ローラ・フェイの心にまつわりつく質問を聞いたとき、わたしの心に浮かんだのはそのだれでもなかった。

それはミスター・クラインだった。背が高く、痩せぎすで、いまだに異国の麦畑のなかに佇んでいる旧約聖書のルツみたいに、永遠にちょっと離れた場所に立っている。チャコールグレイのコートを着て、体の前で手を組んでいる、紳士然としたミスター・クライン。帽子の下から黒い目をらんらんと光らせ、陰鬱で、孤独で、奇妙なほど孤立しているが、その厳粛な声は旧世界の鐘みたいに響いたものだった。〝ルーク、わたしたちは話をする必要がある〟

それを思い出すと、わたしは右のほうにちらりと目をやった。しばらく前にバーに入ってきて、依然として鉢植えの植物の陰のテーブルに坐っている男のほうに。「謎の男」と、わたしは独り言みたいに言った。

「何ですって？」とローラ・フェイが聞き返した。

「あそこの男さ」とわたしは答えた。「植物の陰に隠れている。あれが謎の男だと言ったんだ」

「どうしてそう思うの？」とローラ・フェイが訊いた。

「わからない。なんとなくそんなふうに見えるというだけだが」とわたしは答えた。「映画のなかの男みたいに。諜報部員とか、そういう人物に。謎の男」

なにか思い当たるふしがあったらしく、ローラ・フェイの表情がふいに真剣になった。

「ウディは謎めいていたわ」と彼女は言った。「ううん、正確には、ウディその人じゃなくて、彼がやったことが、だけど」彼女の顔つきは疑問符そのものだった。「どこかしっくりこないのよ。いつもしっくりこないところに気をつけなければならない、とオリーは言っていたの。ウディが謎めいているというのは、そういうことなんだけど」

老獪な蛇がとぐろを巻き、わたしが最後に見た哀れな、途方にくれたウディの姿が浮かび上がった。巨大なコーラをちびちび飲みながら、彼の前のテーブルには手をつけていないハンバーガーとフライドポテトがあった。わたしが知っているすべての人たちのなかで、彼ほど謎めいたところのない人間はなかった。

「あなたのお父さんとわたしのことをあんなふうに思っていたことにも驚かされたけど」とローラ・フェイはつづけた。「わたしがほんとうに驚いたのは彼がやったことだわ」

「それはつまり」燃えさかる石炭の火にじりじり指を近づけるみたいに、わたしは用心深く尋ねた。「人を殺したことという意味かい？」

ローラ・フェイは首を横に振った。「そういうわけでもないの。ただ、ちょっと不思議なことがあったのよ」ふたたび匂いを嗅ぎつけた犬みたいに、彼女は急に生き生きとした顔をした。「わたしは事件全体をオリーとチェックしてみたの。あの日起こったことをなにもかも。ごく細かいことまで何度も何度も検討したわ。すべては細部にある、とオリーは言っていたから。ほんの小さなことに。わたしたちはそれを調べたの」まるでクリスマス・プレゼントをあけようとするこどもみたいに、彼女はあきらかに興奮して椅子の上で身じろぎした。「それでわかったのは、ウディはクローゼットに行って、いとこの古い22口径を探し出したにちがいないということだった」あきらかにそのはるかむかしの一日の出来事を思い返しながら、彼女は言った。「ウディのいとこは道具小屋に穴をあけるキツツキを撃とうとしていたの。彼は何度も何度も撃ったけど、結局一度も当たらなかった」

彼女は笑った。「話が脱線してしまったわね。たしか、そう言うんでしょう、ルーク？脱線《ダイグレス》するって？」

彼女は椅子の上でほんのかすかに跳ねたが、それが束の間の少女っぽい興奮のせいか、それとももっと悪意のある、なにも知らない蛾が近づいてくるときの蜘蛛の喜びみたいな、陰険な楽しみのせいかはわからなかった。

「ええと、それからウディは車で山を下りて、あなたの家から二、三軒離れたところに駐車した」と彼女はつづけた。「お父さんは夕食のテーブルについたばかりで、お母さんはていた。そうだったわね、ルーク?」と彼女は訊いて、さっとわたしに視線を戻した。「そして、あなたはドライブに出かけ二階にいた」彼女は羊歯の背後の男に目をやった。

「そう言ったでしょう?ディケイター・ロードに出かけていたって」

「そのとおり」とわたしは言った。「わたしは出かけていた」

ローラ・フェイがそれを事実として受けいれたのか、それとも、わたしの目がキラリと光ったのを見て嘘だと見なしたのかは、わたしにはわからなかった。

「それで、わたしが言おうとしているのはこういうことよ」と彼女は言った。「あなたの家からほど近い場所で、ウディが車のなかに坐っているのを、ふたりの人が目撃している。彼は顔を伏せていた、とその人たちは言っているの。顔を伏せて、ハンドルに押しつけていたって」

そういう苦悩に満ちた姿勢をとった、哀れな、打ちひしがれたウディのイメージがローラ・フェイの頭に入りこんだのだろう。そのせいで彼女の少女探偵の興奮はすっかり醒めてしまったらしく、ふたたび口をひらいたときには、完全に冷静な口調になっていた。

「それから、七時に」と彼女は言った。「七時きっかりに――トムリンソン保安官がそう言ったんだけど――七時きっかりに、ウディは車を出た」

「七時きっかりにかい?」とわたしは訊いた。「きみはきっかりにと言ったけど。二度もそう言ったけど、たしかにそうだとわかっているのかい?」

「七時きっかりよ」とローラ・フェイは答えた。「近所の人のひとりが、ちょうどテレビでニュースが、七時のニュースがはじまったとき、ウディが車から出てくるのを見たって、保安官から聞いたから」

そこからはじめて、ローラ・フェイは、父が殺害された数日後にトムリンソン保安官が母とわたしに語った一連の出来事を、正確に注意深く順序立てて説明した。その多くは自殺したウディの遺書に書かれていたもので、保安官によれば、ローラ・フェイはこの事件とはまったく無関係であることをウディは強調していたという。わたしの父と浮気をして、この別居中の夫を父の殺害へと駆り立てたことを除けばだが。

車から降りたあとウディが立ち止まった形跡はなかった、とローラ・フェイはつづけた。つまり、彼はまっすぐピーナッツ・レーンのわたしたちの家へ向かった。そこに着くと、彼は裏庭を取り囲む防護柵の門の掛け金を外し、父が物置を作るつもりで積んでおいたが、結局は作らなかったコンクリートブロックの山の背後に身を隠した。

「そして、それから彼は父を撃ったんだ」ローラ・フェイの陰鬱な物語を早く終わらせようとして、わたしが言った。

「いいえ、ちょっと違うの」とローラ・フェイは言った。「そこがわたしから見ると、なんだか不思議なところなのよ。すべて犯罪現場報告書に書かれているんだけど」

それがどういうものかわたしがまったく知らないことを彼女は見て取った。

「犯罪現場を調べるとき、警官が書く報告書よ」とローラ・フェイは説明した。「それには五種類あって」彼女は右手を上げて、一本ずつ指を上げながら、いかにも権威ありげにそれを列挙した。「概要報告書、現場報告書、調査分析報告書、証拠物件報告書、未解決事項報告書」残らずに列挙できたので、彼女はかなりうれしそうだった。「オリーの考えでは、いちばん重要なのは現場報告書だというの。どんなふうに調査が行なわれ、どうやって報告書が書かれるかを彼は知っていて、保安官事務所に電話して――警察の仲間同士がどんな感じか知っているでしょ？――現場報告書のコピーを送ってもらったのよ。わたしたちはそれをいっしょに詳しく調べたの」

「そして、オリーがなにかに気づいたのかい？」とわたしは訊いた。

「いいえ」とローラ・フェイが答えた。「わたしが気づいたの」彼女はその小さな発見をしたときのことを、そのときの不気味な興奮を思い出しているようだった。「煙草のことなんだけど」彼女はわたしの顔をまともに見た。「ウディは煙草を一本吸っていたの。銃を発射したときその後ろに立っていたコンクリートブロックの山の上から、煙草の吸い殻がひとつ見つかったのよ。ウディが吸っているのとおなじ銘柄で、チェスターフィールドだった。あなたのお父さんは全然煙草を吸わないから、彼のではないし、あなたも煙草は吸わないでしょう、ルーク？」

「ああ」

「そうだと思った」とローラ・フェイは言った。「だから、警察が見つけた煙草の吸い殻はウディのものだったはずなの」

「それのどこがそんなに不思議なんだい?」

「彼が一本しか煙草を吸わなかったことよ」とローラ・フェイは言った。「ウディはチェーンスモーカーだったのに。いつも次々に煙草を吸っていたのに。とくに神経がピリピリしているときにはそうで、あのコンクリートブロックの後ろで待っているときには、そうだったにちがいないのに」

「マッチを擦るのが怖かったのかもしれない」とわたしは言った。「だれかに見られるかもしれないから」

「でも、すでにマッチを一本擦っているのよ」とローラ・フェイは言った。「あのコンクリートブロックの後ろにちょっとしゃがんで、次々に煙草に火をつけることはできたはずよ」彼女は首を横に振った。「でも、ブロックの後ろでずっと待っているあいだに、彼は煙草を一本しか吸わなかった」

「そんなに待たなかったのでなければね」とわたしは言った。「急いで一本だけ吸って、それからすぐに撃ったのでなければ」

ローラ・フェイの目は、さっと照らされたライトのなかに浮かんだ猫の目みたいに、妖しげにキラリと光った。「でも、彼がそうしたはずはないのよ、ルーク」

「なぜ？」

「もしも彼がそうしたのなら、お父さんが撃たれたのは七時ちょっと過ぎだったはずよ」とローラ・フェイは説明した。「覚えているでしょう？　保安官が言ったように、彼はあなたの家に七時ちょっと過ぎに着いていたのよ」

「それで？」

「で、問題なのは、あなたのお母さんが救急車を呼んだのは七時二十四分だったということなの」

「七時二十四分？」とわたしは訊いた。「どうしてわかるんだい？」

「警察の報告書にあるのよ」とローラ・フェイは答えた。「オリーが保安官事務所から手に入れた報告書に。お母さんが電話したのは911だったけど、911ではいつも何時に電話があったか正確に記録されていて、それは七時二十四分だった。ウディが車を出て、あなたの家に向かってから二十四分後だったのよ」そう説明すると、彼女は満足げな笑みをもらした。「警察はいつもタイムラインをつくるの」と彼女はつづけた。「関係者全員のタイムラインを。被害者、目撃者、容疑者、全員の」

「なるほど」とわたしは静かに言った。

「で、問題は」とローラ・フェイはつづけた。「問題は、その911への電話が、あなたのお母さんがかけた電話が、いま言ったように、七時二十四分だったということなのよ。

ウディが車を出て、お父さんの家に向かってから二十四分経ってからだった。車から家までは一分もかからないから、彼はお父さんを撃つまで少なくとも二十二分も待っていたということになる」彼女は目を天井に向けて、なにかしら計算しているようだった。「わたしの計算では、そのくらいあれば、ウディは少なくとも五本は煙草を吸ったはずなのよ。もっとかもしれないけど、少なくとも五本は」彼女はさっとグラスから一口飲んだが、まるでグラスの背後に顔を隠したかに見えた。「でも、犯罪現場には吸い殻は一本しかなかったの、ルーク。それが不思議なのよ」

「しかし、チェーンスモーカーであってもなくても、ウディはその夜は一本しか吸わなかったのかもしれない」とわたしは言った。「もしかすると、わたしの家に着いたとき、パックに一本しか残っていなかったのかもしれないし」

「ウディはいつも予備のパックを持っていたわ」とローラ・フェイは断固として言い張った。「彼が予備のパックを持っていないのは一度も見たことないもの」

わたしは最後に彼を見たときのことを思い出した。クウィック・バーガーでひとりで坐って、次々に煙草を吸っていたが、一箱をテーブルの手が届く場所に置き、二箱目がシャツの胸ポケットから覗いていた。

「彼が予備のパックを持っていないことは一度もなかったわ」と、ローラ・フェイは断固として強調した。「だから、わたしはずっと、あなたのお母さんには銃声が聞こえなかったのかもしれないと思っていたの。だから、ダグが死にかけているのを知らなかったのかもしれないって。キッチンの床に倒れていたのを、という意味だけど。だから二十分も経つまで911に電話しなかったのかもしれないって」

頭のなかでちらつく映像を見ているように、わたしは母が何度かわたしに説明した動きを繰り返しているのが目に浮かんだ。銃声を聞いてベッドから起き上がり、ベッドのなかで体をひねって、両足を床に着け、立ち上がって、階段に向かう。

「いや」とわたしは言った。「母には聞こえたはずだ」

「お母さんは起き上がることができたんでしょう、違う？」とローラ・フェイが訊いた。「病気だったと聞いているけど。でも、自分で起き上がって、階段を下りることはできたのよね」

「父が殺されたころには、母はかなり弱っていて、のろのろとしか動けなくなっていた」とわたしは言った。「だがそれでも、二、三分もあれば、階段を下りられただろう」

わたしは、父が殺された夜、母から聞かされたもっと詳細な経緯を思い出した。母は銃声を聞きつけて、急いで階段を下り、キッチンに入って、父が床に仰向けに倒れているのを発見した。両腕をほぼおなじように投げ出して、指を内側に折り曲げ、目に見えない棒をつかもうとしているかのようだったという。

「二、三分」とローラ・フェイはそっと繰り返した。「お母さんは銃声を聞いて、階下に下りて、ダグを発見したのね……二、三分で」

わたしはごく短時間のうちに起こったこの一連の出来事を頭のなかで何度もたどったが、いつもおなじ順序で、いつもおなじ終わり方だった。母が父のそばに走り寄り、傷のひどさを悟ると、跳ね起きて電話に駆け寄って、半狂乱で救急車を呼ぶ。

ローラ・フェイはグラスからさっと一口飲むと、そのグラスをちょっと乱暴に、小槌みたいな音をさせて置いた。「それなら、そのとおりのことが起こったにちがいないわ」と彼女は言った。「あなたのお母さんが言ったとおり」彼女がクスリと笑ったのが、わたしにはなんだか場違いに聞こえた。「たぶん、生まれて初めて、そのときに限って、ウディは煙草をやめたんでしょう」

しかし、ほんとうにそうだろうか、とわたしは首を傾げた。

ローラ・フェイの裏切りという、かつてないほど苦痛な事実に反応して、生涯でもっとも重大な決断をくだし、人の命を奪おうとしていたウディが、暗闇に身を隠して、22口径のライフルを持ち、コーンブレッドと牛乳の夕食をむさぼっている父に狙いをつけようとしていたウディが、頭も心も恐怖と苦悩の重圧にさらされていたその瞬間のウディが、ほんとうに煙草をやめようとしたりするだろうか？

「煙草をやめた？」と、ほとんど独り言みたいに、わたしはそっと繰り返した。

ローラ・フェイはわたしの顔を見ながら、奇妙だがどことなくやさしさの感じられる口調で反問した。「ほかにどう説明できるというの、ルーク？　煙草の吸い殻が一本しかなかったことを、ほかにどう説明できるというの？」

こうとしか説明できない、とわたしは思った。

銃声がとどろいた。

母がベッドから起き上がる。

なんでもないのかもしれないと思いながら耳を澄ます。車のエンジンが逆火《さかび》を起こした
のか、父がなにかを床に落としたのかもしれない。

それから、もっとほかの物音が聞こえる。もっとずっと不安な物音。父の体が椅子から
転がり落ちて床にたたきつけられる音。

それが聞こえると、母はできるかぎり速く動きだす。本棚の置かれた短い廊下を走り抜
け、それからややスピードをゆるめて階段を下りる。

階段を下りると、さっと左を向いて、キッチンに走りこむ。

するとそこに、父が仰向けに倒れており、息をするたびに大量の血が噴き出している。

時刻は午後七時五分。

ほかにどう説明できるというの、ルーク？

こうとしか説明できない。

父は目を見ひらいて、凝視している。自分の胸から血が噴き出しているのが見える。穴

のあいた肺が押されて、空気が足りなくなり、自分から生命が抜け落ちていくのが、いまや一秒が生死にかかわることが感じられる。

彼は動こうとするが、体からすっかり力が抜け、鉛みたいに重くて、すこしも持ち上がる気配がない。

叫ぼうとするが、喉に血が詰まっていて、口をあけるたびに、どっと口から流れ出す。なにか言おうとすると、血と空気が混じり合って、もはやまっかな泡を吹くことしかできない。

何も言えずに、両腕を上げ、血まみれの手を伸ばし、心も体もいっしょに、あらゆる部分を伸ばして、必死にすがろうとする。恐怖に震え半狂乱になって、妻の救命ボートに手を伸ばそうとする。

煙草の吸い殻が一本しかなかったことを、ほかにどう説明できるというの？

こうとしか説明できない。

母はキッチンの入口に立っている。

眼前の恐ろしい光景に一瞬凍りついて、もがいている夫を信じられないと思いながらただ見つめている。

それから、急いで彼に走り寄り、かたわらのぬるぬるする床にひざまずき、彼を両腕で抱え上げ、彼の温かい血が自分の手を、腕を、胸を伝わり、部屋着に染みこんで、ふわふわしたピンクのスリッパを赤く染めるのを感じる。

自分が何をしなければならないかはわかっている。夫は死にかけている。いままさに死にかけている。なにもしなければ、もうすぐ、あとせいぜい数分で死んでしまうだろう。あと五分か、十分か、十二分か？

あんなに大量の血をどう説明できるというのか？

こうとしか説明できない。

母は父をしっかりと胸に抱きしめる。自分の夫の目のなかの必死の訴えを、彼の猛烈な、無言の叫びを見ないようにしながら。なぜおまえはおれを助けようとしないんだ？ 彼の生きようとする動物的な欲求が聞こえ、感じられる。自分がなにもしないでいることに対する彼の困惑した苦しみが見える。その最後の瞬間に、母はむかしとおなじくらい強く彼を愛しただろう。その不器用さ、自分を喜ばそうとしてぎこちないやり方でやってくれたいろんなこと、その仕事の骨の折れる単調さ、バラエティ・ストアの実りのない光の下で送ってきた侘しい日々のゆえに、母は彼を愛した。古びたレジやキイキイ軋るペイパーバックのラック、散らかしっぱなしの乱雑さ、どうしようもなく無秩序な毎日、彼女の暮らしを楽にしようとして失敗したあらゆる試みゆえに、母は彼を愛した。そして、とりわけ、ミスター・ウォードのところに行って、自分に生命保険をかけるという配慮をしてくれたがゆえに。その保険はいまでも有効であり、それだけの大金があれば失われた夢を……

こうとしか説明できない。

……息子に取り戻してやれるがゆえに。

22

〝だが、母はわたしのためにほんとうにそんなことをしたのだろうか？〟とわたしは自問したが、ローラ・フェイにはそれを訊こうとはしなかった。父が母を裏切っていなかったと聞かされたとき、ウディ・ギルロイの手による父の死は完全に思い違いであり、ウディ本人もわたしの父同様の犠牲者に過ぎず、わたしたちの物語ではだれもが誤った筋書きをたどっていたことを知らされたとき、わたしが感じた凍りつくような感覚を彼女に伝えようとはしなかったように。

だから、この茨の茂みに踏みこまなければならないという妙に切迫した義務感を抱きながら、ローラ・フェイが静かにアップルティーニを飲み、ブロッコリーを疑わしい――と彼女は見なしているらしい――白いソースに――おどけて勇気をふるっているところを見せつけながら――浸けているあいだに、わたしはふたたび自問していた。母はわたしのためにほんとうにそんなことをしたのだろうか？　父を腕のなかに抱き上げて、やさしい言葉をかけ、できるかぎり慰めながら……死なせたのだろうか？

そう思うと、わたしは母の現実の悲哀を、それが当時どんなに深く見えたかを思い出した。父の死が母に投げかけた暗い影。それは最後にはけっして癒されることのない心身の消耗へつながっていった。

もちろん、わたしは何度となく母の気分を引き立てて、その暗さから抜け出させようとしたものだった。たとえば、長時間のドライブに出かけ、ふたりで青いポンコツ・フォードに乗って、埃っぽい田舎道をガタゴト走りまわったりもした。

そういうとき、わたしたちは母が若かったころのいろんな場所を訪れた。母が育った農場や、通った高校、さらには、結婚したばかりのころ父といっしょに住んでいた小さな家に行ってみたりしたものだった。

それはいまや雑草に埋もれた土地に建つ廃屋になり、屋根はひどく傷んで、玄関のポーチは垂れさがっていた。外側のペンキはほとんど剝げ落ち、残りも剝げかかっていた。

「ブロークン・パイン」と、車の助手席からその崩れかけた廃屋を見つめながら、母はつぶやいた。「ダグはそう呼んでいたのよ」と笑みを浮かべて、「まるで邸宅みたいに。わたしたちの城かなにかみたいに」。

「そろそろ帰らなくちゃ」とわたしは言った。「暗くなってきたから」

母はその家から目を離そうとしなかった。「なかに入ってみたいわ」と母は言った。

「どうして？」

「入ってみたいのよ、ルーク」と母は断固として繰り返した。

そして、自分にしか聞こえない呼び声に誘われるかのように、車を出て、家に近づいていった。それが父の声で、いまでは幽霊になっているが、まだわたしたちのそばにいて、〝こっちへおいで、エリー〟と母を呼んでいるのだと想像すると、胸がズキンと痛むのを感じた。

わたしは車から跳び出して、芝生を横切り、いまや家までの距離の真ん中あたりまで近づいている母のあとを追った。

「待って」とわたしは言った。

しかし、母は待とうとはせず、わたしが追いついたときには、ほとんどドアにたどり着いていた。

「ここよ」と母は言った。「ここであなたのお父さんがわたしを抱き上げたの」

もちろん、そこがあの有名な敷居なのだった。いまやわたしにも見える父が、めかし込んでそこに立ち、母を腕のなかに抱き上げたのだろう。

わたしは錆びついたノブをつかんで、それをまわし、ドアを押しあけた。ドアはかなりスムースにあいて、そのときのふたりには未来がそう見えたにちがいないが、大きくひらいたままになった。

母はかすかに顔を上向けて、家のなかに入った。

母の目に入ったのは崩れかけた漆喰や剝がれかかった壁紙、水の染みのある天井や裂け目のできた木の床だった。窓ガラスは割れて、その下にキラキラする破片が散らばり、ベッドルームのドアは蝶番《ちょうつがい》がゆるんで垂れさがっていた。流しは錆色に変色し、古い網戸は至るところが裂けてたるんでいた。

「天国だったわ」と母はささやいた。「この家はわたしたちにとっては天国みたいだったのよ、ルーク」

こんな場所でその瞬間に、母の口からそんな言葉が出ようとは想像もしていなかったが、その言葉に胸を突かれたわたしは、あえて反論しようとはしなかった。

「そろそろ帰る?」とわたしは訊いた。

「まだよ」と母は言った。

それから、驚いたことに、母は言った。「彼のところに行きたいの」

父の墓に、という意味だった。そして、数分後には、わたしたちはそのかたわらに立ち、母は自分が建てさせた慎ましい灰色火山岩の墓石に刻まれた名前を見下ろしていた。〈ヴァーノン・ダグラス・ペイジ〉

「わたしは彼にもっと与えるべきだったわ」と母は言った。

「母さんはなにもかも捧げたじゃないか」とわたしは言った。

母はずっと墓石を見つめたままだった。「彼はさわられるのが好きだった」母はわたしの顔を見て、それからまた父の墓に注意を戻した。「もっとさわってあげるべきだったわ」

母が料理をしているときや、庭にいるのを見つけると、父がよくすぐそばに寄っていったことを思い出した。自分のベッドルームの窓や、木陰になかば身を隠して、わたしは父がそばに、母のすぐそばに体を寄せるのを見たものだった。そういうとき、父はじっと立っているだけだったが、そうやってじっとしているだけなのに、悲しげに嘆願しているのがわかった。その欲求を抱えながら取り残されている人影に、母はけっして手を伸ばそうとはしなかった。

「あなたはだれかを見つける必要がある」と母は言った。「あなたを死ぬまでずっと愛してくれるだれかを」

母が父のなかにそういう相手を見つけたのはあきらかだった。そして、いま、父の死の深い悲しみがどんなに母を打ち砕いたかを思い返すと、母はそれだけ強く父を愛していたのかもしれないとわたしは考えだした。わたしが見たと思っていたよそよそしさは、たいして具体的な証拠のない、こどものわたしの想像に過ぎなかったのかもしれない。ローラ・フェイと話をするまでは、あんなにも完璧に確信していた父の裏切りとおなじくらい、現実から遠いものだったのかもしれない。もしも母がそんなふうに父を愛していたのだとすれば、父を死なせたりしただろうか？

あるいは、母はただその場に凍りついてしまっただけだったのかもしれない。目にした傷に呆然として、こどもをあやすようなことしかできなかったのかもしれない。わたしが自転車から転げ落ちて気を失ったとき、母の腕のなかで目を覚ますと、母は体を硬くしてわたしを揺すりながら、ほとんど意味もなく〝ルーク、ルーク、ルーク〟とつぶやいているだけだったが、あのときみたいに。

ローラ・フェイが最後のカラマーリを口に運ぶのを見守りながら、ほんとうのことはけっしてわからないだろう、とわたしは思った。父が死んだ夜に、母が何をしたのか。父は実際に母を裏切ったことがあったのか。自分が知っていると恐ろしいほど確信していたすべてを、ほんの一瞬でも疑ったことがあったなら、わたしはもっと別の行動を取っていたのかどうか。

「七時二十四分か」とわたしはごく低い声でつぶやいたが、驚いたことに、ローラ・フェイがそれを繰り返した。

「そう、七時二十四分よ」と彼女は言ったが、母が911に電話した正確な時刻にも、母に関するほかのどんな事実にも、彼女はもうたいして興味がないようだった。その代わり、彼女は深く息を吸って、こうつづけた。「ウディって人は不思議な人だったわ」

「あの煙草のことがかい？」

「いいえ、そうじゃなくて」とローラ・フェイは答えた。「もっと別のことなのよ」

ふいに、それまでローラ・フェイがわたしの母について話したのは単なる策略だったのではないか、とわたしは思った。これから口にしようとしている、父の死に関するもっと別なアプローチをカムフラージュするためだったのではないか。

「そのことは何度も考えてみたんだけれど」と彼女はつづけた。「なぜウディが突然あんなふうになったのか、わたしにはどうしてもわからなかった」

これがローラ・フェイがたどっていた黒い糸なのだろうか、とわたしは思った。その糸の端に何があるのかを見つけようとして、彼女はわたしのところへ来たのだろうか。ほんのささいなディテール、あまりにも取るに足りないことなので、ほかの人たちはだれも気づかなかったディテールを……わたしを別にすればだが。

「ウディが？」とわたしは警戒しながら聞き返した。「なぜ〝突然あんなふうになったのか〟？」

「それから突然、はっきりとわかったの」とローラ・フェイは明るく言い放った。

わたしはふたたび妙にギュッと胸が締めつけられるのを感じた。

「彼はいつも煙草を吸っていたでしょう？」とローラ・フェイは訊いた。

わたしはほんの数回ウディ・ウェイン・ギルロイを見かけたときのことを思い出したが、彼はいつも煙草を吸っていたし、ポケットからチェスターフィールドのパックを覗かせていた。すっかり望みを失って、クウィック・バーガーのボックス席にうつむいて坐っていた。

るのを見かけたあの日もそうだった。

「いつも食べすぎて、飲みすぎて、車を速く走らせすぎていた」とローラ・フェイはつづけた。「彼がなぜいつもそんなふうにするのか、わたしにはわからなかった。それから、ある日の午後、《オプラ・ウィンフリー・ショー》を見ていたら、その日はずっとウディみたいな人についての話だったんだけど、彼女のショーに出た専門家が自己破壊的な人間なんだって言ってたの。わたしはそういう人たちの意見はよく聞くのよ。心理学者や、そういう頭のいい人たちの意見はね、ルーク、あなたみたいに。そういう人たちがウディのような人間は〝自己破壊的〟なんだって鑑定していた。ウディみたいな人たちはいつも自殺しようとするんだって」彼女は窓へ、その向こうのほとんど見えない暗闇に目をやった。「でも、わからないのは」と彼女はほとんど独り言のように言った。「彼がなぜほかの人を殺そうとしたかだわ」

彼女は一瞬黙ってわたしを見つめた。レーザー光線みたいに鋭い視線で、わたしはすばやくそれをそらそうとした。

「まあ、人間というのは複雑だからね」とわたしは言って、肩をすくめた。「人間は……予測不可能なものだから」

ローラ・フェイは、解くことのできない人生の謎を認める年老いた賢者みたいに、ゆっくりとうなずいた。「そう、予測不可能ね」彼女は飲みものを一口飲んだ。グラスの縁越しに、あの彼女独特な、人を射抜くような目が覗いていた。「あなたは彼を知らなかったんでしょう、違う、ルーク？」

柱の陰に隠れようとする男みたいに、わたしは言った。「ウディを知っていたかって？いや、全然知らなかったよ」

「話をしたこともなかったんでしょう、もちろん」とローラ・フェイが言った。

「いや、一度だけ」とわたしは言った。「ちょっと話したことがある」

その瞬間、自分たちが直視しようとしない事実がわたしたちの血にすこしずつ毒を注ぎこんでいるのではないか、とわたしは思った。その焼けつくような一瞬に、わたしは人生の現実の厳粛な、妙に人を駆り立てるような感覚にとらわれた。人生の通常のルールはただ単に構造を与えるためにあるだけで、わたしたちはほとんどの場合そういうルールの外側で生きており、自分たちの望むことをやりながら、自分たちが欲するものを追求するためにそうする必要があるものはなにもかも犠牲にして、自分たちの行動をすべて正当化しているが、じつはなにひとつ正当と認められるものはないのではないか、という感覚を呼び起こされた。

おぼろげに事実を照らし出すそういう認識とともに、わたしにはふいにウディの姿が、もっと別の、驚くほど強烈な、ほんとうの感情の震えを引き起こすようなかたちで見えた。彼は哀れな、寂しい、勤勉な男だった。その陰鬱な運命を思い浮かべると、手袋をした手を通してのように不確かにではあったが、彼の手がつかんだあらゆるものの手ざわりが感じられた。埃っぽい種子の袋、油だらけの自動車部品、彼の古いピックアップのハンドル。グレンヴィルを出てから思い浮かべたどんなイメージよりもなぜか強烈な記憶として、クウィック・バーガーで脂っぽいフライドポテトの皿の上にかがみこんでいる彼の姿が目に浮かんだ。途方にくれ、傷ついて、苦しみで呆然として、闘技場に追いこまれた目の見えない雄牛みたいに、故郷の町の侘しい囲いのなかに閉じこめられている不運な男。

ローラ・フェイは、小鳥みたいに、こくりと左に首をかしげた。「ウディとちょっと話したことがあったんですって」と彼女は言った。「どこだったの、それは、ルーク？」

「クウィック・バーガーさ」

そこに行くのは、わたしにとっては一種の研究であり、わたしの壮大な野心の一部だった。もっとも、いまから考えてみると、自分の観察力を鍛えるために考えだした気まぐれな方法に過ぎなかったけれど。この当時、わたしは日常《クオティディアン》——これは覚えたばかりの言葉だった——に関する力強い、詩的な作品を書こうというアイディアを思いついたばかりだった。それはありふれた会話の、軽食堂やヘアサロンやバス停で人々が自分たちについて語ることのスケッチになるはずだった。わたしはすでにその大げさなタイトルまで考えていた。『声によるある一日の歴史』

失われた奨学金がそういう希望に壊滅的な打撃を与えていた。しかし、わたしの血に毒を注ぎこんで、わたしを侮辱と不満の感覚で満たし、父への侮蔑心だけでなく恨みにまで火をつけたのは、それを失ったことに対する父の滑稽なほど無理解な反応だった。すべてが無に帰したそのときから、クウィック・バーガーがわたしの避難所になり、メイン・ストリートや家で父と顔を合わせるのを避けるために行く場所になっていた。

わたしがそこに行って一時間ほどしたとき、ガラスのドアがあいて、彼が現れた。ウディ・ウェイン・ギルロイ。赤毛の赤ら顔、すぐ隣のグレンヴィル・フィード・アンド・ファーム・エクィップメントで荷下ろしをしたばかりの、何百という家畜飼料の袋の汚れが付いたオーバーオールのままだった。

それは徐々に霧が降りてくる、物寂しい午後で、わたしの気分はそのせいでいちだんと陰鬱になり、ウディを一目見たときには、さらにひどくなった。彼は足を引きずるようにしてカウンターに行くと、注文をして、それが来ると、重そうな足取りで片隅のボックス席へ歩いていった。そして、食べものだけでなく人生そのものに対する食欲を失った人みたいに、辛辣な無関心とでも言うべき目でフライドポテトの山を眺めていたが、やがて、肩をすくめて、煙草に火をつけた。

安っぽい裏部屋での父とローラ・フェイ・ギルロイの情事の、もうひとりの犠牲者だ、とわたしは思った。その裏切り行為で傷つけられた片割れだと。

その瞬間だった。父に対する憤激がそれまでになく激しく燃え上がり、わたしのなかのそれまではなんともなかった部分を沸騰させたのは。血管のなかの血が燃えだしたかのように、わたしは肉体的な感覚としてそれを感じた。〝マウンテン・コミュニティに行けばいいじゃないか〟と父が言う声が聞こえた。〝マウンテン・コミュニティ〟

〝絶対に行くものか！〟とわたしは思った。

その考えがわたしのなかでまだくすぶっているうちに、ウディがわたしの視線をとらえ、ためらいがちな仕草で、わたしを自分のボックス席に手招きした。

「ルーク・ペイジだろう？」と、わたしが彼の向かい側に滑りこむと、彼は訊いた。「あんたの親父さんがバラエティ・ストアをやってるんだったな、そうだろう？」

「そうだよ」とわたしは言った。

「おれのワイフがそこで働いているんだ」とウディは言った。「おれのワイフ。ローラ・フェイ。ローラ・フェイ・ギルロイが」

たどたどしい、ちょっと怪しげなしゃべり方だったが、それでもウディというつまらない男がこんなに美しい獲物を仕留めたことを誇らしく思っていることがわかった。

わたしはうなずいた。「うん、知ってるよ」

ウディの目のなかに見えた誇らしげな輝きがたちまちかすんで、失望に取って代わられた。「いまはいっしょに住んでいないんだが」と彼は付け加えた。

「そう」とわたしは静かに言った。

「別居中なんだ、おれとローラ・フェイは」とウディは言った。いまや彼は、自分の不注意からとても大切な宝物をなくしてしまった男みたいに、ひどくしょんぼりしていた。「戻ってこさせようとしているんだが、帰ってこない」彼は首を横に振った。「どうしてかわからないんだ。おれはローラ・フェイによくしてやっていたのに」彼は森で道に迷ったこどもみたいな顔をした。四方からのしかかる分厚い下生えや、巨大な木々や、迷路みたいな小道に途方にくれているこどもみたいな。

「おれのところに帰ってくれれば、仕事なんかする必要ないのに」とウディはつづけた。「おれといるときには、一度だって働かなきゃならなかったことはなかったのに」彼は自分がいちばん深く確信していることにさえ自信がない男の、警戒する目つきでわたしを見た。「あんたは女が仕事をするべきだと思うかい？」

「それはその女の人がどうしたいかによると思うけど」と、賭け金を分散してリスクを減らそうとする男みたいに、わたしは答えにならないような答え方をした。

あきらかに、ウディはわたしの答えが不可解かつ不充分だと思ったようだった。彼は煙草の煙を深々と吸いこむと、右側にあった小さなブリキ製の灰皿に吸い殻を押しつけ、ひとつの動作でもう一本に火をつけた。「だけど、その必要がないのに、どんな女が働きたがるというんだ？」彼は訳がわからないと言いたげに首を振った。「ローラ・フェイに訊いたら、彼女はバラエティ・ストアが気にいっていると言うんだ。なにか得るものがあるんだとか」

言わないほうがいいと思うより先に、言葉が口を突いて出ていた。「それはそうだろうね」

すぐに気づいたのだが、それは言葉そのものではなかった。それより、わたしの言い方ににじんでいた暗い、曖昧ななにか。悪意ある当てこすり。わたしがそれに付け加えた不可解な冷笑だった。

「どういう意味だい?」と、ウディはおずおずと尋ねた。そのとおりだと認めざるをえないことがわかっているので、答えを聞きたくないと思っているかのように。

わたしは手がつけられていないバーガーとフライドポテトに視線を落とした。

「どういう意味なんだい?」とウディがもう一度訊いた。

彼の目は身震いするような予感で光っていた。それを見れば、どんなに多くの耐えがたい筋書きがすでに彼の頭をよぎっていたかがわかった。幾晩となく部屋のなかを歩きまわり、次々に煙草を吸いながら、ポルノまがいのイメージを抑えつけようとしたにちがいなかった。ほかの男の車の後部座席にいる彼の愛しいローラ・フェイ。ほかの男のベッドでシーツを体に絡ませているローラ・フェイ。その男とふたりして、火のように燃え上がったセックスのすぐあとの、汗にまみれた数分間に、哀れで、のろまで、なにも理解しないウディを笑っているローラ・フェイ。

「なんでもない」とわたしは言った。

ウディは銃身みたいに冷たい目をわたしに向けた。「彼女はバラエティ・ストアの仕事が好きなんだ、そうだろう？」

わたしはうなずいた。「たぶんね。ぼくはあまりあそこに行かないから」

「どうして？」とウディが訊いた。

「ただ行かないだけさ」とわたしは答えた。

「でもローラ・フェイは、彼女は、あんたの親父さんが好きなんだろう、違うか？」

「たぶん」とわたしはそっと答えた。

「親父さんが彼女に親切にしてくれるからだろう？」とウディが訊いた。

「もちろん」とわたしは言った。「父は彼女に親切だよ」

「どのくらい親切なんだ？」

わたしの目に見えたのは男のプライドと、激しい不満と、むかしから男というもののもっとも凶暴な要素だった屈辱への恐怖が組み合わされたものだった。この最後のひとつは、男らしさの核心にとぐろを巻く蛇みたいなもので、自分の外部を攻撃する以前に、男の心臓部を鋭い針でちくちく刺すのである。

「どのくらい親切なんだい？」とウディは繰り返した。

どう答えるべきか、わたしにはよくわかっていた。わたしはかなり察しがよく、ウディみたいに単純な人間の考えていることを読み取るのはむずかしくなかった。彼を動かしている基本的な要素は驚くほど原始的なのだ。彼の望みは食べて、寝て、自分の妻とセックスをすることだった。そして、いずれは父親になり、そのあとは祖父になることであり、仲間と飲みに行って、荒くれ労働者らしく振る舞い、ホーム・チームを応援して、だれかに背中をたたかれて〝よくやった、ウディ〟と言われることだった。だが、それよりもなによりも、彼がやりたいと思っていたのは妻が自分を欺いていないことを完璧にはっきりさせることだった。彼女が自分をばかにして、真夜中にどこかの通りの暗い片隅に立ち、ほかの男の目を引いたり、さらにはぞくぞくする愛撫をもとめたりしていないと確信することだった。

わたしはそういうすべてをはっきりと理解していたので、自分が何と答えるべきか知っていた。〝父はローラ・フェイにとても親切にしているよ。彼女は娘みたいなものなんだ〟

それだけで、そんなふうに一言言ってやるだけで充分だったにちがいない。毎晩悩まされている恐怖から逃れるために、藁にもすがりたかったウディは、わたしの言葉を疑いもせずに信じこみ、安心してクウィック・バーガーを出ていったにちがいなかった。わたしと別れて家に戻り、ローラ・フェイに電話をかけて、彼女を取り戻そうとする努力をまたぞろはじめたことだろう。わたしの言葉で束の間の疑惑が深まったような気がしたのは勘違いだったと安堵して、心の底から願っていたように、妻が店のボスと寝ているわけではないとすんなり信じこんだろう。

わたしはどんなふうに答えるべきかはっきりと知っていたが、父が作ったみすぼらしい合板の閨房が目に浮かんだ。間に合わせのベッドの裂けたダンボールとしわくちゃのシーツ。安っぽい包装紙で包んだ〝最愛の人〟へのプレゼント。そして最後に、母の病室の薄暗い片隅に、愛しているはずの女性のベッドのかたわらに立っていた父の姿。その目のなかにわたしが読み取った暗い真実。**ほんとうは死ねばいいと思っているくせに。**

だから、致命的に目をギラリと光らせただけで、わたしはなにも言わなかった。

「クウィック・バーガー」とローラ・フェイは言った。「クウィック・バーガーでウディとちょっと話したことがあったの？」

彼女の目が微妙にキラリと光ったが、それが彼女がむかしから抱いている暗い考えのせいか、それとも、わたしのそれとわかるかすかな心臓の鼓動を聞きつけたからなのかはわからなかった。

「どんな話をしたの？」と彼女は訊いた。

「きみのことを話したんだ」とわたしは答えた。「きみが出ていってしまったが、どうしてそうなったのか理解しようとしていると彼は言っていた」

「彼は疑っていたんでしょう？」とローラ・フェイは真剣になって訊いた。「あなたのお父さんとわたしのあいだになにかがあるって」

わたしが答えるのも待たずに、ローラ・フェイはつづけた。

「あなたが想像したことを彼も想像していたからよ。グレンヴィルの多くの人がそう思っていたんでしょうけど、たぶん」彼女はわたしの顔を平静に見つめた。「お父さんが作ったと思ったベッドのことを、あなたはお父さんには言わなかったんでしょう、ルーク？」

わたしは首を横に振って「言わなかった」と答えた。それから口をつぐんで、自分の青春期の犯罪について考えたが、それ以上深くは考えずに、長いあいだ重荷に感じていたものの一部を放り出した。「しかし、わたしは父を傷つけたいと思っていた。彼に反撃したいと思っていたんだ」とわたしはつづけた。「だから、ウディから訊かれたとき、わたしは彼の疑惑には根拠がないとは請け合わなかった」わたしは肩をすくめた。「父がわたしから奪ったように、わたしも父からなにか奪ってやりたかった。父にとって大切なものを。彼が気にかけ、楽しみにしているものを」わたしはローラ・フェイを穏やかに見つめた。「きみを」

わたしはこの告白がローラ・フェイのなかに恐ろしい炎を燃え上がらせるのではないか、となかば予期していたが、彼女はすこしも興奮した気配がなかった。

「親切だったわ、あなたのお父さんは」と彼女は静かに言った。

わたしは窓に目をやった。父がその向こうに立って、雨の筋のついたガラス越しに覗きこんでいるのが見えるかのように。「ともかく、わたしはウディに、きみと父について彼が思っていたことが間違っているとは言わなかった」

「でも、あなたもおなじ疑いをもっていたんでしょう?」とローラ・フェイは軽い口調で訊いた。

「そうだった」とわたしは答えた。「でも、父ときみのことについて、彼が考えていたように考える根拠はないとウディに言ってさえいたら――」

「そのときは、あなたは彼に嘘をついたことになるわ、ルーク」とローラ・フェイがさえぎった。

わたしがウディに警告し、たとえ不用意からにせよ、そうやって彼を悲惨な道筋に追いやったのではないか、と彼女はむかしから疑っていたのだろうか。ローラ・フェイがこの最後の会話をもくろんだのは、それをはっきりさせるためだったのだろうか。だとすれば、それがはっきりしたいま、彼女はもうすこしおしゃべりをしてから、暇乞いをするつもりかもしれない。

「それじゃ、きみは気にしていないのかい?」とわたしは用心しながら訊いた。「わたしが……あんなふうに死人を出した原因のひとつをつくったかもしれないことに」

「いいえ。あなたは気にしているの？」とローラ・フェイは訊いた。

「以前は気にしていた」とわたしは認めた。「とくに、事件が起こったすぐあとには。当時は、そのことについてずいぶん考えたものだった。あのころは……まだわたしにも感情があったから」

ローラ・フェイは、セラピストの間の取り方を真似して、ちょっと間をあけてから、「そのことについて話して」と言った。

それで、わたしは話した。

話しているうちに、わたしは父とウディが死んだあと感じた恐ろしい自責の念を、その後ふたりに対して抱くようになった奇妙な愛情のゆえに、なおさら深まった自責の念を思い出した。キッチンの窓から外を眺めて、父がそこに置いたコンクリートブロックの山や、彼がガレージの隅に投げこんだ薪の袋に目が止まると、悲痛な思いに胸を突かれ、ヴァーノン・ダグラス・ペイジはもはやけっして道具小屋を作ることもなければ、冬に火をおこすこともないのだと思ったものだった。そういうときには、さらに母の死の悲しみを抱えるようになってからも、わたしは母が考えていたように父を考えてみようとした。いまは亡き父が、その裏切り行為にもかかわらず、それなりの擦りきれた魅力をもっていたのだと。結局のところ、彼は生命保険をかけるという気配りをして、そうすることによって――本人が意図したわけではないが――わたしを待っているすばらしい教育の資金を提供してくれたのだから。

わたしはウディ・ギルロイに対してもおなじような罪の意識とおなじような愛情を感じた。結局のところ、彼は哀れな人間であり、生涯を通じて目に見えない敵と戦いつづけて終わる人間だったのだから。もちろん、不幸な人はめったに自分の不幸を知らない。ウディは、自分がわきに押しやられた人間として生きて死んでいく運命にあるとは思ってもいないにちがいなかった。

「だから、わたしにもなんの感情もないわけではなかった。どういう意味かわかるかどうかはわからないが」とわたしはローラ・フェイに言った。「わたしは父やウディに対して感じるものがあったんだ」

「もちろん、そうだったにちがいないわ」とローラ・フェイは言った。

しかし、彼女はほんとうにそう思っているのだろうか？

確信がもてなかったので、わたしはその証拠を挙げた。

「いまから考えると、ばかげているとは思うけど」とわたしは言った。「この恐ろしい事件の直後から、わたしは偉大な本のことを考えだした。あらゆる人生の悲劇のなかで、あらゆる不運や病気や死のなかで、その火花そのもののなかに埋めこまれているなにかがあり、それが……」わたしはそこでやめて、冷たい笑いを放った。「だれに何がわかるというんだろう？　わたしにはわからなかったが、だからどうだというのか？　わたしは若かったし、自分の目の前に発見すべき世界があると思っていた。それが何であれ、いずれその哲学的な意味を発見できる、わたしにはまだ時間があると思っていた」

わたしは自分の旅路のその瞬間、そんなふうに考えていたことの滑稽さをローラ・フェイも笑うだろうと思っていたが、彼女はわたしの偉大な本のことをごく真面目に受け取ったようだった。

「それじゃ、その時点では、あなたはまだその偉大な本を書くつもりでいたのね？」とローラ・フェイは訊いた。

「そうだった」とわたしは言った。

ローラ・フェイはそれについてちょっと考えてから、心の底のどこかの引き出しにしまってしまったようだった。

「でも、要するに、重要なのはあなたはそのどれも引き起こそうとしたわけじゃなかったということよ、そうでしょう、ルーク？」と彼女は訊いた。「ウディがあなたのお父さんにしたことをして、それから自分にもああいうことをするように、あなたが仕向けたわけじゃなかったんだから」

「ああ」とわたしは正直に言った。「そんなつもりはなかった」

「それなら、そのことで自分を責めるべきじゃないわ」とローラ・フェイは言った。それから深々と、安心したように息を吸った。「問題なのは悪いことをするつもりだったかどうかなのよ」と彼女はつづけた。「そういうことからは逃れられないと思うけど」

ローラ・フェイがこんなに簡単にわたしを放免したことに、わたしはひどく驚いた。ひょっとすると、ひとつの罠から逃がしておいて、もっと別の罠に誘いこもうとしているのではないか。

「そうでしょう、ルーク？」と彼女は軽い口調で訊いた。

彼女は首を横に振った。

「そうだね」とわたしは警戒しながら答えた。

彼女は首を横に振った。それから、まるでふいに明るい日射しのなかに戻ったかのように言った。「あなたはウディが好きになったかもしれないわ。彼はいい人だったから」

そのいい人のウディが、最後に会ったあのとき、どんなふうに見えたかをわたしは思い出した。丸々とした、赤ら顔の、ベビーフェイスの男。その最後のイメージに駆り立てられたかのように、わたしは身を前に乗り出して、手を伸ばし、生まれて初めて実際にローラ・フェイ・ギルロイの体にふれた。「ウディのことはほんとうに気の毒だった」とわたしは言った。

ローラ・フェイは自分の手の上に重ねられたわたしの指を見た。「これがないと、ほんとうに寂しい思いをすることがあるわね」と彼女は言った。「ふれあうことが」彼女はわたしの目をまともに覗きこんだ。「人はふれあう必要がある、そうは思わない、ルーク？」

わたしはゆっくりと手を引っこめた。「ああ、それは大切だ」とわたしは言った。「物の感触というのは」

「ジュリアがいなくて寂しいのね、きっと」と彼女は言った。

わたしはうなずいたが、なんとも言わなかった。

ローラ・フェイは深く同情しているような目でわたしを見つめた。「なんだか悲しいお話ね、わたしたちがしている話は」

「たしかに、これは南部ゴシックにちがいない」とわたしは言った。「暗い秘密のある家族。父と息子のあいだの戦い。利己主義。貪欲。暴力。過去からの負の遺産。高すぎて払えないのに、どんどん送られてくる過去の請求書」

ローラ・フェイはにっこりわたしに笑いかけた。讃嘆の頬笑みだった。「ほんとうに頭がいいわね、ルーク、あなたの物の見方は」

「頭がいい」とわたしは言った。その言葉とともに、自分の人生がきわめて愚かな選択の長い連鎖として浮かび上がった。どっと押し寄せた希望と夢がわたしの父を、母を、デビーを、ウディを、ジュリアを押し流し、最後には、実際に偉大な本を書けたかもしれない、自分の頭と心の集中力そのものを押し流してしまった。

「頭がいい」とわたしは憮然として言った。「そのとおり」

ローラ・フェイは目を伏せて、残された数滴のアップルティーニをぼんやりと見つめていた。

「もう一杯どうだい？」とわたしが訊いた。

彼女は自信がなさそうな目でわたしを見た。どういう意味なのか、わたしにはわからなかった。「最後の一杯、ルーク？」

「ああ」とわたしは言った。「いいだろう？」

ローラ・フェイの視線はよそよそしくなると同時に、それ以前のどんな瞬間より深くわたしの心を見通しているようだった。わたしはきわめて強力なレンズを通して観察されている男、自分からは見えない目によってどんな小さな動きも記録されている男になったような気分だった。

「これで〈ルークの旅路〉は終わったようだね」と、わたしは完全に偽物の軽さをこめた口調で言った。

ローラ・フェイはなんとも言わなかったが、なにかしきりに考えているようだった。オリーに教わったとおり、あらゆるディテールを再検討して、もう一度別のやり方で並べなおし、犯罪現場を完全に再構成しようとしているみたいに。

「いまからは将来のことを話してもいいだろう」と、わたしは開放的な口調で言った。そういう口調で言うことで、わたしたちの会話をグレンヴィルの血なまぐさい世界からきっぱり引き離せるかもしれないと期待して。「たとえば、きみの将来のことを話してもいい」

ローラ・フェイの体から、まるでタイヤがパンクしたかのように、目に見えるほどがっくりと力が抜けた。彼女が放った刺すような悲しみが、死人の手が喉にかかったかのように、思いがけない力でわたしをとらえた。

「いいえ」と彼女は言った。「わたしの将来はだめ」

「どうして？」とわたしは訊いた。

彼女はふいに輝くような笑みを浮かべて、束の間の落ちこんだ気分をその陰に隠した。

「あなたの話をもっと聞きたいからよ、ルーク」彼女は快活に言った。

「話すことはもうあまり残っていない」とわたしは言った。

「いいえ、まだあるわ」と、わたしが驚くと同時に困惑するほど自信ありげに、ローラ・フェイが言った。それまでのすべてが、わたしたちが話してきたすべてが策略に過ぎなかったのではないかと思えるほどに。「絶対にまだあるわ」

わたしは自分の無感覚な奥底でまたもやなにかが震えるのを感じた。ほんのかすかな興奮。その震えが微弱な地震波みたいに体内を走り抜けたが、目に見えるかたちで現れる前に、わたしは即座に抑えつけた。

「それじゃ、グレンヴィルの話はまだ終わっていないというわけかな？」と、わたしはむりに軽い、ユーモラスな調子で言った。依然としてわたしの人生を覆っている灰色の蜘蛛の巣をほとんどあざ笑うかのように。

ローラ・フェイの青い目が陰のある強烈な輝きを放った。どこかに暗い核があると感じていて、それに向かって掘り返すのをやめられないと言わんばかりに。「そうよ」と彼女は言った。「まだ終わったわけじゃない」

第四部

23

まだ終わったわけじゃない。

では、ローラ・フェイとの最後の会話は、はじまったときのように終わるわけにはいかないだろう、とわたしは思った。軽く、さりげなく、握手と笑顔で、しばらくのあいだ〝近況を報告しあった〟ことで満足して終わるわけにはいかない。

まだ終わったわけじゃない。

いや、まだ終わってはいない。なぜなら、彼女はもっと別のなにかをもとめているのだから。目を見ればわかったが、彼女はもっと別のなにかを見つけにきたのであり、それなしに帰るつもりはないのだから。

そう思ったとき、彼が初めて登場した。ようやく舞台に登場すべきときが来た俳優みたいに、わたしの頭のなかに現れ、〈ルークの旅路〉と題された芝居のなかで、運命によって定められた役割を果たそうとするかのように。

彼はほかのほぼ全員が父の死に対する悔やみの言葉を述べおわるのを待っていた。それからわたしのそばに歩み寄って、言葉をかけた。

「お父さんのことはとてもお気の毒だったね、ルーク」と、わたしのそばまで来ると、ミスター・ウォードは穏やかに言った。

わたしは冷ややかにうなずいた。「ありがとうございます」

ミスター・ウォードはあたりを見まわした。だれにも聞こえないことを確かめているのはあきらかだった。「ルーク、きみと話をする必要がある。わたしはきみのお父さんの保険代理人になっていて、生命保険のことで話をする必要があるんだ。お母さんにも話をしたが、いまのところまだかなり気持ちが動揺しているから、代わりにきみと話してほしいということだった」

「わかりました」

「話ができる気分になりしだい、わたしのオフィスに寄ってくれたまえ」

わたしはうなずいた。

「では、よろしく」

そう言うと、ミスター・ウォードは墓のそばにデビーと並んで立っている母のほうに歩いていった。わたしがちらりと目をやると、ローラ・フェイも、緊張した不確かな足取りでそちらへ向かっていた。

しかし、わたしがその瞬間に考えていたのはローラ・フェイのことでも、デビーのことでも、母のことですらなかった。奨学金が取れなかったことで、わたしは恐るべき障壁に直面していた。それが父の死――暴力的なものではあったが――によってその下向きの流れが逆転して、ふたたび輝かしい将来を想像できるようになっていた。

だから、その数日後、ミスター・ウォードのオフィスに行って、彼の机の前の椅子に坐り、父の保険についての話を聞こうとしたとき、わたしはそれなりに回復した希望を抱いていたし、小切手を受け取れるかもしれないとさえ思っていた。そうやって坐っているあいだに、ふたたびエネルギーが湧いてきて、かつてのような目的意識のある興奮が体を走り抜けた。それは目に見えたし、耳にも聞こえていた――わたしは爪先で絶えずオフィスの床をコツコツたたいていた。長く暗い季節のあと、わたしは希望がよみがえるのを感じていたのだ。ミス・マクダウェルと話したあと燃え上がった炎が、ふたたび息を吹き返していた。わたしはグレンヴィルを出ていき、教育を受けて、手でさわれるアメリカの歴史を書くことになるはずだった。

「ああ、ルーク」と、オフィスに入ってくると、ミスター・ウォードは言った。「とても時間に正確だね」

「ありがとうございます」

「お父さんとは違うな」とミスター・ウォードはつづけて、穏やかに笑った。

「そうですね」とわたしは同意した。

ハリー・ウォードは、グレンヴィルの基準では、洗練された男だった。少なくとも、体にぴったり合ったスーツを着て、それに合うネクタイをしているという意味では。この町でもっとも裕福な家のひとつに生まれた彼には、どことなく揺るぎないところがあり、ちょっと世馴れた感じさえあって、その午後、机の背後に陣取って、両手を組み合わせ、前に身を乗り出したそぶりには、絶大な自信と厳粛さがあふれていた。

「きみのお父さんは、まだ少年だったとき、わたしの父のところで働いたことがあるんだよ」とミスター・ウォードは話しだした。「うちは山に農場をもっていて、ダグはいろんな雑用をこなしていた。お母さんに手伝ってもらってね。ウェンデルもいっしょだったが」

「ウェンデル？」

「彼の弟だ」とミスター・ウォードは言った。

「ああ、そうですか。そういえばなにか聞いたことがあったような気がします。それが何だったかは覚えていないけれど」

「まあ、ウェンデルはあまり長くは生きられなかったからね」とミスター・ウォードはわたしに教えた。「生まれつき心臓が悪かったんだ。どうやら家系的なものらしく、ペイジ家の人たちはだれも長生きしていない。ダグのお父さんが死んだのも、彼がまだ少年のときで、たしか、四十九だった。ウェンデルはもちろんもっとずっと若くて、死んだのは六歳くらいのときだったがね」

「そうですか」

「ともかく、それで、きみのお父さんは自分の母親とウェンデルの生活を支えなければならなかった」とミスター・ウォードはつづけた。「だからあんなふうに学校をやめなければならなかったんだ」彼は讃嘆の笑みをもらした。恵まれた人々が、あまり楽ではない分野で苦労しなければならなかった人たちに対して——しばしばかなり本気で——示す、ささやかだがはっきりとした敬意。「きみのお父さんはじつに必死に働いた。けっして力を抜くことはなかったよ」

それはそのとおりで、それを否定することはできなかった。同時に、父の仕事がごくわずかなものをしか産み出さなかったことも認めなければならないが。ただひとつの例外が、どうしてかはわからないが、彼がかけていた生命保険で、本人にはそのつもりはなかったのだろうが、それがグレンヴィルのどんな少年も抱いたことのない、大いなる成果が期待できるじつに輝かしい将来への望みを回復してくれたのだ。

「彼は最善を尽くした」とミスター・ウォードはつづけた。「ひとりの人間からそれ以上の何を要求できるだろう？」

ミスター・ウォードはわたしがそれに応えるのを待っていた。わたしが働きづめだった父に対する称讃の言葉を付け加えるのを期待しているのだろうと思ったので、わたしはその期待に応えた。

「父は怠け者ではありませんでした。それはたしかです」

ミスター・ウォードはかすかに体を後ろにそらせた。「もちろんだ。ダグはあまり――どう言ったらいいか？――彼はあまり――」

「頭がよくなかった」とわたしはきっぱりと言いきった。

ミスター・ウォードは笑みを浮かべた。「そう、きみとおなじようにはね」と彼ははっきりと言ったが、それからふいに不適切なことを言ったのではないかと心配になったような顔をした。「もちろん、死者の悪口を言うつもりはないが、事実は事実だからね。それに、ダグはすぐれた経営者でもなかった。少なくともバラエティ・ストアに関するかぎりはだが」

「ようやくなんとかやっている状態でした、それは知っています」と、次の話題に話を進めるつもりで、わたしは言った。

「率直に言って、ルーク、まったく成り立っていなかったんだ」とミスター・ウォードはわたしに告げた。そして、泳ぐ人が飛びこむ前にするように、深々と息を吸った。「きみのお父さんはわざわざ遺書をつくろうとはしなかった」と彼はつづけた。「だから、生存者取得権という法律によって、すべてはきみのお母さんが相続することになる」

それは耳新しいことではなかったし、たとえそうだとしても、わたしが心配しなければならないことはなにもなかった。結局のところ、母はじかにわたしに流れこむ川なのだから。

「それで、話はバラエティ・ストアのことに戻るが」と、ミスター・ウォードは厳粛な顔つきになってつづけた。「残念ながら、お父さんは店の家賃をかなり滞納していた。それから、長いあいだ未払いになっている請求書もかなりある。その結果、店の資産と在庫に対しては何件かの先取特権がある。実際のところ、ルーク、それを清算するためには店の中身をすべて売らなければならないだろう。おそらくそれで差し引きゼロというところではないかと思う。だから、お母さんにはなにも残らないことになる」

「なるほど」とわたしは静かに言った。

ミスター・ウォードは右に積んであったフォルダーの山からひとつを抜き取って、ひろげた。「ダグはまた生命保険に加入していた」と彼は言った。「受取人はきみのお母さんになっている」

わたしはうなずいた。

「二十万ドルの保険だが」とミスター・ウォードはつづけた。「彼はお母さんと結婚した翌日に加入している」

ハーヴァードの中庭が、お伽の国みたいにキラキラ輝いて、わたしの目の前にひろがった。

「自分の父親とおなじように、自分もかなり若いうちに死ぬかもしれないと思っていたのだろう」とミスター・ウォードはつづけた。「だから生命保険に入ったのだと思う。お母さんのほうが長生きするにちがいないと思っていたから、なんとか暮らしていけるようにしてやろうとしたのだろう」

偉大な図書館で長時間過ごすことになるだろうし、とわたしは考えた、教授たちと長い散歩をして、学生ラウンジでは長い夜、熱い議論を戦わせることになるだろう。

「だから、彼は一度も保険料の支払いを怠ったことはなかった」とミスター・ウォードはつづけた。「ほとんど二十年近くきちんと期限前に払っている」彼は椅子のなかで居心地悪そうに体を動かした。「あきらかに、お母さんの生活が充分賄えるようにするつもりだったんだ」

そこで、ミスター・ウォードの口調がふいに翳りを帯び、その変化がわたしの体に恐怖のさざ波を走らせた。

「つもりだった？」

「そう、そのつもりだった」とミスター・ウォードは言った。顔の表情が険しくなっていた。「というのは、残念ながら、きみのお父さんは最近になってその保険を解約したからだ」

「解約した？」とわたしは訊いた。

「解約して払戻金を受け取ったんだ。本来の保険金額よりずっと低い額だが」

「どのくらい低いんですか？」

「三万ドル受け取った」とミスター・ウォードは言った。「わたしは思い止まらせようとしたが、お金が必要だということだった。大きな請求書の支払いをしなければならないとかで」

「解約したのはいつだったんですか？」とわたしは訊いた。

「二カ月くらい前だ」とミスター・ウォードは答えた。「ファースト・フェデラル銀行の友人に確かめてみたんだが、ダグはその金を一度預けて、それからまた引き出したようだ」

「現金で？」とわたしは訊いた。

「そうだ」とミスター・ウォードは答えた。「何に使ったのかはさっぱり見当もつかないが」

「それじゃ……一銭も残っていないんですか？」

「お父さんがファースト・フェデラルから引き出した現金をきみが発見しないかぎりはね」とミスター・ウォードは言った。

わたしの希望を束の間支えていた固い地面に、突然ぽっかりと大きな穴があいた。「わたしたちには一銭も残されていないんですか？」とわたしは信じられない思いでつぶやいた。「わたしたちには一銭も？」

わたしがひどく打ちひしがれた顔をしたので、ミスター・ウォードはあえて空虚な楽天主義的な見方をして見せたのにちがいない。「しかし、もちろん、きみたちには家がある」と彼は言った。「それはだれも奪うことはできない」

家だって、とわたしは苦々しく考えた。ピーナッツ・レーンのあの冴えない小さな家なんてどうなろうと知ったことか。一瞬、陰鬱な顔をして、あの息の詰まる部屋から部屋へふらふらと歩きまわりながら、逃げ出したかったあらゆるものの侘しいリストを作っている自分の姿が目に浮かんだ。父がハンマーと釘で永遠に歪んだ棚を組み立てた、どうしようもなく散らかった地下室。父が不用意に釘に引っかけたシャツの袖やズボンを母が延々と修繕していた小部屋。父がスプーンで夕食を掻きこんだ、あの狭苦しいキッチン。そのあと、父が重い足取りで入っていくかび臭い居間。それから夜のあいだずっと、父はそこにゾンビみたいに坐って、けっしてカラーに買い換えようとしない、古い箱形の白黒テレビのちらつく画面を眺めていたものだった。ひとつしかない小さなバスルームで、ドアをあけたまま、大きな音を立てて小便をしている父の姿が目に浮かんだ。

ミスター・ウォードによれば、そういうすべては失われることがないのだという。あのピーナッツ・レーン二〇〇番地は、そのあらゆるしょぼくれた荘厳さとともに、永遠にわたしのものだというのだ。

「家だけ？」と、その陰鬱な事実にショックを受けて、わたしは聞き返した。「それだけなんですか？」

「残念ながらそうだ」

「母はこのことを知っているんですか？」

ミスター・ウォードは首を横に振った。「いや、ルーク、お母さんは知らない。まずきみと話してほしいということだったから。いまはきみが一家の主《あるじ》だからと言っていたよ」

わたしがミスター・ウォードのオフィスを出たのは午後四時をまわったばかりのころだった。グレンヴィルの通りはすでに人通りが少なくなり、商店の店主たちは歩道に出していた商品を店内に片付けはじめていた。それとおなじことをわたしも何度となくやったことを思い出した。ふつうはそのあいだに、父がその日のレシート——たいした数ではなかったが——をかぞえ、それから現金を無地のマニラ紙の封筒に入れて、一日の売り上げを預けに銀行に向かうのだった。いま、そういうすべての作業がいかに無駄だったかをわたしは知っていた。父は借金以外にはなにも残すことができず、わずかに手にしたのが生命保険を解約した三万ドルだけだったが、それも束の間銀行に預けたあと、引き出していた。

しかし、なぜそんなことをしたのだろう、とわたしは思った。

それから、ふいに、その理由を悟った。

〝あの女のためなんだ！〟とわたしは思った。

父は、母とわたしを捨てて逃げだすつもりだったのだろう。あの店員の愛人といっしょに住む、もっといい場所を見つけるつもりだったのだろう。おそらく別の町か、あるいは別の州に。父はわたしの遠大な夢の資金になったはずの金を取り、そうすることによって、わたしの希望を取り消して、わたしの野心をこなごなに打ち砕き、わたしが書いたはずの偉大な本をぼろぼろに引き裂いた。彼はそういうすべてをローラ・フェイのためにやったのだ。

24

「何を考えているの、ルーク？」

わたしはふいに考えていた。わたしのすべての失敗は、わたしの本が冷たい学問的な語り口にしかならず、題材に情熱が感じられないのは、そもそも自分の物語を打ち明けることなしに他人の物語は語れないこと、あらゆる本はまず第一に自己告白であることを理解していなかったところにあるのではないかと。

「何を……考えていたか？」とわたしは口ごもった。「わたしは……そう……過去のことを考えていたんだ」

わたしがわたしたちの会話のしだいに延びていく道のひとつの角を曲がったことを、ローラ・フェイは理解したようだった。

「自分が書きたいと思っていた本のことを考えていたんだと思う」とわたしは言った。

「わたしが抱いていた大いなる希望のことを」

「でも、あなたは本を書いたじゃない、ルーク」とローラ・フェイが指摘した。

「どうでもいい本だ」とわたしは言って、問題にならないというように肩をすくめた。

「退屈な本だ。すこしもグレンヴィルを出たとき考えていたようなものじゃない」

「なぜそうなったと思うの？」ローラ・フェイの訊き方には、慎重に、しかし執拗に進める重要な取り調べのやり方が感じられた。

「そういうものを書くために必要な情熱を失ってしまったからだ」とわたしは言った。

「そして、そういうものを書くために必要な感情を」

「麻痺してしまった」とローラ・フェイはやさしい、と同時にきっぱりとした口調で言った。いつのまにか忘れていたか避けていた会話の糸をわたしに思い出させて、ふたたび取り上げることにしたかのように。「あなたは麻痺してしまったのね」

「そのとおり」

「なぜそんなふうになったのかしら？」

「そうだな、そうなったのにはいろんな言いわけがある」とわたしはできるだけなんでもなさそうな口調で言った。「主として、グレンヴィルで起こったあらゆることだけど。しばらくのあいだは、きみのせいにしていたことさえある」

「わたしがあなたのお父さんと寝てると思ったからね」とローラ・フェイが言った。

「それだけじゃない」とわたしは答えた。

ローラ・フェイがどんな答えを期待しているのか、はっきりとはわからなかったが、なにかしら期待しているのはあきらかで、その真剣な期待をはぐらかすことはできなかった。「きみが盗みをしたと思っていたんだ」とわたしはずばりと言った。

ローラ・フェイはそれを聞いて、心から驚いた顔をした。

「きみが父の葬儀に来たとき、ハリー・ウォードがいたのを覚えているかい？」とわたしは訊いた。

ローラ・フェイはうなずいた。

「じつは、あのとき、彼はわたしに近づいて」とわたしは言った。「〝ルーク、きみと話をする必要がある〟と言ったんだ」

そこからはじめて、わたしはその後ミスター・ウォードから聞いた話の内容を説明した。解約された生命保険。父が束の間地元の銀行に預け、それからなぜか引き出した三万ドル。父がそういうすべてをやったのは、彼女と駆け落ちしようとしているからだというわたしの確信。

「しかし、あれはきみのためじゃなかった、あのお金は」と、話の最後まで来たとき、わたしは穏やかに付け加えた。いまや自分がローラ・フェイを誤解していたのは間違いなかった。長年のあいだずっと父の愛人だと思っていたことも、のちには、父が自分の死後の母の暮らしのために用意していた唯一の資金をひそかに着服したと信じこんでいたことも、完全に誤りだったのだ。

「いまはそれはわかっている」

ローラ・フェイは、〈ルークの旅路〉のこの最後の挿話に忍耐強く耳を傾けていた。彼女の顔はほとんど無表情だったので、実際には、彼女がどんなふうに受け取ったのかはよくわからなかったけれど。

「もちろん、あなたがなぜそう考えたかはよくわかるわ、ルーク」と、雲をつかむようなさまざまな事件が起きた旅の話を聞いたあとみたいに、ローラ・フェイはかなり愛想のいい口調で言った。「いい映画になりそうだとは思わない？　ひねりのきいたストーリーになるんじゃないかということだけど」

わたしがたったいま語ったすべてが純粋なフィクションであり、わたしがでっちあげたひねりのきいたストーリーだとローラ・フェイは考えたのだろうか。

「どういう意味だい、ひねりのきいたストーリーって？」とわたしは訊いた。

「つまり、それがウディがダグを殺す動機になるってことよ」と、ローラ・フェイは当然のように言った。「わたしが彼を裏切って、あなたのお父さんと関係したと思っていただけじゃなくて、お金にまつわる動機もあったということになれば。《深夜の告白》みたいに」

「しかし、ウディは父の生命保険のことは知らなかったんだよ」とわたしは指摘した。

「そうね。でも、仮にわたしが知っていたとしたら？」とローラ・フェイはうれしそうに言った。「どんなプロットになったでしょうね」

彼女はプロットという言葉をわざと曖昧に使ったような気がした。映画の筋書き《プロット》という意味なのか、それとも、彼女自身が企てた陰謀《プロット》という意味でそう言ったのか？

「何を言いたいのかよくわからないな」とわたしは白状した。

「そう。つまり、それはこういうことなのよ」と、彼女は熱心かつエネルギッシュに説明しはじめた。映画の脚本家が製作者に台本を売りこむときには、たぶんそんなふうにしゃべるのだろうと思われる口調だった。「この娘はバラエティ・ストアでの仕事をはじめて、やがて店の経営者と関係をもつようになる。彼女はその経営者をけしかけて、生命保険を解約させ、そのお金を手に入れる」彼女はちらりと歪んだ笑みを浮かべた。「それから、そのお金を独り占めするために、嫉妬深い夫を焚きつけて、店の経営者を殺させる。経営者は死に、夫は自殺するか……、さもなければ刑務所に行く。映画では、そのどちらでもいいでしょうね」

「しかし、それが成り立つためには、その夫は自分の妻が浮気をしていることを知っていなければならない。そうだろう？」とわたしは訊いた。

ローラ・フェイはうなずいた。

「そうなら、問題は、嫉妬深い夫は店の経営者ではなくて、妻を殺してしまうかもしれないということだ」とわたしはつづけた。「両方とも殺してしまうかもしれないが」

「でも、それは娘がどんなふうに夫に話すかによるはずよ」とローラ・フェイは明るい口調で言うと、いたずらっぽくB級映画の妖婦の真似をして、目を細めた。「お父さんがわたしをレイプしたと夫に言ったとしたらどうかしら？」

「レイプした？」とわたしは聞き返した。「きみを？」

「その娘をよ」とローラ・フェイはあわてて訂正した。「映画のなかの」

こんなに複雑な筋書きをローラ・フェイがとっさに思いついたとは信じにくかった。

「それはオリーの犯罪雑誌から借用した筋書きじゃないのかい？」

ローラ・フェイはアップルティーニをさっと一口飲んでから、白いナプキンで口を拭った。「雑誌なんかなくたって、このくらいのひねりを入れることは思いつけるわ、ルーク。なぜなら、わたしがすべての背後にいるって、みんながすでに思っているんだから。わたしがこの陰謀を企んで、ふたりの男を殺して、まんまと逃げのびたってね」

「だれがそう考えたというんだい？」とわたしは訊いた。

「グレンヴィルの人たちよ」とローラ・フェイは言った。「だから、わたしは町を出たのよ。町から追い出されたようなものだわ。あなたは町を出ていきたくて町を出たのよ、ルーク。ハーヴァードが、偉大な教育が、大きな希望があなたを待っていたから。でも、わたしはグレンヴィルを追い出されたの。出ていきたくなかったのに。グレンヴィルが好きだったのに。わたしは出ていくしかなかった。あの町では、だれもわたしに会いたがらなかったからよ。わたしは黒後家蜘蛛《ブラック・ウィドー》だったから」彼女は緊張した面持ちですっと息を吸った。「わたしは不可触民《パリア》だったのよ」彼女は乾いた笑い声をあげた。「パリアが何かは知っているでしょう、ルーク？」

「賤民だろう」

「わたしはそれもヒストリー・チャンネルで覚えたの」とローラ・フェイは言った。「ハンセン病患者についての番組で。ハンセン病患者ははるか聖書時代からパリアだったと言っていたわ。彼らは追放され、隔離されて、けっして出身地に戻ることはできなかったって」

ローラ・フェイが、本人は犯さなかったが、隣人たちによって告発され、彼らの心のなかの無言の法廷で裁かれて有罪を宣告された犯罪の汚名を、依然として負わされているのはあきらかだった。

「何が起こったのかについて、きみはずいぶん考えたんだろうね？」とわたしは訊いた。「行為や、その結果や、あらゆることについて」

「ええ、考えたわ」とローラ・フェイは言った。「そして、ときどき、ああいう悪いことをあなたもすべて信じているのかもしれないと思ったわ。たとえば、わたしがブラック・ウィドーだとか」

では、それがローラ・フェイがセントルイスへ来た理由だったのだろうか、とわたしは心のなかで自問した。これまで長年のあいだ、故郷の町の人々とおなじように、わたしが彼女について抱いている──かもしれないと疑っていた──ぞっとする偽りの嫌疑をわたしの心から一掃する必要を感じていたからだろうか？　わたしの父と関係をもっただけでなく、彼女が父を殺害する陰謀を企てたのかもしれないという嫌疑を。

「わたしはそんなふうに考えたことは一度もなかった」とわたしは正直に答えた。「父の死にきみが関わっているとか。すべて企まれたことだったとか」

ローラ・フェイは疑わしげにわたしの顔をうかがった。

「もちろん、ミスター・ウォードのオフィスを出たときには、父が生命保険を解約したのは、おそらくきみと駆け落ちするためだろうと思っていた」とわたしはつづけた。「ミスター・ハバードの逃走資金みたいなものだろうと」

ローラ・フェイの表情がひどく真剣になった。「わたしは生命保険のことはなにも知らなかったのよ」と彼女はきっぱりと断言した。「いまでは、あなたもそれは知っているでしょう？」

「知っている」

わたしはそれ以上なんとも言わなかった。その沈黙のなかで、ローラ・フェイはわたしがたったいま言ったことを信じるべきかどうか迷っているような顔をしていたので、わたしはさらにこうつづけた。「きみが父の死となんの関わりもなかったことはよくわかっている」

彼女はわたしたちがこれまで話してきたすべての出来事について、言われたり行なわれたりしたすべてについて、自分が確実に知っていること、疑問が残っていることについてあらためて考えなおし、すべてをもっと大きな枠のなかに置き直しているかのようだった。やがて、彼女は言った。「要するに、運が悪いということね。そうじゃない、ルーク？人生はいかに不運に見舞われて、すべてが変わってしまうかということだわ」

わたしは自分自身の人生が不運によって決定されたとは思っていなかったが、ローラ・フェイが即座にそれを人生の中心テーマに据えようとしたのは、自分の人生がかなりそれによって決定されたと考えている証拠だろう。

「きみはずいぶん不運な目に遭ったのかい？」とわたしは訊いた。

彼女はテーブルの上から両手を引っこめて、膝に置いた。「だれでもそうでしょう」と彼女は言った。「それでも、前進しなければならないのよ。開拓者たちがそうしたように、将来のことを考えなければならない。西部に行った人たちみたいに。彼らみたいに、しゃにむに突き進まなければならない。それがわたしがセントルイスに来た理由のひとつよ。彼らの出発点を見たかったの。西部へのゲートウェイを」

「アーチを見るために来たのかい？」とわたしは訊いた。

彼女は猛烈な勢いでうなずいた。「むかしから見たかったの。オリーから見るべきだと言われていたから。〝ローラ〟と彼は言っていた。〝死ぬ前に、あれを見ておくべきだよ。

きみはいつもその話をしているんだから、見にいくべきだ〟ってね」彼女は長年の夢がかなった人みたいに誇らしげな笑みを浮かべた。「だから、わたしはここに来たの」

「それじゃ、わたしと話をするためだけにセントルイスに来たわけじゃないんだね？」と、しだいに不気味なものになっていく台本から暗い動機が取り除かれたかのように、計り知れないほど安堵して、わたしは訊いた。

「そうよ」とローラ・フェイは言った。「少なくとも、それだけが理由じゃなかったわ。でも、あなたが今夜セントルイスに来ることは知っていたから、それなら一石二鳥だと思ったのよ。ゲートウェイを見て、あなたとの最後の会話をできるから」

「最後の会話？」とわたしは訊いた。

「そうよ」とローラ・フェイは言った。「最後の会話」

「ずいぶん自信があるんだね」

「だって、こんなことが二度とできるはずはないもの、ルーク」とローラ・フェイは言った。

「殺す？」「ひとつの石で二羽の鳥を殺すなんて」

「殺す？」とわたしは聞き返した。というのも、その言葉とそう言ったときの彼女の奇妙な言い方にぞっとするものを感じたからだ。突然、武器を持った危険な闖入者が押し入ってきて、たちまち、すべてが生き残れるかどうかという単純な問題に還元されてしまったかのように。

「そうよ」とローラ・フェイは答え、片手を上げて二本の指を立てて見せた。

「いっぺんに二羽。殺せるってわけ」

わたしは離れた場所の羊歯の陰に坐っている男にちらりと目をやった。男は身じろぎもせずに、とわたしには思われたが、死んだ鳥みたいに坐っていた。上着を向かい側の椅子に掛けているので、まるで首のない幽霊と向かい合っているように見えた。

「オリーのことを話してくれないか」と、ローラ・フェイに視線を戻すと、わたしは言った。「警察官だと言っていたね」

「退職した警官よ」とローラ・フェイは訂正した。「仕事熱心な人だったということだけは言えるわね。それ以上の特別なことはなにもなかった。仕事に行って、仕事をして、悲観しないこと。ごくふつうの人なのよ、オリーは」彼女はそこで口をつぐんだが、それからあきらかに意味ありげに——とわたしは感じたが——付け加えた。「あなたのお父さんみたいに」

ふいにわたしが思い当たったのは、自分の歴史書のなかで描きたいと思っていたのは、まさにそういう人々だったということだった。人生の果てしない織り糸を紡《つむ》ぐ人々、日々のパンを焼く人たちやそれを買いにいく人たち。

そういう考えにぼんやりと迷いこんだわたしは、遅ればせながら自分の父に乾杯した。「親父に」とわたしはつぶやいた。

そんな謎めいた敬意の表現を見ると、ローラ・フェイはひどく戸惑った顔をしてわたしを見た。

「わたしが書こうとしていた偉大な本のひとつは、まさにわたしの父みたいな人々についての本だったと思っていたところなんだ」とわたしは説明した。「ある意味では、父からは永久に逃げられないのだろう」

「《ブレードランナー》みたいにね」と、ローラ・フェイは甲高い声でうれしそうに言った。

この精神的な急ターンはそれまでのローラ・フェイのどんなターンより急角度かつ急激だった。そのあまりにも激しい方向転換に、わたしは崖っぷちに放り出されたような気がした。

「あのハリソン・フォードが出ている映画よ」とローラ・フェイはつづけた。「レプリカントは一種のロボットなんだけど、実際にはほとんど人間みたいなものなの。彼らは自分をつくりだした男を探すために地球に戻ってくるんだけど」

「見つかるのかい？」とわたしは訊いた。

「そうよ」

「それからどうなるんだい？」

「彼らはその男を殺すのよ」とローラ・フェイは事もなげに言った。「彼の目を抉《えぐ》り取るの。実際には、彼らのひとりがやるんだけど。かなりぞっとするシーンだったわ」

「そうだろうね」とわたしは言った。

「そこらじゅう血だらけで」とローラ・フェイはつづけた。彼女の目はいまや――わたしが以前にも気づいた――キラキラ光る状態になっていた。人を射抜くような、それでいて、内側に向けられているまなざし。「あたり一面血だらけだった」

彼女はどこか遠い場所に行ってしまったようだった。それから徐々に、火がともるみたいに、わたしのほうに帰ってきた。

「ダニーのことを考えていたの」と彼女は言った。「死ぬ前はほんとうにひどい状態だった。絶えず血を吐いていて。そこらじゅう血だらけだったのよ、ルーク。シーツも。ベッドも。うちはシャギー・カーペットだったんだけど、そっくり替えさせたわ」

「それは気の毒だった」とわたしは言った。

ローラ・フェイはなんでもないと言うように手を振った。「いいえ、べつに残念ではなかったわ。わたしはむかしからシャギー・カーペットは好きじゃなかったから」

「いや」とわたしは言った。「ダニーのことだよ」

ローラ・フェイはこの勘違いの滑稽さに思わず噴き出した。彼女が笑ったことで、わたしは緊張がとれると同時に刺激を受けて、いっしょに笑いだした。すると、ひとりの笑いがもうひとりの笑いに火をつけて、わたしたちはしばらくヒステリックに笑いつづけた。

それがようやく収まっても、目を見交わしたとたんに、また笑いが噴き出し、最後には息がつづかなくなって、ようやく静まった。

奇妙なのはそのあとの沈黙がそれ以前のどれよりも長くつづいたことだった。そのあいだに、わたしたちは徐々にたがいに近づいていった。だから、その沈黙が破られたとき、ローラ・フェイの声はずっと親しみのこもったものになっていたが、わたしはすこしも驚かなかった。

「オリーはダニーを殺すべきかもしれないとさえ考えたのよ」と彼女は言った。彼女のまなざしが人生の自然な秩序に暗くて重いなにかを付け加えた。「ダニーがあまりにも苦しんでいたから」彼女は首を横に振った。「でも、そうはできなかったわ、ルーク」彼女は、そんなふうに息子を殺してやったほうがよかったのではないか、と依然として考えているような顔をしていた。「愛する人を殺すのは、とてもむずかしいことね」

わたしはうなずいた。

ローラ・フェイは、束の間呑みこまれていた残忍な記憶の雲のなかから、ふいに脱出したようだった。「でも、憎んでいる人を殺すのは？　すこしもむずかしくはないでしょうね」

「ああ、そうだろうね」とわたしは言った。

「でも、ダニーはそうじゃなかった」とローラ・フェイはつづけた。「あの子が死んだあたか、大きなことを考えずにはいられなかったわ。あなたみたいに頭がよくはなかったし、ルーク、大きな野心をもっていたわけでもなかった。ただ、ふつうの、いい子だった。わたしはよく考えたものよ。ほんとうにどうしようもない男の子たちがいくらでもいるのに、自分たちのことしか気にかけない利己的な男の子が生きているのに、なぜあの子が死ななければならなかったのかって」彼女の声に苦々しい苦悩がにじんだ。「なぜあんな腐りきった、利己的な男の子たちがいつまでも生きていて、ダニーが死ななければならなかったのか？」

彼女は自分の飲みものを見つめながら、心のなかで過去に戻っていくという方法で気を落ち着かせ、しばらく思いにふけっていたが、やがてふたたびわたしの顔を見た。「あなたは相当お酒を飲むの、ルーク？」

「ああ」とわたしは言った。「実際のところ、飲みすぎるんだ」

「けっしてひとりで飲むべきじゃないってオリーは言っていたわ」

「残念ながら、わたしはそれもやっている」

「なぜ？」

「時計の針を進めるためさ」とわたしは答えた。「とくに夜に」

「夜、あなたはジュリアのことを考えるんでしょうね」と彼女は言った。

もちろん、そのとおりだった。夜になると、わたしはジュリアを思い出した。ときには、いっしょに過ごした数少ない楽しいときを。ときには、彼女がいかに長く困難なときに耐えたかという記憶を。そう思うと、人生には執行猶予があり、わたしはみずからに科した刑を減刑されて、情状酌量されたのに、最後にはそれを拒否して、自分の独房に戻ってしまったのだと思った。

ローラ・フェイはいまではすっかり緊張が解けたようだった。とても安心している様子で、唇に静かな笑みを浮かべていた。「すてきでしょうね、ゲートウェイを見るのは」

「まだ見ていないのかい？」

彼女は首を横に振った。「今夜、見るつもりなの。ここから歩いていくつもりよ」

「ここからはかなり遠いよ」

「どんなに遠くてもかまわないわ」とローラ・フェイは言った。「それがわたしがここに来た理由のひとつだから、わたしは見にいくつもり」彼女は薄暗いなかに二本の指を突き出した。「一石二鳥よ、覚えてる？」

「一石二鳥か」とわたしは陰鬱に繰り返した。「覚えてるよ」

ローラ・フェイは笑みを浮かべたが、目のなかには笑っていない部分があった。「あなたもわかってくれるあるものに乾杯したいわ」彼女は自分のグラスを上げた。「あなたが計画しているものに乾杯」

25

わたしたちはグラスを合わせて五回目の乾杯をした。すると、合図に応えるかのように、羊歯の葉陰の男が財布に手を伸ばし、勘定を済ませて、立ち上がった。

わたしが黙って見守っていると、男は上着を着て、カラーを首の後ろにきちんと合わせてから、ドアに向かって歩きだした。そして、わたしたちのテーブルのすぐ横を通ってホテルのロビーに向かい、最後には夜のなかに出ていった。

ローラ・フェイは、わたしが見たところでは、それには気づかなかったようで、ただひたすら気を晴らそうとしているのか、自分の好きな曲のことを話していた。大半がふつうのカントリーの曲で、パッツィ・クラインのものとか、ほかにももっと現代的なフェイス・ヒルなどの曲だった。タイトルからすると、彼女は失恋や裏切りの泣かせるバラードがとくにお気にいりらしかったが、ボニー・レイットの曲が出るまでは、わたしが知っているものはひとつもなかった。

「ああ、それはわたしも好きな曲だ」と、彼女が『アイ・キャント・メイク・ユー・ラヴ

・ミー』を引き合いに出したとき、わたしは言った。それから、ちょっとしぶしぶ、付け加えた。「ジュリアのお気にいりだったんだ」
「なぜならそれはあなたのことだからよ」とローラ・フェイが言った。

あまりにも自信たっぷりに言うので、ひょっとするとデビーと連絡を取ったように、彼女の調査の一環として、わたしの前妻のジュリアとも連絡を取り合ったのだろうか、とわたしは思った。

「そうかもしれない」とわたしは認めた。それから、それについてあれこれ訊かれるのを避けるために、わたしはローラ・フェイの空に近いグラスを顎で示した。

「アップルティーニが気にいったようだね」とわたしは言った。

「そうよ」とローラ・フェイは言った。「とても飲みやすいわ」

「お代わりはどうだい？」

彼女は首を横に振った。「頭をはっきりさせておかなくちゃならないから」彼女はわたしのグラスを見た。「ピノ・ノワールというのはフランス語でしょう？」

「そう」とわたしは言った。「ブドウの一種だ」

「ノワールというのは探偵物のことじゃない？」とローラ・フェイが訊いた。「ターナー・クラシック・ムーヴィーズでよくフィルム・ノワールをやっているわ。いつも探偵物か、犯罪物か、そういうものだけど。そういうものの俳優はとても勉強になるってオリーは言ってたわ。俳優の目を見れば、学ぶことがたくさんあるって。悪人がいつ嘘をついているかとか、そういうことだけど。彼は言ったものよ。〝ほら、ローラ・フェイ、そこだ。彼が騙そうとしているのがわかるだろう〟」

わたしは遠くの窓に目をやった。雨は上がり、窓がくもりかけていた。外の空気が急激に冷たくなっている証拠である。「もうすぐこのあたりも雪になるだろう」

ローラ・フェイは天気の変化はすこしも気にしていないようだった。「あなたはわたしの質問に答えなかったわ、ルーク」

「どんな質問だったっけ？」

「ノワールが探偵物という意味なのかどうかよ。あなたはとても頭がいいから、知っているにちがいないわ」

「実際のところ、ノワールというのはフランス語で〝黒〟という意味なんだ」と、ふたたびローラ・フェイの顔を正面から見たとき、わたしは言った。「きみの言った映画では、ノワールというのは照明のやり方を指しているんだよ」

「そんなふうに答えるとき、あなたのしゃべり方は先生みたいね」とローラ・フェイは言った。

「わたしは教師だからね」

「でも……退屈な先生みたいよ」

「実際、わたしは退屈な教師なんだ」とわたしは認めた。「前にも言ったけど、学生たちはわたしをそう呼んでいる」この一片の真実が、腹のなかのしこりが急に解けたかのように、わたしを妙にほっとさせた。「そして、これもすでに言ったことだけど、わたしは退屈な物書きでもある」

「どうしてなの、ルーク？」

「そのことについてはもう話したじゃないか」とわたしは彼女に指摘した。

「でも、あなたはなぜかはほんとうには言わなかったわ」とローラ・フェイは言った。

「ただ麻痺してしまったと言っただけで」

「そのとおり、麻痺してしまったんだ」とわたしは言った。

「ジュリアのあとで？」

「いや、それより前だ」

「グレンヴィルを出ていってから？」

「いや」とわたしは答えた。「その前だ」わたしはふたたび外の夜に目をやった。「ともかく、フィルム・ノワールには影の部分が多い。裏通りで撮影したりしているからね」わたしがローラ・フェイに視線を戻すと、彼女はじっとわたしの顔を見ていた。「それに、だれかがいつも追いかけられている人間がいる」わたしは神経がチリチリいっているのを感じた。「裏通りで追いかけられている。人気のない通りで。悪夢のなかみたいに」

〝そろそろ口を閉じるときだ〟と思ったので、わたしはそのとおりにした。

「そして、そういう映画にはかならず危険な女がいる」と、口の重い証人をなだめすかして情報を引き出そうとするかのように、ローラ・フェイが言った。

「そうかい？」とわたしが訊いた。

「そう、危険な女よ」とローラ・フェイが言った。「あなたはよくフィルム・ノワールを見るの、ルーク？　そういうふうに聞こえるけど」

「何本かは見たことがある」とわたしは言った。「ジュリアが好きだったから。それに、大学でもときどき上映することがある。金曜日の映画の夜に。何度か彼女といっしょに行ったことがあるんだ」

「テレビはどうなの？」とローラ・フェイが訊いた。「テレビはあまり見ないんでしょうね？」

「そう、あまり見ないな」

「オリーによれば、テレビの警官が出てくる番組はリアルじゃないということだけど」とローラ・フェイは言った。「番組のなかの警官はほんとうに捜査をするわけじゃないから。実際の警官がやるようには」

「そうだろうね」とわたしは言った。

「たとえば、ダグがわたしにくれたとあなたが思っていたお金のことだけど」とローラ・

フェイは言った。「あなたはそれについて調べてみたの？」

ローラ・フェイがこの話題を蒸し返すなんて、わたしにはちょっと驚きだった。しかし、グレンヴィルや、わたしの父や、あの陰惨なむかしのこと以外に、わたしたちにどんな話題があるというのか？

「ああ」とわたしは言った。

「ダグがそのお金を預けて、それから引き出したことを、ミスター・ウォードから聞いたと言ったわね」とローラ・フェイは言った。「もちろん、あなたはそれを確かめたんでしょう？」

「ああ、確かめた」とわたしは言った。「念のためにファースト・フェデラル銀行に行ってみたんだ。あそこの人はわたしを知っていたからね。わたしはときどき、父が店を閉める直前に、一日の売り上げをあの銀行に持っていったから」

「そう、ファースト・フェデラルだったわ」とローラ・フェイは言った。「その仕事はわたしが引き継いだのよ。毎日やったわ」

ローラ・フェイがこのつまらない仕事をしている姿が目に浮かんだ。黄昏のグレンヴィルの通りを歩きながら、その陰鬱さに包みこまれ、ウディのことか毎日の退屈な仕事のことを考えている。わたし自身もそうやって歩きながら考えたように、どうして自分の人生はこんなありさまなのだろう、まだここから脱出する方法があるのだろうかと考えていたにちがいない。

「わたしは《サイコ》のジャネット・リーみたいだったかもしれないわ」とローラ・フェイが言った。「あの映画は知っているでしょう?」

「もちろん」

「彼女はお金を預ける代わりに取ってしまう」とローラ・フェイはつづけた。「そして、うまく逃げのびたと思っていると、自分の母親を殺した男に出会ってしまって、それで一巻の終わりになるんだけど」

あの有名なシャワーのなかでの殺人の恐怖がわたしの脳裏を強烈によぎって、わたしは思わず身震いした。

「それじゃ、あなたはミスター・キャロルと話をしたにちがいないわ」と、ローラ・フェイはずっと軽い口調でつづけた。

「ああ、話したよ」とわたしは言った。「支店長の」「父は死ぬ二カ月前に三万ドル預けたということだった。それから、それを引き出したんだ。実際には、四月十八日に」

父の経済的な歴史のなかのその瞬間が目に浮かんだ。年中ステープラーの針を刺したり紙で切ったりしている父のごつい手が、人生で見たこともないほどの大金を入れた袋をつかみ、銀行を出て、バラエティ・ストアに戻っていく姿が。だから、ミスター・ウォードと話したすぐあと、わたしは店へ行ってみた。

父が死んでから初めて、おもてのドアの鍵をあけ、バラエティ・ストアのなかに入ったのは、午後の遅い時刻だった。店内はいつも傾いている棚やぐらつく商品の山で混沌としていた。この無秩序は父の頭の中身の物理的な表れだ、とわたしはよく思ったものだった。父の頭は永遠に衝突を繰り返している考えや衝動の藪《やぶ》みたいなものだった。しかし、いま、それはわたし自身のきわめて重大な利益に役立つかもしれない混乱を象徴しているような気もした。というのも、わたしがこれまでに知り合った人たちのなかでも、父ほど先を見越して考えることのできない人はいなかったからだ。だから、ファースト・フェデラルから引き出した現金について、父があらかじめなんらかの計画をもっていたとは考えられなかった。しかも、父はローラ・フェイの夫に殺される前に、彼女と駆け落ちすることはできなかった。だとすれば、金はまだつかわれていないことになる。もしも彼の安っぽい愛人にまだ渡してなかったのだとすれば、バラエティ・ストアの気が遠くなるような乱雑さのどこか以外の場所に、その金を隠したとは想像できなかった。

わたしはまず、父の情事を初めて見つけた倉庫からはじめた。木箱をこじあけ、石膏ボードの背後を探り、リノリウムの一部を引き剥がし、高々と積まれたダンボールの山のなかに肩から先に押し入った。だが、父が残した恐ろしい混沌以外、なにも見つからなかった。おもての店内の乱雑さは裏より多少はましだったが、床面積がはるかに広く、そこらじゅうに雑然と置かれた数知れない容器や箱のなかを調べ、最後に入口のわきにあるペイパーバックの小さなラックに到達するまでに数時間かかった。こんなところにはないだろう、とわたしは思った。だれでも本を引き抜けるこんなラックみたいな場所には。まともな考えではなかったが、完全に絶望していたその瞬間、わたしは藁にもすがる思いで、本を一冊ずつパラパラめくってみたりした。

もちろん、なかった。完全になにもなかった。

その夜、ようやくバラエティ・ストアをあとにしたときには、わたしは疲労困憊していた。しかも、いまでは、ミスター・ウォードから聞いた話を母に知らせなければならないという重荷が加わっていた。

わたしが家に着いたとき、母は居間に坐っていた。

しかも、ひとりではなかった。

驚いたことに、その薄暗い部屋にはミスター・クラインが坐っており、その色の浅黒いユダヤ系の顔立ちが、かたわらのテーブルに置かれた小さなランプで照らされていた。

「やあ、ルーク」と、わたしが部屋に入っていくと、彼は言った。

わたしはミスター・クラインがゆったりと坐っている場所に目をやった。かつては父のものだった椅子、いまやわたしの将来みたいに完全に擦りきれている椅子。

「ミスター・クラインがお気にいりの一冊を持ってきてくれたの」と母が言った。

わたしは母の方を向いて、膝に載っていた本をちらりと見た。

『アンナ・カレーニナ』よ」と母は言った。

「それは姦通した女の物語でしょう？」とわたしは訊いた。

ミスター・クラインが、母に代わって、わたしの質問に答えた。

「そう、そのとおりだ」と彼は言った。「きみもそのうち読むといい、ルーク。いろんなことがよくわかるよ」

わたしは彼のほうに目をやって、「読むかもしれません」と興味なさそうに言った。

ミスター・クラインは勢いよくうなずいた。「それはいい」

のちにわかったことだが、エイブラハム・クラインの心と目は、背信と裏切りとこれでもかという残虐さのなかで鍛えられてきた。彼と彼の父や兄弟姉妹は、友人や隣人だと思っていた人々に狩り出されて、村の広場に引き立てられた。そこで何日ものあいだ、食べものもなく飲み水さえごくわずかしか与えられずに、彼らを死の収容所に運ぶ列車を待たされ、そこで彼を除く全員が死んでいった。収容所にいるあいだに、ひとかけらのパンやほんの数時間よけいに生き延びるために、人々が嘘をつき、他人を騙し、盗みをはたらくのを見た。彼は世界が灰になって頭上に降りかかるのを目にしたし、人間の経験から学ぶことが可能なかぎりいやというほど、どんな人間の心のなかにも悪がとぐろを巻いていることを学んだのだという。

その瞬間、悪意がわたしのなかでとぐろを巻いているのをミスター・クラインは見たのだろう、とわたしは思った。

「さて、そろそろお暇しなくては、ミス・エリー」とミスター・クラインは穏やかに言った。そう言うと、彼は立ち上がって、母のそばに歩み寄り、そっと彼女の手を取った。「あしたまた寄ります」彼は笑みを浮かべた。「あなたから目を離さないようにしてほしいとダグに頼まれましたからね」

「いい人でした」と、悲しみでしわがれそうになった声で、母は言った。「とても、とてもいい人でした」

「ええ、そうでしたね」とミスター・クラインは同意した。「では、おやすみなさい」

それから、オルゴールに付いている人形みたいに、ゆっくりとわたしのほうを向くと、手を差し出した。

「きみに会えてよかったよ、ルーク」と彼は言った。

「ぼくもおなじです、ミスター・クライン」とわたしは返した。

彼の目にはなにか暗いものを理解しているような、射抜くような光があった。「いまでは、きみが一家の主だね」と彼は言った。

「ええ、そうです」とわたしはぎこちなく答えた。

彼の笑みは火星から笑いかけたよりも遠く隔たっているように感じられた。「それじゃ、気をつけて」と彼は言った。

そう言うと、彼はわたしの左側に移動し、キッチンを通り抜けて裏口から出ていった。

「奇妙な人だ」とわたしはほとんど独り言みたいに言った。

「そんなに奇妙ではないわ」と母が言った。「ただ寂しいだけなのよ」

母は低いうめき声をもらして、よろよろと立ち上がった。「別のお医者さんに診てもらうべきだ、とミスター・クラインは言うんだけど」と母は言った。「フィルバート先生に」

わたしは母のほうを振り向いた。「でも、いつもブラロック先生に診てもらっているのに」

母は前に進み出た。わずか一月前にはあった優雅さのない、心許ない動き方だった。

「ミスター・クラインが言うには、ブラロック先生は……その……行き届かないところがあるんですって」母はわたしの腕を取って、キッチンへと急きたてた。「でも、あなたはわたしのために学校や勉強を中断する必要はないのよ、ルーク」と彼女は言った。「ミスター・クラインがわたしの様子を見に立ち寄ってくれるから」

「そうらしいね」

母は立ち止まって、わたしのほうを向いた。「ダグが、もしも自分になにかがあったら、そうしてほしいと頼んだのよ」顔が青白くなった。「かわいそうなダグ」と母はつぶやいた。

そう言うと、母はふたたび歩きだし、そっと床を踏みしめるようにしてキッチンに行き着いた。

キッチンに入ると、母は椅子のひとつに腰をおろして、長々と息を吐いた。「夕食のサンドイッチを作ってくれるかしら、ルーク？　わたしはすこし疲れてしまったの」

わたしはサンドイッチを作り、お茶をいれて、母といっしょにテーブルに着いてから、ようやく自分のなかでくすぶっていた話題を持ち出した。

「きょうの午後、ミスター・ウォードと話をしたんだ」とわたしは言った。

母はわたしの話をほとんど聞いていないようだった。「毎週、あなたにグレンヴィルの新聞を一部送ることにしたわ」と彼女は言った。「ここにわたしたちがいることを、あなただって忘れたくはないでしょう。それに、ボストンは――」

「ぼくはボストンには行かないんだ」と、わたしは鋭い声でさえぎった。

母はさっとわたしの顔を見た。「何を言っているの、ルーク？　もちろん、あなたは――」

「なにもないんだよ、母さん」とわたしはふたたびさえぎった。「きょうの午後、ミスター・ウォードからそう言われたんだ。店は借金漬けで、それを清算するためには、店にあるなにもかも売り払わなければならない。なにも残らないんだよ」

「なにひとつ？」と母は訊いた。

「なにひとつさ」とわたしは言った。「この家を除いて。ミスター・ウォードによれば、この家だけはなんの抵当にも入っていないらしい」

母はこの暗鬱な知らせの重みに押しつぶされたようだった。椅子の肘掛けをつかんで、目には見えない猛烈な一撃をくらったかのように、椅子の背にもたれかかった。

「でも、生命保険はどうなの？」と、母はしばらくすると訊いた。

「解約したんだ」とわたしは母に言った。「父さんは解約金を受け取った。三万ドル。二ヵ月前にそうしたそうだ」

母は目に見えて生き返ったような顔をした。「それなら、一年目には充分だわ、ルーク。三万ドルあれば。充分にあなたの――」

「ただそのお金はないんだよ」とわたしは母に告げた。「父さんは一度銀行に預けて、それから全額引き出したんだ。それをどうしたのか見当もつかないけど」

「でも、なぜそんな大金が必要だったのかしら？」と母が訊いた。

「わからない」とわたしはつぶやいた。もちろん、わたしは知っていたし、ローラ・フェイが淫らなポーズで、彼女自身というみずみずしい果実を父に提供している姿を想像していたのだけれど。

母はひどく呆然としているようだった。「なぜ生命保険を解約したりしたの？　そんな大金をどうしようとしたのかしら？」と彼女は繰り返した。そんなことは一言も言ってなかったのに。なぜそんなことをしたのかしら、ルーク？」

「わからない」とわたしは繰り返した。というのも、ローラ・フェイのことを持ち出しても、得るものはあまりなかったからだ――とりわけ、父が彼女と関係をもったことを母は依然として断固として否定しているという事実を考えれば。「でも、保険は解約されて、いまはもうなくなっている」わたしはその小さな部屋を、花柄の壁紙や染みのある天井を見まわした。「この家が残っているすべてなんだ」

母はじっと身じろぎもせずに坐ったまま、長いあいだなにも言わなかった。頭に一撃をくらって目がまわり、ふらふらしているが、それでもまだ立っている動物みたいに。「なにか理由があったはずよ、ルーク」と、しばらくすると、母は小声で言った。「なんの理由もなしに、そんなことをするはずはないもの」まるで知らぬ間にひらいていたカーテンの隙間から覗いたかのように、母は完全に無防備な顔をしていた。「なにひとつ？」と彼女はしわがれ声で訊いた。「なにもないの？」母はわたしの手を取って、両手でそれを包みこんだ。わたしたちはまるで周囲の海がしだいに荒れだし、四方から嵐が迫るなか、救命ボートで身を寄せ合っているみたいだった。「彼には理由があったはずよ、ルーク」と母は繰り返した。

父がバラエティ・ストアの倉庫に作ったぞんざいな閨房が、造花を入れた小さな花瓶やピンクの包装紙で不器用に包んだ小箱が目に浮かんだ。

「彼には理由があったはずよ」と母はまたもや繰り返した。「彼はいい人だったんだから、なにかしら理由が――」

ダムが決壊して、わたしは長いあいだ抑えつけていた毒を吐き出した。

「父さんが保険を解約したのは、彼女と駆け落ちしようとしていたからさ」とわたしは憤激してぶちまけた。「ローラ・フェイ・ギルロイと」

そう言ってしまうと、わたしの最大の希望を破壊した危機に直面していたにもかかわらず、体のなかをなんとも言えない満足感の波が走り抜けた。その瞬間、わたしはあまりにも完璧に確信していたのである。父は熱い銃弾に胸を貫かれても当然のことをしたのだと。噴き出した血が顔に跳ねかかり、体が椅子から後方に投げ出されるのを感じ、生気を失った自分の重みが床に投げ出されるのを感じて、あんなふうに死んでいったのも自業自得だったのだと。

「いいえ」と母は頑なに言い張った。「いいえ、ダグがそんなことをするはずはないわ」

「父さんはほんとうにそうしたんだよ、母さん」とわたしは容赦なく言い放った。「ぼくはそこらじゅう捜した。何時間も捜したんだ！」わたしは母の肩をつかんで、ぎゅっと力をこめた。「現実を認めるしかないんだよ、母さん！　父さんはほんとうにそうしたんだ！　あの売女と駆け落ちするためにお金を引き出したんだ」

「いいえ！」と母は言った。「違うわ、ルーク。あの人はけっしてそんなことをするはずがないわ」

「どうしてわかるんだい、母さん?」と、わたしはかっとして聞き返した。

母はそれには答えずに、ただ顔をそらしただけだった。わたしの目に浮かんでいるものにぞっとして、まともには見ていられないかのように。

「父さんがローラ・フェイ・ギルロイにお金を渡さなかったと、どうしてわかるんだい?」と、わたしはいちだんと大声を出して、詰問した。

「わたしにはわかるのよ」と母は言った。声がしわがれ、それと同時に、心の奥底に亀裂が入っているかのようだった。「わたしをそんな目に遭わせるはずがないと、わたしにはわかるのよ、ルーク」

わたしの非難で母が打ちひしがれているにもかかわらず、わたしはさらにその上に重しを重ねようとした。

「父さんは浮気をしていたんだよ、母さん」とわたしは残酷にも指摘した。「店の裏で店員の女の子とやってたんだ」

「やめて、ルーク!」と母は叫んだ。

「尻軽な田舎娘と」

「やめて!」

「そんなことをしていたのに、あのお金を取って、その娘にやるはずがないなんてどうして言えるんだい?」とわたしはどなった。「父さんはあの娘を愛していたんだから、そうでしょう?」

「いいえ!」と母は叫んだ。「父さんはわたしを愛していたのよ!」

わたしは自分の怒りの矛先《ほこさき》で母の心を穿《うが》とうとした。「どうしてそんなことがわかるんだい、母さん?」

わたしの問いに顔を殴られたかのようなショックを受けて、母は心のなかで後ずさりした。「わかっているのよ。ほんとうに。わたしにはわかっているの」

「どうしてわかるのさ?」とわたしは詰問した。

母の目が涙でいっぱいになり、全身がブルブル震えだした。「わたしにさわろうとしたからよ、ルーク!」と母は叫んだ。「あの人が最後にやったのは、手を伸ばして、わたしの顔に、目にさわろうとしたことだったからよ」

父がやったことを認めようとしないのは、そんな滑稽な理由からだったのか、とわたしは陰鬱な気分で考えた。父がそんなことをしたはずはない、と母は信じこんでいた。なぜなら、彼は自分を心から、熱烈に、深く愛していたのだから。ちょうど自分が愛読する本のなかの物語みたいに。

人々をロマンチックに理想化する母の物の見方——だれもが親切で、だれもが正直で、だれもが他人のために自分を犠牲にする気でいる——はかつてはわたしの気分を高揚させせたものだったが、いまでは、それは人生をありのままに見ることを妨げるヴェールであるかのように感じられた。

「現実を直視する必要があるんだ」とわたしは母に言った。「父さんが何をしたか、どんな人だったかを直視する必要がある」

母は激しく首を横に振り、そうしたことで疲れてしまったようだった。「わたしは二階へ行きたいわ、ルーク」と母は言った。「横になる必要があるの」

母は苦労してなんとか立ち上がり、階段まで歩いていって、のぼりだした。キッチンのわたしのいた場所から、母がしばらく部屋を歩きまわり、それからベッドに身を沈める物音が聞こえた。

そのあと、わたしは長いことキッチンの椅子に坐っていた。父を襲った銃弾が通過した窓はすでにガラスが取り替えられていたが、星形にひびが入った銃弾の穴がわたしの脳裏に焼きつけられていて、わたしにはその正確な場所がわかった。ふと、その致命的な銃撃の瞬間が目に浮かんだ。父が後ろ向きに転がり落ちて、床に倒れ、母が助けに走り寄り、彼を腕のなかに抱き上げる。母が言っていたように、父が手を伸ばして、母の顔にふれようとする。

あの人が最後にやったのは、手を伸ばして、わたしの顔に、目にさわろうとしたことだった。

頭のなかで母の声がひびいた。父が最期の瞬間に自分のことだけを考えていたと信じて疑わない声が。

しかし、キッチンにひとりになり、父がそこから転がり落ちた椅子に坐って、彼が倒れていた床を見つめながら、わたしが想像していたのは、この数ヵ月うつつを抜かしていた安っぽい恋愛感情から依然として逃れられない父だった。死ぬ瞬間にさえ、父はそのことを考えていたのではないか。胸から血が噴き出すなか、震えながら手を伸ばしたのは、朦朧とする霧のなかにぬらぬらする赤い指を伸ばしたのは、その瞬間にそばにいてほしかった女へ、母より若く、もっと情熱的な女へではなかったのか。ぼんやりと手を伸ばして、最後にもう一度ふれようとしたのは、死にかけている頭のなかにはもはや存在しなかった母ではなく、ローラ・フェイ・ギルロイだったのではないか。父がじっと目を細めて見上げたのは、衰弱していく力の最後の一粒まで振り絞って最後にもう一度見ようとしたのは、彼女のスカイブルーの目ではなかったのか。

26

その目はいまでも青かったが、かつての輝きは失われていた。

「わたしには何が奇妙に思えるかわかる、ルーク？」とローラ・フェイが訊いた。

かすかに呂律がまわらないように聞こえたが、とわたしは思った。会話も終わりちかくになり、彼女は実際に酔っ払いかけているのだろうか？　初めのころ彼女が宣言したこと――〝わたしは酒癖が悪いの〟――を思い出して、その警告に気をつけたほうがいいのだろうか、とわたしは思った。

しかし、いくら考えても、実際に呂律がまわらなかったのかどうかはっきりしなかったので、わたしはいちだんと注意深く耳を澄ましただけだった。

「あなたがやったことを考えると、わたしのところへ来なかったのは奇妙だという気がするのよ」とローラ・フェイは言った。「だって、ダグの保険金の三万ドルをわたしが持っていると思っていたのなら、なぜわたしに訊かなかったのかしら？」

いや、呂律がまわらなかったわけではない、とわたしは思った。

「なぜそうしなかったの、ルーク？」とローラ・フェイが訊いた。「わたしに訊いてみようとは？」

「そうしなかったのは、きみが嘘をつくだろうと思ったからだ」とわたしは率直に答えた。「たいていの人が嘘をつくからね。とりわけお金のことになると」わたしは肩をすくめた。「あるいは、わたしのなかのなにかが、あきらめてしまったのかもしれない。あのときは、すべてが失われたような気がしていたから。一流大学へ行く希望も、偉大な本を書く夢も」自分が支払った代償にも、わたしがほかの人たちに支払わせた代償にもうんざりして、わたしは首を横に振った。「結局のところ、夢を追いかけるためにはかならず代償を支払わなければならないんだ」

「でも、夢を追いかけるのはふつうは簡単なことであるべきよね、そうは思わない？」と、ローラ・フェイはずばりと訊いた。

教育はなかったし、わたしが生涯を捧げてきたような不毛な研究など知りもしなかったけれど、ローラ・フェイの質問にはぐさりと的を射るところがあり、わたしはすぐさま西部のことを、彼女がそれを見るためにセントルイスまで来たという、ゲートウェイ・アーチのことを考えた。初期の開拓者にとって、あの壮大な旅をはじめるのはとても容易なことだったにちがいない。結局のところ、彼らに必要だったのはわずかな道具と、多少の衣類、それに彼らを焚きつけた夢のなにごとにもひるまないエネルギーだけだったのだから。

それだけを頼りに、それ以外のなにももたずに、希望以外のすべてを奪い取られて、彼らは前進したのだった。

「そのとおりだ」とわたしは言った。「夢は容易に追求できなければならない」わたしは謎の男が坐っていたがらんとしたテーブルに目をやった。ひとりでやってきて、ひとりで坐り、ひとりで帰っていった孤独な男。それがわたしを待っている唯一の未来だという侘しい事実を、わたしは恐ろしいほど確かなものとして認めざるをえなかった。「少なくとも、初めのうちは」

ローラ・フェイはアップルティーニの最後のひとしずくを飲み干した。「それじゃ、あなたはわたしが嘘をつくと思ったのね」

わたしはさっとローラ・フェイに注意を戻した。「え？」

「お金のことを訊いたら、わたしが嘘をつくと思ったとあなたは言ったのよ」とローラ・フェイが言った。

「そうだった。しかし、いずれにせよ、わたしには何をどうすることもできなかった」とわたしは言った。「資金はなくなってしまった。資金がなくなると、わたしは勉強をやめ、読書もやめ……なにもかもやめてしまった」

ときおり、わたしは自分が明かりの消えた、むっとする、猛烈に暑い部屋に閉じこめられているような気がしたものだった。そろそろ夏になりかけていた。わたしは九月にはハーヴァードに到着していなければならず、入学の意志を八月一日までに表明しなければならなかった。さもなければ、大学からの手紙で厳格に知らされていたように、〝本学の一年生クラスへの入学許可は取り消されます〟ということだった。

「わたしはあきらめたんだ」とわたしは言った。「将来が見通せなくなると、人はあきらめてしまうんだよ」

ローラ・フェイはゆっくりとうなずいた。その顔に浮かんだ静かな悲しみを見れば、彼女もやはり希望を失ったことがあるにちがいなかった。

「そうね。わたしもそうだった」と彼女は言った。

彼女はそれ以上なんとも言わなかった。もしかすると、ある種の事柄については、彼女は〝寡黙〟なのかもしれない、とわたしは思った。母がはるかむかしに讃嘆した寡黙さとは、まったく違うかたちでではあるけれど。

「ともかく」とわたしは言って、わたしたちがそれ以前に話していたことに話題を戻した。「九月にハーヴァードに行ける望みはすこしもないことがわかっていた。そのためには十セントも、五セントもなかったし――」

ローラ・フェイがふいに窓に目を向けたので、わたしは口をつぐんだ。「外に出ましょうよ、ルーク」と彼女は言った。そう言いながら頭で示した窓に目をやると、雪がチラチラ降りだしていた。「雪が降りだしたわ。公園はきっときれいよ」彼女はわたしのほうを向いて、生き生きとした笑みを浮かべた。「雪のなかの散歩はすてきだと思わない、ルーク?」

「しかし、散歩にはちょっと寒いんじゃないか。そうは思わないかい?」とわたしは訊いた。「それに、公園には人気がないだろう。危険かもしれない」

ローラ・フェイはいたずらっぽい目配せをした。「でも、あなたは危険をおかすつもりだと言ったでしょう?」

「それはわたしたちの会話のなかで危険をおかすという意味だ」とわたしは指摘した。

ローラ・フェイは窓に視線を戻した。静かに雪の降る薄暗い公園は冬のお伽の国だと思っているかのようだった。「雪のなかを散歩したいわ」と彼女は言った。「もう二度とそんなチャンスはないかもしれないから」彼女はわたしのほうを向いた。「わたしが住んでいる場所ではあまり雪は降らないから」

「ところで、それはどこなんだい?」

「グレンヴィルよ」とローラ・フェイは答えた。「オリーが死んだあと戻ったの」

「オリーが……死んだ?」とわたしは訊いた。

「まだ去年のことだけど」とローラ・フェイは言った。「突然だったわ」

「それは気の毒だったね」

ローラ・フェイはさっとうなずいた。「だから、いま、わたしはひとりぼっちなの」と彼女は言った。

「わたしもそうだ」と言って、わたしはそっと肩をすくめた。「わたしたちは似たもの同士のようだね」そして萎《しお》れた笑みを浮かべて、彼女を慰めるふりをした。「しかし、あしたという日もあるし、それはつづいていく。なにかしらそのために生きるものがあるかぎり」

ローラ・フェイの目のなかに一瞬ものすごい光がひらめいた。あまりにも激しく戸惑った光で、わたしはなにも言うことができなかった。最後の片隅に追いこまれた動物の顔。陰鬱な、どこにも出口がないという顔だった。一瞬、彼女は生きとし生けるものの世界から切り離され、引きずられていって、自分の人生の孤独な独房に監禁されてしまったかのようだった。

それから、まるで死を覚悟した将軍がもう一度戦線を立て直そうとするかのように、彼女は黒いバッグに手を伸ばしながら、短いが妙に苦しそうな息をもらした。「そう、なにかしらそのために生きるもの」と彼女は言った。彼女の手がバッグのチョークで描いた死体の輪郭をなぞった。「まだやり終えていないこと、という意味だけど」

まだやり終えていないこと？

その言葉がわたしには不吉に聞こえたのではなかったか？ ローラ・フェイの言葉のな

かに、わたしはそれとない——いや、もっとずっとはっきりとした——警告を聞き取ったのではなかったか？

そう、たしかにそのとおりだった。

それならば、なぜ公園での散歩に同意して、ローラ・フェイとのこの最後の会話を引き延ばすことを受けいれたのか？

わたしにはわからない。ただ成り行きに任せてしまおうという気になるときがある、ということなのかもしれない。ずっと苦しめられていた恐怖を振り切って、ありのままの事実を直視しよう、ドアのノックに応えようという気になるときが。

だから、わたしは勘定を払って、立ち上がり、自分のコートを着てから、彼女がコートを着るのを見守った。彼女はわたしより動作が遅く、しかも重たいバッグの中身が邪魔になっているようだった。

「わたしが持とうか？」と、彼女がバッグのストラップを重そうに肩にかけたとき、わたしが訊いた。

「いいえ」とだけ言って、彼女はほかにはなんとも言わなかった。

夜のなかに踏み出すと、歩道にはうっすらと雪が積もりはじめていた。

「とてもきれいね、ルーク」とローラ・フェイは言った。

信号が変わるのを待つあいだ、わたしは通りの向こうを見渡した。公園の裸の木々はいまや幽霊じみた白い衣をまとっていた。「ちょっと不気味でもあるけど」

「ボストンはよく雪が降るの？」とローラ・フェイが訊いた。

「ああ、よく降る」

「シカゴは？」

「シカゴ？」

「ジュリアが住んでいるところ」

「どうしてジュリアがどこに住んでいるか知っているんだい？」とわたしが訊いた。

ローラ・フェイはバッグのストラップをもっとしっかりと肩にかけた。「インターネットで調べたのよ。いろんな人のことを調べるのとおなじように」

「いろんな人のことを調べているのかい？」

「そうよ」とローラ・フェイは答えた。「ほとんどはむかし知っていた人たちだけど。たとえば、デビーとか。ミス・マクダウェルとか。それで彼女が殺されたことがわかったのよ。レイ・マクファデンも探してみたわ。彼はまだ生きていて、たぶんあの修理工場で相変わらずお客を騙しているんでしょうね。ウディのいとこのことも調べたわ」信号が変わって、彼女は歩道から歩きだした。速歩になり、もうすこしで反対側に着くところで、彼女は付け加えた。「トムリンソン保安官も。保安官は三年前に死んだのよ。それからミスター・クラインも」

「ミスター・クライン？」わたしは思わずその場に立ち止まった。「なぜミスター・クラインを？」

車がクラクションを鳴らした。ほとんどパニックに襲われたような仕草で――グレンヴィルで、車の多いある午後、わたしの父がちょうどそうしたように――彼女はわたしの腕をつかむと、歩道に引っ張った。「気をつけなくちゃ、ルーク」と彼女はわたしに警告した。「轢かれちゃうわよ」

わたしたちはしばらくなにも言わずに歩いた。ふたりだけで、公園の奥へ歩いていく。歩いているうちに、雪がほんのすこし激しくなった。通りから、街灯や揺らめく車のヘッドライトから遠ざかるにつれて、闇がしだいに濃さを増す。

「なぜミスター・クラインなんだい？」とわたしはもう一度訊いた。

「彼は六年前に死んだわ」

「それにしても、なぜインターネットで彼を調べたの？」

「彼はあなたのお父さんと親しかったからよ」とローラ・フェイは答えた。彼女は公園の左右を見まわした。「墓場みたいに静かね。そう思わない、ルーク？」

わたしはグレンヴィルの墓地を思い出した。そこにいる永遠に沈黙した人たちを。わたしの母と父、ウディ・ギルロイ、ミス・マクダウェル、トムリンソン保安官、ミスター・クライン。彼らの墓石は彼らとおなじように沈黙している。そう思うと、わたしは初めて

──陰鬱に、と同時に、ほんとうに危険を感じながら──自分の行く手に横たわっている深淵を意識した。大げさな前兆こそないが、遠くで不気味な口をひらいている深淵。それは苦渋に満ちた自己発見の瞬間というより、ただすべてが以前よりはっきり見えるというだけなのかもしれない。しかも、信じがたいことに、その案内人がローラ・フェイ・ギルロイで、父と母のこと、デビーのこと、ジュリアのことを話しながら、わたしをじりじりと崖っぷちに誘っていく。捨てられた前妻の問いかけが、ふいに頭のなかに鳴り響いた。**それじゃ、ルーク、人生の最後で最大の希望は何なの？**

それを思い出すと、わたしはふいに立ち止まった。「きみは人生に何を望んでいるんだい、ローラ・フェイ？」とわたしは訊いた。

「望んでいる？」

「きみの人生の最後で最大の希望は何なんだい？」

彼女はその質問にほんとうに心を動かされたようで、しばらくじっと考えてから、言った。「わたしがだれかにとって大切な存在だったと知ることね。最後に、そんなふうに思えることだわ。それがだれもが望んでいることじゃないかしら、そうは思わない、ルーク？」

「そうだね、わたしもそう思う」とわたしは言った。「最後にはだれもがだれかにとって大切な存在だったと思われることを望んでいるのだろう」

「自分がいい印象を与えたと確信できること」とローラ・フェイはつづけた。「ダニーがそれを知っていたように。なぜなら、わたしは彼といっしょにいて、ずっと世話をしてあげたから」

「ああ、そんなふうにそれを知ることだ」

「証拠が要るのよ」とローラ・フェイは断固たる口調で言った。

わたしはうなずいた。「証拠が要る」

わたしたちはふたたび歩きだした。

「雪はいつもとても清潔に見えるわね。そうでしょう？　とても純粋に見えるわ」と、しばらくすると、ローラ・フェイが言った。

わたしは公園の暗がりをじっと透かして見た。なんだか舞台化粧がボロボロ剝げかけているみたいな気分だった。劇が進行するにつれて仮面のそこここが剝がれ落ちていくみたいに。ここでは眉が剝がれ、そこでは付けひげから毛が抜け落ちていく。

「わたしとは違う」とわたしは言った。

「どういう意味、〝わたしとは違う〟って？」と、執拗に探りを入れているわりにはごくさりげない口調で、ローラ・フェイが訊いた。

「まあ、だれにでも秘密があるってことさ」と、わたしはおなじようにさりげなく答えた。

「ほかの人たちが知らないことが」

ローラ・フェイは雪を見ながらずんずん前に歩いていく。「あら、わたしは秘密が大好きよ、ルーク」と彼女は言った。「あなたの秘密をひとつ教えて」

もしもこれがゲームなら、わたしはひとりでやるつもりはなかった。「きみも自分の秘密を教えてくれるならね」と、わたしはできるだけ軽い口調で言った。

「いいわ」とローラ・フェイは言ったが、今度はそれまでほどふざけた口調ではなく、深海にひそむ鮫みたいに、なにかがその奥にひそんでいるようだった。「でも、あなたが先よ」

それは穏当な条件だと思ったので、「わかった」とわたしは言った。

「よかった」と、小さなしかし重要なゲームで得点をあげたかのように、ローラ・フェイは言った。

〝ひとつだけだぞ〟とわたしは思った。〝マーティン・ルーカス・ペイジ、ひとつしか教えるんじゃないぞ〟

そして、わたしはそのとおりにした。

ミスター・ウォードと話したあとの数週間、とわたしは彼女に語った、父が母とわたしをどんなに絶望的な状態に残していったかが、恐ろしいほどあきらかになった。バラエティ・ストアは売却され、その売上金が父の多くの債権者に支払われた。それでもまだ少額の借金が残ったので、残された債権者に支払いをするため、母は例の金属製の小箱に貯めていた脱出資金をつかわなければならなかった。この最終的な支払いで、すでに乏しかった資金が完全になくなり、わたしはレベルの低い州立トムキンス大学にさえ行ける見込みがなくなった。

だが、さらに悪い知らせが、母の健康に関する恐ろしい知らせが待っていた。父が殺される数カ月前、母は失神したことがあったが、数日後には病院から退院していた。そのあとは、体力がめだって衰えてはいたが、それ以外は正常に見えた。しかし、父の殺人事件によって母はさらに大幅に衰弱し、しばしばベッドに寝ているようになった。それは鬱状態や、夫の死の余波や、対処せざるをえなかったスキャンダルのせいで、そのうちよくなるだろう、とわたしは思っていた。

ところが、いつまで経っても回復しないので、わたしはもう一度ブラロック先生のところへ診察に連れていった。先生はいつもどおりの診察をしたが、とくに病名を告げることもなく、休養と総合ビタミン剤を勧めただけだった。

しかし、休養もビタミン剤も効果はなく、バラエティ・ストアの最後の資産が清算されたころには、家のなかを歩いて、たいていは狭苦しい居間に行き、ただひとりの訪問者、ミスター・クラインに会うときにも、ひどく足取りがふらついた。

そのころには、ミスター・クラインはかなり頻繁に訪れるようになっていた。ほとんどいつも自分の宝石店を閉め、自宅に戻り、ひとりで食事をしたあとだった。孤独な夜以外になにも待っているものがない彼は、ピーナッツ・レーン二〇〇番地の玄関への小道をぶらぶら歩いてくる。しばしばアイロンをあてたばかりの黒のパンツとジャケットで、ときには花を持ってきたので、ひょっとすると母に言い寄っているのではないか、とわたしは思いはじめた。わたしのなかでその疑問がだんだん大きくなり、最後にはとうとう、なかば冗談めかしてだがある程度は真剣に、母に対してなにか魂胆があるのかと彼に尋ねた。

彼の答えはわたしをぞっとさせた。**きみと話をする必要があるんだがね、ルーク。**

「話?」とわたしは訊いた。

「きみのお母さんのことだが」

そんなふうに不吉な予感を抱かせる言い方をすると、彼はわたしの腕に手をやって、裏庭に出るようにうながした。わたしたちは、かつては母の夏の菜園の仕切りになっていた小さい柵のそばに立った。

「きみのお母さんは……」彼は一瞬ためらってから、爆弾を落とした。「彼女は非常に深刻な状態なんだ、ルーク」

「状態?」とわたしは訊いた。「状態って、何の?」

「体力が弱っているだけじゃなくて」とミスター・クラインは説明した。「非常に重い病気にかかっている」

月と星が軌道からずれて、全世界がぴたりと止まった。

「多発性硬化症なんだ」とミスター・クラインはつづけた。「ブラロック先生はお母さんの状態をちゃんと診ていないと思ったので、わたしはフィルバート先生のところに連れていった。ブラロック先生は、過労とストレスが原因だから、休んでビタミンを取れとしか言わなかったが、フィルバート先生はずっと詳しい検査をした」

そういえば、ミスター・クラインからフィルバート先生に診てもらうように勧められたと母は言っていたが、わたしはすっかり忘れていた。

「お母さんは死んでしまうというわけじゃない」とミスター・クラインはわたしに請け合った。「すこしもそんなものじゃない。彼女はずっと何年も生きていられる。ただ、自分で自分の面倒を見ることはできなくなるんだよ、ルーク。どんどん体力が落ちていって、いずれは二十四時間の介護が必要になる」

「そうですか」とわたしはつぶやいた。

ミスター・クラインは、わたしたちの様子をだれも見ていないことを確かめようとするかのように、家の裏手にちらりと目をやった。「きみのお父さんは、お母さんがなにか深刻な病気にかかっているのではないかと心配していた」

「父が母の状態についてなにか気づいていたというのは驚きです」とわたしはぶっきらぼうに言った。「自分が何をしていたかを考えれば」

ミスター・クラインはそれについてはなんとも言わなかった。「お父さんはむかしから、自分がいつ死ぬかわからないと考えていた」と彼は言った。「自分の父親が死んだみたいに、突然に。だから、お母さんが世話を受けられるようにしていったんだ」

ミスター・クラインが何を言っても、それ以上にわたしを驚かすことはできなかっただろう。

「母さんが世話を受けられるようにしていった？」わたしは苦々しい笑いをもらした。「父さんはびた一文残さなかったんですよ」

ミスター・クラインの目のなかを、妙に敵意を含んだ光がよぎった。「いや、彼は残していったんだ、ルーク」と彼は言った。小言を言うというよりもっと強い口調だった。

「どうしてそう言えるんですか？」

「なぜなら、わたしに預けていったからだ」とミスター・クラインは言った。「三万ドルを。それが調達できた全額だったようだ」

「そのお金をあなたに預けたんですか？」と、立ち竦《すく》むほど驚いて、わたしはミスター・クラインに訊いた。「どうしてだろう？」

「きみのお父さんの説明によれば、相当数の債権者がいるから」とミスター・クラインは言った。「彼らの手の届かないところにその金を預けておく必要があるということだった。わたしに彼の……個人的な銀行になってくれないかと言ってきたんだ」彼はあえて悲しげな笑みをもらした。「だから、わたしが言いたいのは心配する必要はないということだ、ルーク。それが必要になったときには、お母さんの介護をするためのお金はあるんだから」

「それが必要になったとき？」とわたしは訊いた。「それじゃ、いますぐ、そのお金を母に返すつもりはないんですか？」

ミスター・クラインは首を横に振った。「わたしがそれを護ってしっかり保管するというのがきみのお父さんの望みだった」

「護るって、だれから？」とわたしは訊いた。

ミスター・クラインの目には、父から吹きこまれたわたしに対する不信がみなぎっていた。彼は最後までそれには答えなかったが、わたしには彼の答えはわかっていた。きみからだよ、ルーク。

27

「これがわたしの秘密だ」と、この最後の話が終わると、わたしはローラ・フェイに言った。「父はわたしが悪い息子で、母の世話をしないだろうから、なけなしの資金をわたしの手に渡らないようにする必要があると考えたんだ。なぜなら、わたしがそれを手にしたら、それを持って逃げ出し、病気の母にはなにも残さないだろうと思ったからだ」

「それは悲しいことね、ルーク」とローラ・フェイは静かに言った。

わたしたちはがらんとした小さな遊び場の横で歩を止めた。ときおり吹きつける風に揺すられて、ブランコがかすかに揺れていた。

「しかし、ほんとうのことを言えば、わたしはむかしから、父はわたしについてもっと悪い考えをもっているんじゃないかと思っていた」とわたしはつづけた。「もっとずっと悪い考えを」

ローラ・フェイはとてもやさしい目をしている、とわたしは感じた。とはいっても、そのころには、ときにはきわめて親しげで真摯に見え、ときにはひどく冷静でよそよそしく見える、彼女の顔のさまざまな表情を読む自分の能力に、わたしはすっかり自信を失っていたけれど。

「わたしが危険だと考えているんじゃないかと」とわたしは言った。「オリーがきみに言ったとおりだと思っていたんじゃないかとね。つまり、ほんとうの危険は自分のすぐそばにある。テーブルのすぐ向こう側に坐っている、と父は思っていたんじゃないかと」

「あなたはどんなふうに危険だったの？」とローラ・フェイは訊いたが、彼女はすでに答えを知っているようだった。

「なぜなら、わたしは大きな夢をもっていたからさ」とわたしは言った。「そして、それを実現するためにはどんなことでもするつもりだったからだ」この最後の言葉は、引き裂かれた告白の切れ端みたいに、わたしの口からこぼれ出た。「保険金のために彼を殺して、その金を独り占めにして、母を無一文で放り出すというようなことでさえ」

ふたたび銃声が鳴り響いて、ガラスが割れ、父が倒れながらかっと目を見ひらいて、苦痛にみちた頭のなかで恐ろしい結論を引き出すところが目に浮かんだ。

「だから、ミスター・クラインからその話を聞いたとき、あの最後の瞬間に、父は外の暗闇のなかにいたのはわたしだと、ライフルを持ったわたしだと考えたかもしれない、とわたしは思った」

わたしの頭のなかで、ジュリアの言葉が響いた。あなたはエディプス・コンプレックスの塊ね。

「それは苦しかったでしょうね」とローラ・フェイが言った。「そんなふうに考えたりすることは」

「そうだね。しかし、わたしがミスター・クラインと話をしたころには、なにもかもが苦しかった」とわたしは彼女に言った。「精神的な苦痛を説明するのはむずかしいが、じりじり浸食されるような苦痛で、わたしはそういう苦痛に蝕まれていた」

ローラはLA検視官事務所のバッグのストラップを肩から外して、近くのベンチを頭で示した。「あそこに坐りましょうか?」

わたしはあたりを見まわした。わたしたちは濃密な夜気に包まれて、まるで窓のない部屋の暗闇に、ふたりして閉じこめられているかのようだった。

「いいよ」とわたしは言った。

わたしたちはベンチに歩み寄ると、うっすらと積もっていた雪を払って、いっしょに坐った。

「さあ、今度はきみがわたしの知らないことを教えてくれる番だ」とわたしは彼女に指摘した。「きみの秘密のひとつを」

彼女はバッグをわたしたちのあいだに置いた。重たそうなゴツンという音がした。

「そこに何が入っているんだい?」とわたしは訊いた。「わたしの本だけじゃないんだろう?」

「あなたに渡すものがあるの」とローラ・フェイは答えた。「お別れのプレゼントが。それがわたしがセントルイスに来たもうひとつの理由なのよ。それをあなたに渡すことが」

「きみが殺しにきた二羽目の鳥だな」とわたしは言った。「何なんだい?」

ローラ・フェイは人気のない遊び場に目をやった。「一度、あなたがお母さんといっしょにいるところを見たことがあるわ」と彼女は言った。「彼女をフィルバート先生のところへ連れていくときだった。お母さんはあなたなしでは立っていられないみたいに、あなたに寄りかかっていた」

「母はとてもふらふらしていたけど、わたしなしでも歩けたんだ」

「でも、そうする必要はなかった」とローラ・フェイは言った。「そこがポイントなのよ。お母さんには最後にはあなたがいた。ダニーにはわたしがいたように。オリーにもだけど。お母さんを愛している人が」

「そうだね」とわたしはそっと言った。「わたしは……最後までいっしょにいた」

あの最後の恐ろしい夜のことを、苦痛に満ちた対決のことをわたしは思い出した。自分がキッチンと居間のあいだをどんなふうに行ったり来たりしたか、そして最後にはどんなふうに夏の夜のなかに走り出ていったか。母は身じろぎもせずに戸口に立っていたが、わたしの言葉が依然として耳のなかに響いていたにちがいない。**ぼくは罠にはめられたん**

だ！

「でも、ときどきは外出することもできた」とわたしはつづけた。「ええ、知っているわ」とローラ・フェイは言った。「相変わらず出かけていた、とデビーが言っていたから。長いドライブに、彼女とふたりで」彼女は答えを待つかのようにちょっと間をおいてから、つづけた。「最後のドライブのときには、あなたはとても動揺していた、とデビーが言っていたわ」

「ああ、たしかに動揺していた」とわたしは認めたが、それを払い除けるように片手を振った。「しかし、きみは哀れっぽい弁解を聞く必要はない」

「哀れっぽい弁解」とローラ・フェイは言って、ちらりと不可解な笑みを浮かべた。「あなたはデビーにもそう言ったわね」わたしがそれをすこしも覚えていないことを彼女は見て取った。「あの最後の夜、あなたがディケイター・ロードを猛スピードで飛ばしたとき」と彼女は指摘した。「デビーがその夜はお母さんをひとりにしておけないと言ったら、あなたは哀れっぽい弁解は聞きたくないと言ったのよ」

ふいに、その夜のすべてがじつに鮮明に記憶によみがえった。夜の帳《とばり》が降りてから、わたしたちはディケイター・ロードの急カーブをものすごいスピードで走っていた。ヘッドライトの光線が、まるで殺意を秘めた攻撃みたいに、容赦なく闇を切り裂いた。助手席に緊張して坐っていたデビーは、まっすぐ前を見つめて、体をこわばらせていた。わたしの足がアクセルを踏みつづけ、車が荒々しく揺れるので、彼女がひどく不安になっているのはわかっていた。

「スピードを下げるべきよ、ルーク」と彼女はこわごわと言った。「ディケイター・ロードは危険なんだから」

実際、非常に危険だった。デッド・マンズ・カーブという名前からも察しがつく、かなり危険なジグザグ道路の部分があった。しかし、そのとき、わたしに感じることができたのはただひとつ、自分の内部の焦熱地獄だけだった。自分が置かれた状況に対する天に届かんばかりの不満。父の策略のとてつもない底意地の悪さ。ある意味では、父は粗雑だが決定的なやり方でわたしを出し抜き、そうすることで、わたしのただひとつの夢をみごとに打ち砕いたのだった。

「ルーク、おねがい、スピードを落として」とデビーが言った。

だが、わたしはそんなことはしなかった。それどころか、さらにアクセルを踏みこんで、寒々しい自虐的なスリルとともに、古いフォードがガタガタ騒がしい音を立てながら、ぐっと前方に飛びだすのを感じた。夏の熱い空気があけたままの窓から狂ったように吹きこんで、デビーの長いブロンドの髪が、疾走する馬のたてがみのように、激しい風にあおられて背後になびいた。

「おねがい、ルーク、スピードを落として！」と彼女が叫んだ。

彼女の恐怖はエキゾチックな酒みたいに、わたしの食欲を刺激しただけだった。わたしはさらにアクセルを踏みこんだ。車はいまや咆哮し、うなり声をあげ、身震いして、擦りきれた古いタイヤがでこぼこの舗装の上でぞっとするほどスピンした。

「おねがいよ、ルーク！」とデビーが叫んで、わたしの腕をつかんだ。その爪が肉に食いこむのが感じられ、その痛みのせいでわたしはようやく正気を取り戻した。

「わかった」とわたしは吐き捨てるように言った。「わかったよ」アクセルをゆるめると、古いフォードは疲労困憊した動物みたいにスピードを落として、身震いするのをやめた。

「心中するつもりかと思ったわ」とデビーはささやくように言って、わたしの腕を放した。

それからしばらく、わたしたちは暗闇のなかを走りつづけた。どちらもなにも言わなかったが、わたしが抱えていた燃え上がるような憤懣は、一秒ごとに、ますます苦悩に満ちたものになっていった。

「ぼくは罠にはまったんだ」とわたしは苦々しげに言った。

デビーは、まるでじりじり燃えていく導火線を見るかのように、こわごわとわたしの顔を見た。

「ぼくは完全に罠にはまったんだ」とわたしは繰り返した。

「いいえ、ルーク」とデビーが言った。「なにか方法が見つかると思うわ」

わたしは首を横に振った。「もうそんなことは考えたくもない」とわたしは言った。

「映画を見にいこう」

「わたしは行けないわ」とデビーが言った。「きょうは早く家に帰らなきゃならないから」

「どうして?」とわたしが訊いた。

「母よ。手伝わなければならないの」

わたしは道路を見つめた。わたしの憤懣や落胆のすべて、砕け散った希望のすべてが、いまやふたたびわたしのなかでぶつぶつ泡立っていた。「わかったよ」とわたしは不機嫌に言った。「またぞろ哀れっぽい弁解を聞かせられるのはごめんだ」

デビーがとぐろを巻く蛇をみるような警戒のまなざしで見ているのを感じたが、わたしはただまっすぐ前を見て、ハンドルをいちだんと強くにぎりしめた。その致命的なにぎり方によって、砕け散ったわたしの夢の最後の破片にしがみつこうとするかのように。

「あれはデビーにとって思いやりのある言い方じゃなかった」と、その白熱状態の夜のことを、車の恐ろしい突進や、デビーのパニックや、わたし自身の燃えるような苦悩について話してしまうと、わたしはローラ・フェイに認めた。

ローラ・フェイはあの夜のデビーとおなじような顔をしていた。目の前の男の猛烈な絶望に確信がもてず、嵐の発生するきざしを感じてはいるが、その勢力やどこへ向かうかは予想できないでいるみたいに。

「そう、思いやりのある言い方じゃなかったわね」と彼女は用心深く言った。あきらかにほとんど母性的な理解を伝えようとする口調だった。「でも、あなたは大変なプレッシャーにさらされていたんだもの、ルーク」

ローラ・フェイはいまやわたしをばかにしているのだろうか、とわたしは思った。ひょっとするとずっとばかにしていて、ちょっとした共感や同情の身ぶりは単なるポーズ――いや、ひとつの策略、ナイフを覆うビロードの鞘《さや》――だったのかもしれない。

「結局、わたしはあまり頭がよくなかった。きみはそう言いたかったのかもしれないな」とわたしは言った。

すると、じつに突然、その鞘が払われた。

「そう、そのとおりだわ、ルーク」とローラ・フェイは言った。それは彼女の心のなかの極北の地、寒く、孤立した、どんな生きものも住まない土地から放たれた声のようだった。

「ある意味では、あなたはあまり頭がよくなかった」

「なんだかわたしのことを調査してきたみたいに聞こえるが」

「調査してきたわ」とローラ・フェイはずばりと告げた。

不安の波がわたしの体を走り抜けた。上空に現れた禿鷹に見据えられた小動物みたいに、わたしは反射的に体をこわばらせ、脚がかってに動いて、立ち上がりかけた。

「ところで」とわたしはとっさに言った。「そろそろホテルに引き揚げたほうがいいかもしれない」

ローラ・フェイはわたしが急に逃げ出そうとしていることに気づくと、キャンバス地のバッグに手を伸ばした。「まだよ、ルーク」彼女はごくかすかな、ほとんどそれとわからないほどの笑みを浮かべた。「もうすこしだけお話ししましょう」

わたしは坐りなおして、息を吸ったが、喉に焼けるような感覚があった。

「わかった」とわたしは言った。「何について話せばいいんだい？」

ローラ・フェイの顔が不気味な輝きを放った。半透明の仮面の背後から光が当たっているかのようだった。「わたしにはまったく理解できなかった」と彼女は言って、バラバラになったジグソーパズルのピースを見るみたいに、わたしの顔をじっと見つめた。「わたしにはあなたがわからなかった、という意味だけど。なぜなら、むかし、まだグレンヴィルにいたころには、あなたにとってはあそこを出ていくこと以外なにひとつ問題じゃないんだろう、とわたしは思っていたから。あそこを出ていくためには、あなたはどんなことでもする気なんだろうと。たとえどんなことでも」

束の間の沈黙が流れた。その張りつめた沈黙のあいだ、わたしは絞首台に立たされているような、すでに輪縄が首にかけられているが、まだレバーは引かれていないような、不安な気分になっていた。

「でも、それから、わたしはあなたを見かけた。そのせいで疑問が湧いて、それには結局答えを見つけられなかった」とローラ・フェイは最後に言った。「あなたがグレンヴィルを出ていった日、わたしはバスに乗っているあなたを見たのよ。そのときのあなたの顔が忘れられなかった」

「わたしはどんな顔をしていたんだい？」

「死人みたいだった」

その日のことを思い出すのはむずかしくはなかった。日射しは明るく、空気は澄んでいて、バスはじつにもったいぶってメイン・ストリートを走っていた。わたしはほかの乗客から離れて、最後尾に近い席に坐り、その切り離された片隅から窓の外を眺めていた。バラエティ・ストアの前を通り、それから郵便局を過ぎて、最後に南軍戦没者記念碑のある町の公園に差しかかったとき、ひとりきりで悲嘆にくれているローラ・フェイ・ギルロイの姿が見えた。両手で頭を抱え、肩をかすかに震わせているその姿は、わたし自身の猛烈な悲しみを鏡に映したかのようだった。

「自分でも言ったように、麻痺しているみたいだったわ」とローラ・フェイがつづけた。「あなたは後ろのほうに坐っていた。わたしが顔を上げると、あなたがそこに、バスの後ろのほうに坐っていた。そして、麻痺したような顔をしていたの」彼女はしばらくなにも言わずに、わたしをじっと見つめていた。まるでわたしが複雑すぎて解けない謎であるかのように。その込み入った無数の細部について、彼女は長いあいだ考えあぐねてきたかのように。「麻痺していた」と彼女は繰り返した。「それがずっと不思議だった。なぜなら、あなたは家を売って、グレンヴィルを出ていくお金を手に入れたんだから。あなたは輝かしい将来に向かって出発するところだったんだから」

「そうだね」とわたしは言った。「しかし、あまりにも多くのことがあったから。あまりにも多くの死が」

「あまりにも多くの罪のない人たちの」とローラ・フェイが言った。

「そう、罪のない人たちの」

彼女は片手を上げたが、もう一方の手はバッグの上にのせたままだった。

「あなたのお父さん」

一本の指を上げ、それから二本目を上げた。

「ウディ」

三本目の指が上がった。

「わたし」

彼女は息を吸って、四本目の指を上げようとした。

「わたしの母」と、わたしは彼女が言う前に言ったが、その瞬間、彼女のタイミングが正確無比であることを見て取った。

「あなたのお母さん？」とローラ・フェイが鋭い口調で訊いた。

「まあ」と、泥だらけの自分の足跡を消そうとするかのように、わたしはあわてて言った。「彼女がいちばん罪がなかったような気がするから」

「罪がなかった？」とローラ・フェイは言った。彼女はゆっくりと手を膝に下ろした。「それはどういう意味、ルーク？」

「母には罪はなかったということさ」とわたしは答えたが、そう言いながら声がしわがれたのがわかった。「彼女に起こったことが当然の報いだとは言えないから」

ローラ・フェイはじっと食い入るようにわたしを見つめた。「彼女が死んだことが、という意味？」

自分の秘密の深みから抑えていた感情がどっと湧き上がるのがわかった。「かならずしもそうではない」と、それが頂点に達したとき、わたしは言った。

ローラ・フェイは一瞬わたしの顔をじっと見た。それから、この世の中の暗い成り立ちにすっかり屈服したかのように、彼女は言った。「ああ、ルーク、人生がほんとうにこんなものでありうるのかしら？」

28

ああ、ルーク、人生がほんとうにこんなものでありうるのかしら?

こんなにも単純でこんなにも悲しい、その言葉のなにかが水門をあけ放った。

「殺人には時効がない」とわたしはローラ・フェイに言った。「そう言ったのを覚えているかい?」

ローラ・フェイは重々しくうなずいた。

「そのとおりなんだ」とわたしは言った。「たとえ捕まることがなかったとしても」

そう言うと、周囲の空気が熱くなり、木々に青々とした葉が茂る様子が目に浮かんで、わたしはふたたびあのはるかむかしの夏の豊かさに包まれていた。

「じゃ、おやすみなさい、ルーク」とデビーが言った。

彼女は車から降りて、あいている窓から上体を車のなかに入れた。

「気をつけて運転して帰ってね」と彼女は付け加えた。

わたしは怒ったように彼女をにらんだ。依然としてはらわたが煮えくりかえっていた。

彼女が母親のところに戻らなければならないからだけではなかった。父が殺され母が病気になって以来わたしに降りかかってきた焼けつくような苦難から、希望のなさから見れば、それはたいしたことではなかった。

「だいじょうぶ、ほんとうに、ルーク?」と彼女が訊いた。

「ああ」とわたしは冷たく答えた。そして、それ以上なにも言わずに、アクセルを強く踏みこんで、古いフォードを乱暴にバックさせ、デビーの家の未舗装のドライブウェイから道路に飛びだした。

ピーナッツ・レーンまでは十五キロほどだったが、そのあいだずっと、わたしは不幸の大鍋のなかでグツグツ煮られていた。わたしがすでに失ったか、もうすぐ失うことになるすべて。その現実は、ハーヴァードからの最後の手紙のなかで、わたしにはっきり突きつけられていた。あと一週間以内に入学許可への返事を出す必要がある、と警告されていたのである。〝それまでにご連絡をいただけない場合には……〟

家に着いたころには、わたしは自分の内側で煮えくりかえっているものしか感じられなくなっていた。あれほど熱烈に追いもとめた希望、そのためにあんなにがんばった希望が、いまや破産した父の店と生命保険金の空約束の値打ちしかないものになっていた。

「ハーイ、ルーク」と、わたしがドアから入っていくと、母がやさしく言った。

彼女はキッチンテーブルに坐っていたが、すでに体力がなく、しかも日に日にさらに衰えていった。かつての母らしいところが残っているのは目の素速さと感覚の鋭さだけだった。

「ハーイ」とわたしはぶすっとして言った。

「夕食は済んだの？」と母が訊いた。

「いや」

「それじゃ、わたしが……」と言って、母は立ち上がりかけた。わたしはその自己犠牲の仕草がふいに疎《うと》ましくなり、罵倒したい気分にさえなった。それがなにかの策略、狡猾な操作の一種であり、自分が献身的にしていることを強調して、わたしにしがみつこうとしているかのように。

「いや、いいよ」とわたしはぶっきらぼうに言った。「自分でやるから」

わたしはつかつかと冷蔵庫に歩み寄って、勢いよくドアをあけた。きのうの夕食の残りがプラスチック容器に入っていた。その冷たい、味気ない、すこしも食欲をそそらない見た目が、わたしの前に横たわる人生を完璧に象徴しているような気がした。

「バターミルクがあるわ」と母がそっと言った。

「バターミルク？」

「ミスター・クラインにバターミルクを持ってきていただいたの」

「どうして？」

「あなたが好きだからよ」

「ぼくが好き？」とわたしは叫んだ。「バターミルクなんか大嫌いだ！」わたしは冷蔵庫をピシャリと閉めて、さっと向きなおった。「ぼくは父さんじゃないんだよ、母さん！ぼくは母さんの愛情豊かな夫じゃないんだ！」

母は、わたしが死んだ父の横っ面を張ったかのような顔をして、わたしを見た。

「いや、母さんの言うとおりだ」とわたしはあざけるように言った。「まさにそのとおり。ぼくたちはバターミルクを飲むべきなんだ。ミスター・クラインにどんどん持ってきてもらおう。ぼくが一生飲んでも充分なくらい。なぜなら、母さんの言うとおりだからさ。まったくそのとおりなんだ。ぼくは父さんとそっくりだし、おなじ人生を送ることになるんだから」

ふいに、わたしは体中の細胞が重くなるのを感じた。わたしは単なる重り以外のなにものでもなく、金床みたいに永遠にグレンヴィルから動けないだろう。

「ぼくは部屋に行く」とわたしは冴えない声で言った。

そして、ドアに向かったが、母の横を通ったときに、彼女がわたしの手をにぎった。

「ルーク？」

わたしは振り向かなかった。「なにもできることはないんだよ、母さん」とわたしは言った。

母は手を放した。疲れきったように息を吐くのが聞こえた。

「母さんにできることはなにもないんだ」とわたしは繰り返して、そのままその場から立ち去った。

二階のわたしの部屋は刑務所の独房みたいに寒々として温かみがなかった。わたしは寝乱れたままのベッドにドスンと腰をおろして、何年ものあいだ収集してきた偉大な歴史書を眺めた。ヘロドトス、トゥキディデス、ギボン、ミシュレ、バーク、マコーレー、カーライル。どの本もばかにしたような薄笑いを浮かべ、わたしを嘲笑し、非難しているようだった。わたしはギュッと目をつぶった。しばらくすると、ありがたい忘却がやってきて、眠りに落ちた。

わたしの目を覚まさせたのは、低いうめき声だった。

目をあけて、なにか聞こえたのかどうか不確かだったので、ちょっと待っていると、ふたたびそれが聞こえた。母だった。毎晩階段をのぼるときに立てる音。手摺りにつかまって、かすかにもらすうめき声。現実の肉体的な疲労という重荷に打ちひしがれたうめき声だったが、いまや、それはわたしの行く手に置かれた陰鬱な、乗り越えられない障害物を象徴しているような気がした。それこそ、わたしの希望をすべて偽りの希望と化し、人生そのものを目に見えない悪意に満ちた力に化す陰謀であるような気がした。そうやって、あらゆるわたしをこの場に釘付けにして、立ち上がろうとするあらゆる努力を打ち砕き、あらゆるチャンスをひねりつぶして、わたしのあらゆる努力を次々と降りかかる恐ろしい状況の下に埋葬しようとしているのだと思えてきた。わたしは憤激に駆られてベッドから跳ね起き、ドアに走り寄って、ぐいっとあけた。

「そんな大騒ぎをしなくちゃいられないの？」とわたしは叫んだ。

母はすでに階段をのぼりきって、危うげに手摺りにつかまっていた。「ごめんなさい」と彼女は弱々しく言った。「ごめんなさい、ルーク」

「静かにしてよ」とわたしは鋭く言い放った。「とにかく静かにして……おねがいだよ！」

そう言うと、わたしはドアをピシャリと閉めて、ベッドに戻った。

しかし、今度は、わたしは眠れなかった。

完全に目が冴えたまま横になり、隣室で母がそっと歩きまわる足音に耳を澄ました。母はとてもゆっくり歩いていた。できるかぎりわたしの邪魔をしないように注意しているにちがいなかった。部屋のなかの書棚のほうに歩いていって、ちょっとためらい、それからそこを離れて、バスルームへ行ったようだった。薬戸棚をあけるときのかすかに軋る音、グラスに水を注ぐ音、そっとすり足でベッドに戻って、横たわるときのスプリングの軋み。

そのあとは、しんと静まりかえったままだった。

あまりにも長いあいだなんの物音もしなかった。というのも、ふだんならベッドのなかで何度となく寝返りを打ち、痛みにおそわれると低いうめき声をもらすのがふつうだったからだ。わたしはそういう音が聞こえないかと聞き耳を立てた。そうやって耳を澄ましていることに腹が立ち、その音が聞こえないと、さらにもっと腹を立てて、しまいにはとうとう起き上がり、母の部屋に歩いていった。

母は古いタオル地のローブをまとって、仰向けに横たわっていた。両足をそろえ、お腹の上に重ねた青白い両手はぴくりとも動かなかった。目はつぶっていたが、深い眠り以外のものを示すどんな兆候もなかった。

わたしはバスルームへ行って、明かりをつけた。薬戸棚がすこしだけひらいていた。わたしがそれを大きくあけると、ぎらつく照明のなかで、すべてがあきらかになった。

母は薬戸棚にその瓶を残しておくことで、わたしが疑われたり自分自身が詳しく調べられるのを防ごうとしたのだろう。薬瓶に入っていたのは自分が飲んだものより害のない錠剤だった。母のやり方はじつに几帳面かつ巧みだったので、トムリンソン保安官も、あとで呼ばれて遺体を運び出す係も、彼女の学校時代の同級生も、友人や隣人たちも、献身的だったミスター・クラインでさえ、だれひとり彼女がしたことを推測できないにちがいなかった。

わたしはベッドに走り寄り、母の胸に耳を押し当てて、心臓の音に耳を澄ました。鼓動はゆっくりしていたが、まだ強かった。けれども、体を起こしたとき、しばしば母の眠りを妨げる小さな痙攣や痛みに反応する動きが、徐々に弱まりかけていることに気づいた。すぐさま、わたしはベッドの反対側にあった電話に飛びついて、受話器をつかみ、９１１をダイヤルしはじめた。

そのとき、その焼けつくような瞬間に、わたしに反撃するために戻ってきたかのように、薄暗い片隅に父がうつむいて立っているのが見えた。その何カ月も前、母の病室に立っていたのとまったくおなじ姿勢だった。その姿を見ると、あのとき浮かんだ恐ろしい考えがよみがえった。**ほんとうは死ねばいいと思っているくせに。**

わたしの手のなかで受話器が震えた。鏡のほうに目をやると、そこに映っている自分の姿が見えた。グレンヴィルでいちばん優秀な少年。

ほんとうは死ねばいいと思っているくせに。

わたしは受話器を見つめた。わたしの指は最後の１の上に置かれたままだった。

ほんとうは死ねばいいと思っているくせに。

わたしは受話器を置いた。それから数秒後、ふたたびさっと受話器を取った。わたしの手は、嵐に引き裂かれたみたいに震えていた。母がわたしにしてくれたすべてのこと、長年にわたる自己犠牲、母がわたしを愛してくれ、わたしも母を愛したこと、そういうすべてがずらりと並んで、ハーヴァードに、本に、脱出に、わたしの大いなる夢の破壊的な大波に対峙した。

ほんとうは死ねばいいと思っているくせに。

たしかにそのとおりであり、わたしはそれを知っていた。かつて知りえたどんなことよりも恐ろしいほどはっきりと。

まるで自分の首を絞めようとしている男みたいに、わたしはぐっと息を止め、そのままこらえて、吐き出し、ふたたび息を止めた。

ほんとうは死ねばいいと思っているくせに。

母の途切れかけた呼吸のかすかなささやきが聞こえた。その宙吊りになった数瞬のあいだに、わたしは自分の魂が死んでいく痛みを感じた。自分の真ん中に無感覚の空洞ができて、わたしはそれに対抗できず、否定することさえできなかった。わたしのそれまでの存在のすべてが、なにかを感じる能力のすべてがいまや急速に萎んでいき、麻痺の感覚がひろがって、全身に浸透していった。やがて受話器がついに手から滑り落ち、自分が母のベッドに坐りこんだときにも、自分の意志でそうしているとは思えなかった。そうやってじっと石のように坐っているうちに、母の呼吸はますます浅くなり、目がさらに動かなくなって、わたしたちのなかに残っていた一縷の感情が流れ出していった。

「わたしは母を死なせたんだ」とわたしはローラ・フェイに言った。「わたしはただそこに坐って、母が死んでいくままにした。なぜなら、グレンヴィルを出ていきたかったから。それができるただひとつの方法は家を売り払うことだったから」

わたしがこの悲痛な物語を語っているあいだ、ローラ・フェイはずっと遊び場を見つめていた。話が終わったとき、彼女は同情するか軽蔑するかのどちらかだろう、とわたしは思っていた。けれども、彼女は長いあいだなにも言わず、わたしと目を合わせるのを避けているようだった。

「すこし歩いたほうがいいわ」と、やがて彼女は言った。「長い散歩をしましょう、ルーク」

実際、それは長い散歩になった。ローラ・フェイとわたしは、無数のがらんとした街路をゆっくりと歩いていった。やがて、わたしたちは西部へのゲートウェイの巨大な、輝くアーチに行き着き、その周囲の公園にあるベンチのひとつに腰をおろした。

「それじゃ、ルーク」とローラ・フェイは言って、バッグのなかに手を入れると、ビニールの買い物袋に包まれた不規則な形をしたもの――としかわたしには見えなかったが――を取り出した。「わたしがあなたに持ってきたのはこれよ」

彼女から受け取った包みをあけると、出てきたのは小さなトロフィーだった。縦横七、八センチくらいの大理石の台座が付いていて、そこから高さ十五センチほどの円柱が伸び、その上に黄金色の若者が立って、片腕を上げて松明《たいまつ》を掲げている。台座には小さなプレートがはめ込まれ、〈グレンヴィルでいちばん優秀な少年〉と刻まれていた。

「あなたのお父さんが作らせたのよ」とローラ・フェイが言った。「亡くなってから二、三日あとにバラエティ・ストアに届いたの。すぐにあなたに渡すつもりだった。でも、ウディと彼が残した遺書のことがあったから、わたしはあなたと話をするのが怖かったの」彼女は長々と苦しげに息を吸った。「何年もずっと持っていたんだけど、これを渡さずに死んでしまうわけにはいかなかったから」

「死んでしまう？」とわたしは聞き返した。

彼女は黙ってうなずいた。それを見て、彼女が〝長期的には〟害のあるかもしれないことに無関心だったことを思い出した。

「そうだったのか」とわたしは言った。

彼女は憐れみを誘おうとする気配もなく、まっすぐにわたしの顔を見た。

「でも、よかったでしょう、違う、ルーク？」と彼女は訊いた。「こんなふうに最後の会話ができて」

彼女を苛《さいな》んでいた不安の正体がわかり、わたしは彼女のただひとつの望みを思い出した。そして、その瞬間、ジュリアの問いかけがふたたび聞こえた。それじゃ、ルーク、人生の最後で最大の希望は何なの？

そのとき、わたしにはその答えがわかった。

人生の最後で最大の希望は、生きているうちにいつか、自分が犯したすべての誤りが、ふいに、やるべき正しいことを教えてくれるかもしれないということだ。

三カ月後

「どんな調子？」と、わたしが車のトランクをあけてバッグを入れると、ジュリアが訊いた。

「なかなか大変だ」とわたしは答えた。

「でも、それはとてもいい大変ね」

彼女はバーミングハムまで飛行機で飛び、それからグレンヴィル行きのバスに乗って、わたしがずっとむかしにそこから出ていったバス・ターミナルに到着した。

「そう、これがグレンヴィルなのね」と彼女は言った。

町のなかを走っているとき、彼女はわたしがデビーを乗せて危険なカーブを走りまわった山を見上げ、それからマスケット銃を持ってうずくまる兵士の像の付いた南軍戦没者記念碑が依然として建っている公園をちらりと見て、最後にはいろんな店が立ち並ぶメイン

・ストリートに目をやった。多くの店にはスペイン語の看板が掲げられ、かつてバラエティ・ストアがあった場所には中華レストランができていた。
「それほどフォークナー的でもないわね」と彼女は言った。

「むかしからそうじゃなかった」とわたしは言った。

その家はこぢんまりとしていたが、古い薪ストーブや軋む床を含めて、驚くほど快適だった。その壁の内側で暮らした気骨のある人々の感触が染みこんでいるようだった。工場の労働者やパルプ材の運搬者、戦争や大恐慌や社会の大変動を生き抜いたわが地方のふつうの人たち。そういうひとたちについて、わたしはちょっとした回想記を書くことにしていた。当面は個人的な体験記の域を出ないだろうが、いまのところはそれで充分だった。

それでも、ときには、そういう人々の消えてしまった生活の手ざわりみたいなもの――色褪せた壁紙の波打つ表面、ドアの側柱のささくれた角、モップや箒の丸みのついた柄《え》、鉄製のフライパンの重さ――を感じて、わが青春時代のもっと雄大なビジョンを思い出すと、そんなに悪い気はしなかった。

「居心地がよさそうね」とジュリアは言った。彼女はコートを脱ぎながら笑みを浮かべ、首に巻いていたスカーフを取った。「小さいけれど、温かい感じで」

「そう、そのとおりなんだ」とわたしは言った。

最後にキスをしてからあまりにも長い時間が経っていたので、キスをしたとき、わたしは震えた。

「来てくれてありがとう」とわたしは言った。

「会えてうれしいわ、ルーク」と彼女は言った。

「コーヒーはどう？」

「いただくわ」

キッチンはとても狭かった。いくつかの吊り戸棚とペンキの剝げた木製の食器棚、それにドアがひとつ。ドアの作りは頑丈だったが、蝶番がゆるんでいて、しっかりしていると同時にいい加減だった。その強靭さと不完全さがわたしの父を思い出させた。窓のそばにはテーブルがあった。天板は引っかき傷だらけのデコラで、へこんだアルミの脚が付いている。これもこの町の慈善中古品店で掘り出したもので、わたしには、長年の使用でやさしい象形文字が刻みこまれているように見えた。

わたしはポット一杯のコーヒーをいれて、それぞれのカップに注いだ。

「あなたはちょっとした主夫になったようね」とジュリアは言って、軽く笑った。

「そうだね」とわたしは言った。

わたしたちは窓際のテーブルに腰をおろした。ジュリアは長くて白い首を伸ばして、飛行機とバスの旅での凝りをほぐすと、身を乗り出して、窓から裏庭を眺めた。オークの大木はすっかり葉が落ちて、大枝の一本から木製のブランコがぶら下がっているだけだった。

三月のグレンヴィルにはめずらしく、雪がチラチラ舞いはじめていた。

「あの夜も雪が降っていた」とわたしはジュリアに言った。「それはもう言ったっけ？」

ジュリアは首を横に振った。「いいえ」

わたしはホテルから彼女に電話して、ローラ・フェイとの最後の会話の一部始終を彼女に話した。話しているうちに、わたしは涙声になった。その瞬間、わたしは掛け値なしの自分自身になっていたからだろう。彼女は即座にしっかりとした声で答えてくれた。**そうするのがいいことだと思うわ、ルーク。**

というわけで、わたしはそのとおりにした。大学にはもう戻らないつもりだと説明して、グレンヴィルに向かい、自分がやることに決めた仕事のための基本的な道具を集めて、仕事場をつくった。キーの感触が欲しかったので、古い機械式のタイプライター。わずかな参考図書類。自分が犯した多くの間違いを、自分の人生のささいなすべての偽造行為を、何を自分のものだと主張し、何を他人のものとして認めなければならないかを忘れないようにするために、古いぼろぼろの『バートレット引用句辞典』まで用意した。

遠くの部屋からサラサラいう衣擦れの音が聞こえた。

「目を覚ましたようだ」とわたしが言った。

ジュリアはカップを置き、わたしのあとについてキッチンを出た。ストーブやタイプライターを置いた小さな机のそばを通り抜けて、ごく短い廊下から裏のベッドルームへ。「ハーイ、ルーク」と、わたしたちが部屋に入っていくと、ローラ・フェイが言った。苦労して唇に浮かべた笑みは弱々しかったが、輝いていた。「あなたがジュリアね」

ジュリアはすぐに手を差し出した。「会えてうれしいわ、ローラ・フェイ」

ローラ・フェイは束の間目を輝かせた。「映画を見たくない？　ルークがDVDプレイヤーを買ってくれたの。古い映画をたくさん見ているのよ。白黒のやつだけど」

「わたしもそういう映画は好きよ」とジュリアが言った。

「きょうのは白黒じゃないけれど」とわたしは言った。

ローラ・フェイは起き上がろうとしてもがいた。それを見ると、ジュリアとわたしはそれぞれ彼女の両わきの位置につき、いっしょに彼女の体を起こしにかかった。そのぎこちないやり方にひどく滑稽なところがあったらしく、ローラ・フェイは声をあげて笑った。「なんだか大きな古いソファになったみたいな気分だわ」と彼女は言った。「あなたたちが大きな古いソファを動かそうとしているみたいで」彼女は、今度はジュリアの顔を見ながら、ふたたび笑った。「こういう経験は豊富なんでしょうね、たぶん。看護師をやっていると」

「ええ、そうよ」とジュリアは言った。

わたしたちは両側からローラ・フェイの腰にゆったりと腕をまわしていた。そうやってしっかりと支えられると、彼女はゆっくりと重たそうな一歩を踏みだした。「いつまでここにいるつもりなの、ジュリア？」と彼女が訊いた。

「あなたが必要とするかぎりいつまでも」とジュリアが答えた。

ローラ・フェイはクスクスと笑った。「ほんとうはあなたを必要としているのはルークなのに」

わたしたちはそのままゆっくりとしたペースで、一度に一歩ずつ彼女を歩かせ、居間の古い長椅子にたどり着くと、もう一度自分たちの体勢を整えて、ローラ・フェイをそこに坐らせた。

「よし」と、ちょっとした勝利を勝ち取ったかのように、ローラ・フェイは言った。「できたわ」それから右手の小さなテーブルに手を伸ばして、眼鏡を取ると、それを掛けた。分厚いレンズの背後の青い目が巨大になった。「それで、きょうは何を見るの、ルーク？」

「《失われたものの伝説《レジェンド・オヴ・ザ・ロスト》》だ」とわたしは言った。「きみはジョン・ウェインが好きだから」

わたしはテレビに歩み寄ると、DVDをケースから出して、機械に差しこみ、それからまた長椅子に戻った。

「どうしてこの映画を選んだの、ルーク？」とローラ・フェイが冗談めかして訊いた。

「きょうは道に迷った《ロスト》ような気分だから？」

「そうだね、わたしたちはまだだれも発見されていないからね、ローラ・フェイ」と、わたしはやはり冗談っぽく言った。「みんないろんなかたちで道に迷っているだけだから」

ローラ・フェイはかすれた声で笑った。「それは『バートレット』から拝借したにちがいないわ」

「そうかもしれない」

わたしは長椅子の彼女の横にゆったりと坐って、リモコンのプレイ・ボタンを押した。

「でも、完璧な人なんていないもの、ルーク」とローラ・フェイは言った。それから彼女はジュリアの顔を見た。「わたしがセントルイスで彼を捕まえたことはルークから聞いた？」

「ええ」とジュリアは答えた。「すばらしい会話をしたそうね」

「ええ、すてきな会話だったわ」

「しかも、それが最後の会話じゃなかった」とわたしは指摘した。「すこしも最後の会話じゃなかった」

ローラ・フェイはわたしの手を取った。その手にふれると、彼女の一本一本の指先の渦巻き状の指紋が感じられた。彼女の手のすべての小さな傷、古い切り傷や擦り傷や火傷の記憶、それとともに、そういう人生で負わされた傷を修復してきた新しい組織が感じられた。その再生力によって、彼女はここまでやってくることができたのだった。

「でも、いい会話だった」とわたしは付け加えた。

「そう、いい会話だった」と言って、ローラ・フェイは笑った。「それに、あのアップルティーニはほんとうに気にいったわ」

解説

ライター、ブックカウンセラー
三浦天紗子

偉大な父と凡庸な息子。野卑な父と出来のいい息子。あるいは、ともに才気煥発ゆえに反目し合う父と息子……。『ローラ・フェイとの最後の会話』というタイトルにはどこか官能さえ漂うが、軸になっているテーマは、『オイディプス王』を皮切りに連綿と綴られてきた「父と子の確執」をめぐる心理劇だ。前途洋々の未来を夢見て、ちっぽけな故郷から出るためなら何でもするという息子と、妻を思いやりもせず、息子にも何の関心も払わないように見える父との行き違い。ただ、そこに生まれるコンプレックスや葛藤、憎悪をこれほど緊迫したドラマにできるのは、心理描写と比喩に長けたトマス・H・クックならでは、だ。

本書の主人公で語り手でもあるルークは、出版したばかりの自著のプロモーションのために、出版社持ちではなく自費で、セントルイスを訪れるようなしがない歴史学者。そんな彼の目の前に突如現れたのは、二度と会うはずがなかったローラ・フェイ・ギルロイ。二十年前、故郷の南部の町・アラバマ州グランヴィルでかつて父の愛人と噂され、ルークと彼の家族の悲劇の引き金になった女性だった。

再会を訝しく思うルークだが、ローラ・フェイに〈わたしたち、話すことがたくさんあるんじゃないかしら?〉と水を向けられ、ホテルのラウンジで、差し向かいで話すことにする。端から見れば、ひと回りほど年の違う、美男美女とはいえない一組の男女が、ピノ・ノワールとアップルティーニというお酒のグラスを傾けながら、テーブル越しに故郷の思い出を語り合うという地味な光景に過ぎない。しかし、ふたりの間に流れている空気が息苦しいほどに張り詰めていることは、読者にのっけからひしひしと伝わってくる。

かつてのみずみずしかった肉感的な魅力は失われ、貧しい身なりの中年女性になっていたローラ・フェイ。〈わたしは四十七になるのよ、ルーク。橋の下をたくさんの水が流れていくのを見てきたわ〉。橋の下をたくさんの水が流れた(A lot of water under the bridge.)というのは、「いろんなことがあった」の慣用句だが、転じて、「取り返しがつかないこと」の意味にも使われる。そんなふうに、ローラ・フェイの思わせぶりな言葉や、意味深な視線、とらえどころのない表情、あるいは彼女のはぐらかしやすり替えや沈黙によってルークの心は千々に乱れ、〈その町を出て以来、ずっと封じこめておいた地下室から、どろどろした記憶がふいに噴き出し〉てくるのを止めることができない。ローラ

・フェイの真意がつかめないルークにとって、チェスの対局のように一瞬たりとも気を抜けない対話が、一手一手と続いていく。

そうしたふたりの会話を通じ、いくつもの愛と欲望の仮面が剝がされ、本当の姿を現していく。たとえばルークの両親。ルークの目には、教養も商才もなく、経営不振の続くみすぼらしい雑貨屋を立て直すこともできない父と、読書家で、息子の才能を信じる心優しい母は、不釣り合いな夫婦に映っていた。だが両親の結婚が破綻していたとしても、母よりもローラ・フェイと親密そうな父を軽蔑せずにはいられない。それは十八歳だった彼の正義だったが、年若く人生経験も浅い彼に、愛の真実などわかっていただろうか。

もっとも、グランヴィル一優秀だと言われ、ハンサムでもあった若き日のルークには、好意を寄せてくれる女性も、親しく言葉を交わす女性もいた。同じ高校に通う、人目を引く容姿のガールフレンド、デビーの淡い恋心。ハーヴァード大学への進学を勧めてくれた高校の女教師ミス・マクダウェルがにじませていた欲望。そして、大学時代に知り合い、愛し合って結婚までしたジュリアの思いやりと絶望。クックは主人公を取り巻く脇役たちの感情を細部まで描き、それに向き合う主人公の心理の綾にも光を当てる。

だから読者は、読み始めてほどなく気づくだろう。この自信なさげな、孤独の沼に沈んだ中年男ルークが、父の雑貨店に勤めていたローラ・フェイを〈典型的な田舎娘〉と評したのは、酸っぱいブドウ的な意味合いではなかったのかと。ルークもかつてローラ・フェイのある種の輝きをまぶしく感じていたのではないか。ルークの中では、父と親しくする決して手に入らない女性だからこそ、悪しざまに言い、一蓮托生に憎んだのではないか。

事実、父が嫉妬に駆られたローラ・フェイの元夫に殺されたこと、そのスキャンダルの渦中に病弱だった母が死んだこと。グランヴィルで起きたふたつの出来事の背後にあった本当の人間関係や埋もれていた真実を、巧みな話術でルークに伝え、突っ込み、明らかにするに至ったローラ・フェイは、正式な教育こそ受けていないが、魅力的で聡明な女性に違いない。読み通してみれば、なぜ彼女がいまルークの前にやって来たのかがよくわかる。

そして対話が終わりかけ、ジグソーパズルのすべてのピースが完成したと思ったその先に、もっと深い愛と闇があったと見せられたときのカタルシスといったらもう……。夫婦間の、親子間の、心からの愛さえ、それを相手に伝える表現が未熟すぎるとすれ違い、悲劇へとつながっていくこともあるのが人間の哀しさだと、本書は痛烈に訴えてくる。

巧みに配置されたフラッシュバックによって、「誰が事件を引き起こしたのか」よりも、「その悲劇が起きてしまったのはなぜなのか」がより重要な謎となるのがクック・ワールドだ。タイトルに〝記憶〟が付く作品群の直系ともいえる本書は、「父と子」というクックお得意のモチーフを扱いつつも、これまでにないほど男女や夫婦の「愛」というものを前面に描き出して、読む者の感情を揺さぶる名作なのだ。

トマス・H・クック著作一覧

Blood Innocents（1980）『鹿の死んだ夜』染田屋茂訳　文春文庫

The Orchids（1982）

Tabernacle（1983）『神の街の殺人』村松潔訳　文春文庫

Elena（1986）

Sacrificial Ground（1988）『だれも知らない女』丸本聰明訳　文春文庫　フランク・クレモンズ三部作の第一作

Flesh and Blood（1989）『過去を失くした女』染田屋茂訳　文春文庫　フランク・クレモンズ三部作の第二作

Streets of Fire（1989）『熱い街で死んだ少女』田中靖訳　文春文庫

Night Secrets（1990）『夜訪ねてきた女』染田屋茂訳　文春文庫　フランク・クレモンズ三部作の第三作

The City When It Rains（1991）
Evidence of Blood（1991）『闇をつかむ男』佐藤和彦訳　文春文庫
Mortal Memory（1993）『死の記憶』佐藤和彦訳　文春文庫
Breakheart Hill（1995）『夏草の記憶』芹澤恵訳　文春文庫
The Chatham School Affair（1996）『緋色の記憶』鴻巣友季子訳　文春文庫　＊アメリカ探偵作家クラブ賞最優秀長篇賞受賞
Instruments of Night（1998）『夜の記憶』村松潔訳　文春文庫
Places in the Dark（2000）『心の砕ける音』村松潔訳　文春文庫
The Interrogation（2002）『闇に問いかける男』村松潔訳　文春文庫
Taken（2002）『テイクン』レスリー・ボーエム原案／富永和子訳　竹書房文庫
Moon Over Manhattan（2002）ラリー・キングとの共作
Peril（2004）『孤独な鳥がうたうとき』村松潔訳　文藝春秋
Into the Web（2004）『蜘蛛の巣のなかへ』村松潔訳　文春文庫
Red Leaves（2005）『緋色の迷宮』村松潔訳　文春文庫　＊バリー賞最優秀長篇賞、マルティン・ベック賞受賞
The Cloud of Unknowing（2006）『石のささやき』村松潔訳　文春文庫
Master of the Delta（2008）『沼地の記憶』村松潔訳　文春文庫

The Fate of Katherine Carr（2009）『キャサリン・カーの終わりなき旅』駒月雅子訳　ハヤカワ・ミステリ
The Last Talk with Lola Faye（2010）本書
The Quest for Anna Klein（2011）
Fatherhood（2013）
The Crime of Julian Wells（2013）
Sandrine's Case（2013）

本書は、二〇一一年十月にハヤカワ・ミステリとして刊行された作品を文庫化したものです。

新訳で読む名作ミステリ

火刑法廷〔新訳版〕
ジョン・ディクスン・カー／加賀山卓朗訳
《ミステリマガジン》オールタイム・ベスト第二位！　本格黄金時代の巨匠、最大の傑作

ヒルダよ眠れ
アンドリュウ・ガーヴ／宇佐川晶子訳
今は死して横たわり、何も語らぬ妻。その真実の姿とは。世界に衝撃を与えたサスペンス

マルタの鷹〔改訳決定版〕
ダシール・ハメット／小鷹信光訳
私立探偵サム・スペードが改訳決定版で大復活！　ハードボイルド史上に残る不朽の名作

スイート・ホーム殺人事件〔新訳版〕
クレイグ・ライス／羽田詩津子訳
子どもだって探偵できます！　ほのぼのユーモアの本格ミステリが読みやすくなって登場

あなたに似た人〔新訳版〕Ⅰ Ⅱ
ロアルド・ダール／田口俊樹訳
短篇の名手が贈る、時代を超え、世界で読まれる傑作集！　初収録作品を加えた決定版！

訳者略歴　1946年生，国際基督教大学卒，英米仏文学翻訳家　訳書『沼地の記憶』クック，『ソーラー』マキューアン，『ディビザデロ通り』オンダーチェ他多数

HM=Hayakawa Mystery
SF=Science Fiction
JA=Japanese Author
NV=Novel
NF=Nonfiction
FT=Fantasy

ローラ・フェイとの最後《さいご》の会話《かいわ》

〈HM㊲-1〉

二〇一三年八月十日　印刷
二〇一三年八月十五日　発行

（定価はカバーに表示してあります）

著者　トマス・H・クック
訳者　村《むら》松《まつ》潔《きよし》
発行者　早川　浩
発行所　株式会社　早川書房
郵便番号　一〇一 - 〇〇四六
東京都千代田区神田多町二ノ二
電話　〇三 - 三二五二 - 三一一一（大代表）
振替　〇〇一六〇 - 三 - 四七七九九
http://www.hayakawa-online.co.jp

乱丁・落丁本は小社制作部宛お送り下さい。
送料小社負担にてお取りかえいたします。

印刷・星野精版印刷株式会社　製本・株式会社明光社
Printed and bound in Japan
ISBN978-4-15-179951-8 C0197

本書は活字が大きく読みやすい〈トールサイズ〉です。